Diogenes Taschenbuch 24292

Fabio Volo

Zeit für mich und Zeit für dich

Roman

Aus dem Italienischen von Peter Klöss

Diogenes

Titel der 2009
bei Arnoldo Mondadori Editore, Mailand,
erschienenen Originalausgabe:
›Il tempo che vorrei‹

Der Text wurde für die 2013 im Diogenes Verlag
erschienene deutsche Erstausgabe
in Zusammenarbeit mit dem Autor
nochmals durchgesehen
Die vorliegende Übersetzung
wurde durch ein Arbeitsstipendium
des Deutschen Übersetzerfonds e.V. gefördert
Umschlagillustration nach Motiven von fotolia.com

Für meine Schwester Cristina

Veröffentlicht als Diogenes Taschenbuch, 2014

www.diogenes.ch
150/14/44/1
ISBN 978 3 257 24292 8

Inhalt

»Lo que me gusta de tu cuerpo
es el sexo.
Lo que me gusta de tu sexo
es la boca.
Lo que me gusta de tu boca
es la lengua.
Lo que me gusta de tu lengua
es la palabra.«

Julio Cortázar

»Ich habe die schlimmste Sünde begangen, die ein Mensch begehen kann. Ich bin nicht glücklich gewesen.«

Jorge Luis Borges

Ich bin der Sohn eines nie zur Welt gekommenen Vaters. Um das zu begreifen, brauche ich nur sein Leben zu betrachten. So weit ich zurückdenken kann, habe ich kaum je Zufriedenheit in seinem Blick gesehen: Genugtuung ab und zu, Freude vielleicht nie.

Und weil das so war, konnte ich auch mein eigenes Leben nie in vollen Zügen genießen: Wie kann ein Sohn sein eigenes Leben leben, wenn der Vater seins nicht gelebt hat? Mancher schafft es vielleicht trotzdem, aber es ist verdammt schwer. Die Maschinerie der Schuldgefühle arbeitet unablässig.

Mein Vater ist sechsundsiebzig Jahre alt, er ist hager, und seine Haare sind grau. Er war immer ein sehr kräftiger Mann, ein Malocher. Jetzt ist er ausgelaugt, müde, gealtert. Das Leben hat ihn enttäuscht. So sehr, dass er sich ständig wiederholt, wenn er darüber spricht. Ihn so zu sehen rührt stark an meinen Beschützerinstinkt. Es geht mir ans Herz, ich empfinde Mitleid, ich möchte etwas für ihn tun, ihm irgendwie helfen. Und ich fühle mich ohnmächtig, weil ich denke, dass ich nicht genug tue, nicht genug bin.

In den letzten Jahren habe ich mir angewöhnt, ihn heimlich zu beobachten. Danach bin ich dann meist irgendwie aufgewühlt, aber ohne konkreten Grund, abgesehen von diesem Knoten im Bauch, den ich seit je in mir spüre und der mich an ihn fesselt.

Unsere Beziehung war stets schwierig, und unsere Liebe ist von der Art, die nur kennt, wer den Mut hatte, den anderen zu hassen: eine wahrhaftige, im Schweiße unseres Angesichts erarbeitete, gewollte und erkämpfte Liebe.

Um die ganze Welt habe ich reisen müssen, damit ich lernte, ihn zu lieben. Je weiter ich mich von ihm entfernen wollte, desto näher kam ich ihm: Die Welt ist rund.

Eine Zeitlang haben wir nicht miteinander geredet. Wenn man mit einem Elternteil nicht reden kann, ist man irgendwie schwach auf den Beinen, man muss sich immer wieder mal kurz hinsetzen. Nicht, weil einem schwindlig wird, sondern weil einen der Magen drückt. Bauchweh, das war mein Vater für mich. Ihn wirklich lieben konnte ich erst, nachdem ich meine ganze Wut ausgekotzt hatte, meinen Hass und meine Schmerzen, denn viele dieser Gefühle waren mit seinem Namen verbunden.

Als ich klein war, hätte ich gern öfter mit ihm gespielt, aber immer nahm die Arbeit ihn mir weg. In meiner Erinnerung sehe ich ihn vor allem in zwei Situationen: wie er sich bereitmacht, zur Arbeit zu gehen, und wie er sich, erschöpft von der Arbeit, ausruht. Ich hatte zu warten, ich kam immer an zweiter Stelle.

Mein Vater war nie greifbar, und das ist auch heute noch so. Früher war es die Arbeit, die ihn mir wegnahm, heute ist es die Zeit, die ihn mir Stück für Stück raubt, ein Gegner, mit dem ich mich nicht messen, mit dem ich es nicht aufnehmen kann. Darum verspüre ich heute wieder jenes Gefühl der Ohnmacht, das ich als Kind verspürte.

Wenn wir uns sehen, fällt mir jedes Mal auf, dass er noch mehr gealtert ist, und ich spüre, wie er mir mit jedem Tag ein Stück mehr entgleitet. Ich halte ihn nur noch an seinen Fingerspitzen fest.

Wenn ich diesen nie zur Welt gekommenen Mann anschaue, dann kommt mir der Satz in den Sinn, den Marlon Brando über seinem Bett hängen hatte: »Wer nicht versteht zu leben, lebt nicht.« Ich bin jetzt siebenunddreißig, und immer noch frage ich mich, was ich bloß für ihn tun kann. Doch obwohl er so alt und hilflos ist, obwohl es so scheint, als wäre ich jetzt der Stärkere von uns beiden, weiß ich, dass es nicht so ist. Er ist der Stärkere. War es immer. Weil ein einziges Wort von ihm genügt, mich zu verletzen. Oder weniger noch: ein nicht gesagtes Wort, ein Schweigen, ein Pausieren. Ein Blick, der sich von mir abwendet. Ich kann stundenlang schreien und toben und ihn beschimpfen – von ihm braucht es nur eine kleine Grimasse, um mich niederzumachen, nur ein kurzes Verziehen des Mundwinkels.

Im Erwachsenenalter war er mein Bauchweh, als Kind mein schiefer Hals. Bei allem, was ich tat, reckte ich meinen Kopf, um einen Blick, ein Wort, irgendeine Reaktion von ihm zu erhaschen. Seine Gesten waren kurz und schroff: ein kurzes Tätscheln des Kopfes, ein kleines Zwicken in die Wange, während er das Bild, das ich für ihn gemalt hatte, auf die Anrichte weglegte. Mehr vermochte er mir nicht zu geben, nicht nur weil er meinen Schmerz, meine Bedürfnisse und meine Wünsche nicht wahrnahm, sondern weil er seine eigenen nicht kannte. Er war es nicht gewohnt, Gefühle auszudrücken, ihnen überhaupt Bedeutung beizumessen. Darum sage ich, dass er nie wirklich gelebt hat. Weil er dem Leben immer ausgewichen ist.

Vielleicht konnte ich mir deshalb nicht vorstellen, dass auch er Wünsche, Ängste und Träume hatte. Mehr noch, während ich heranwuchs, war er für mich nicht einmal ein Mensch: Er war einfach mein Vater, so als würde das eine das andere ausschließen. Ich wurde erwachsen, und als ich für eine Weile vergaß, dass ich sein Sohn war, begriff ich, wie er wirklich war, ich lernte ihn kennen. Wäre ich nur schon als Kind erwachsen gewesen, dann hätte ich mit ihm von Mann zu Mann sprechen können, und wir hätten vielleicht gemeinsam einen anderen Weg eingeschlagen. Heute, da ich ihn besser verstehe, habe ich das Gefühl, zu spät zu kommen. Nicht mehr viel Zeit zu haben.

Heute, da bin ich mir sicher, weiß ich Dinge über ihn, die er selbst nicht einmal für möglich hält. Ich habe gelernt, das zu sehen und zu verstehen, was er in sich verbirgt, was er nicht nach außen hin zeigen kann.

Jahrelang habe ich versucht, die Liebe dieses Mannes zu gewinnen, aber auf die falsche Art und Weise. Was ich suchte, war bei ihm nicht zu finden. Ich sah nicht, und ich verstand nicht, und dafür schäme ich mich heute ein wenig. Die Liebe, die er mir gab, steckte in seinen Opfern, den Entbehrungen, den endlosen Stunden der

Arbeit und in seiner Bereitschaft, die ganze Verantwortung zu schultern. Vielleicht hatte er sich nicht einmal bewusst dafür entschieden, er lebte nur so, wie alle vor ihm gelebt hatten. Mein Vater gehört einer Generation an, die einfach gewisse Erwartungen zu erfüllen hatte: heiraten, Kinder zeugen, für die Familie arbeiten. Darüber hinaus machte man sich keine Gedanken, die Rollen waren festgelegt. Kann sein, dass er geheiratet und einen Sohn gezeugt hat, ohne es sich je wirklich gewünscht zu haben. Ich bin der Sohn eines Mannes, den das Leben zu den Waffen rief, um einen privaten Krieg zu führen: zum Schutz der Familie. Einen Krieg, den man nicht führt, um zu gewinnen, sondern um ein Soll zu erfüllen, um zu überleben, sich durchzuschlagen.

Ich liebe meinen Vater mit jeder Faser meines Herzens. Ich liebe diesen Mann, der früher nie genau wusste, wie alt ich gerade war.

Ich liebe diesen Mann, der es noch heute nicht fertigbringt, mich zu umarmen, der mir auch heute noch nicht sagen kann: »Ich hab dich lieb.«

Darin sind wir uns gleich. Ich bin ein gelehriger Schüler. Ich kann das genauso wenig.

Der kaputte Rollladen

Meine Familie war arm. Armut, das ist für mich wie an einem gedeckten Tisch zu sitzen und keine Hände zu haben.

Es war nicht jene telegene Art von Armut, wie sie oft im Fernsehen gezeigt wird: Menschen, die nichts mehr zu verlieren haben und Hunger leiden. Unsere Armut war anders: Man hat zu essen und ein Dach über dem Kopf, besitzt einen Fernseher, ein Auto. So dass man gerade noch verhehlen kann, dass man arm ist. Eine Armut voller Gegenstände, deren Haltbarkeitsdatum abgelaufen ist. Wer in dieser Art von Armut lebt, hat zugleich Glück und Pech: Es gibt Leute, denen es bessergeht, und andere, denen es schlechtergeht. Und doch bedeutet diese Armut Scham, Schuldgefühl, ständige Einschränkung, Angst und vor allem Unsicherheit, unterdrückte Wut, ein stets gesenkter Kopf. Man ist nicht so arm, dass man keine Kleider am Leib hätte, aber man fühlt sich in diesen Kleidern nackt, sie verraten einen. Ein Flicken genügt, und jeder weiß, was für einer du bist. Diese Armut hält das Gehirn so besetzt, dass darin kein Platz für anderes bleibt, vor allem nicht für irgendeine Art von Schönheit. Schönheit ist ja nicht funktional, nicht nützlich.

Du lebst ein Leben, das in den Augen der anderen ganz normal aussieht, doch in Wirklichkeit bist du einem anderen Gesetz unterworfen, dem Gesetz der Entbehrungen. Und ganz allmählich lernst du zu lügen. Mal sind es größere, mal kleinere Lügen. Wenn das Telefon gesperrt wurde, sagst du, es sei kaputt, und zum Abendessen kommst du nicht mit, weil du angeblich anderweitig verpflichtet bist oder jemandem dein Auto geliehen hast; dabei hast du in Wahrheit die Versicherung nicht bezahlt oder kein Geld für Benzin.

Du wirst zum Experten in der Kunst des Lügens, und vor allem lernst du, dir zu behelfen, lernst reparieren, ausbessern, kleben und nageln. Da ist der kaputte Rollladen, der heruntersaust wie eine Guillotine und nur oben bleibt, wenn du ein Stück Pappe unter den Riemen klemmst. Da ist die fehlende Fliese im Bad, das Loch unter dem Waschbecken, durch das man die Rohre sehen kann, das Stück Furnier, das von der Ecke des Küchenschranks abgesplittert ist. Die Schublade, die herausfällt, wenn du sie aufziehen willst. Die Schranktür, die nur schließt, wenn du sie anhebst. Die Steckdosen, die lose runterbaumeln, weil sie jedes Mal, wenn du den Stecker ziehst, mit aus der Wand kommen. Die Tapete, die sich an den Stoßkanten löst. Der feuchte Fleck in der Küche, über dem sich der Anstrich so einladend wölbt, dass du dich zusammenreißen musst, um keine Leiter zu holen, hinaufzuklettern und die Blase zum Platzen zu bringen. Die Stühle, die aus dem Leim gehen und das Sitzen zum Wagnis machen.

Es ist eine Armut, in der Kleber und Tesa die Dinge

zusammenhalten, in der man eine ganze Schublade voller Handwerkszeug braucht, um eine Wirklichkeit zu flicken, die überall bröckelt. Alles ist wackelig und provisorisch und wartet auf bessere Zeiten und hält doch ein Leben lang.

Als ich meinen Vater das erste Mal sagen hörte: »Ich bin ein Versager«, konnte ich nicht wissen, was ein Versager ist. Ich war noch zu klein. Ein paar Männer waren gekommen und hatten Sachen aus der Bar mitgenommen. »Pfändung« war das andere Wort, das ich damals lernte. Von da an stellte ich keine Fragen mehr, wenn Unbekannte in die Bar oder zu uns nach Hause kamen und Sachen mitnahmen. Ich wusste zwar nicht, was genau da vor sich ging, aber ich kapierte es doch. Als Kind lernt man schnell. Deshalb begriff ich auch, dass das Auto meines Vaters dieser Männer wegen auf den Namen meines Großvaters mütterlicherseits lief. So hieß das: »Auf den Namen eines anderen laufen« – ich kannte den Ausdruck nicht, aber ich begriff alles.

Ich wuchs heran und sah, wie mein Vater sich krumm schuftete, um den Problemen gewachsen zu sein. Tagein, tagaus arbeitete er in der Bar, auch wenn er krank war. Selbst sonntags, wenn geschlossen war, verbrachte er einen Großteil des Tages bei der Arbeit, machte die Bestellungen, schaffte Ordnung, putzte, besserte aus.

Nicht ein einziges Mal bin ich mit meinen Eltern in die Ferien gefahren. Im Sommer wurde ich bei meinen Großeltern mütterlicherseits abgeliefert, die jeweils für ein paar Wochen ein Haus in den Bergen mieteten.

Sonntags kam meine Mutter mich dort besuchen, allein, und überbrachte mir Grüße von meinem Vater. Es gibt kein einziges Foto von uns dreien vor einer Sehenswürdigkeit. Für gemeinsame Ferien war kein Geld da.

Geld… Ich kriegte mit, wie mein Vater es sich bei allen möglichen Leuten borgte. Bei Verwandten, Freunden, Nachbarn. Wie er sich demütigte und gedemütigt wurde. Oft begleitete ich ihn als Kind zu irgendwelchen Freunden, Leuten, die ich nicht kannte. Ich musste dann in der Küche warten, während er mit dem Freund ins Nebenzimmer ging, um etwas »zu regeln«. Wenn die unbekannte Hausfrau, in deren Gesellschaft ich warten musste, mich fragte, ob ich etwas essen oder trinken wollte, sagte ich immer nein. Überhaupt sprach ich nicht viel, ich fühlte mich immer unbehaglich, alle kamen mir vor wie Riesen. Meinem Vater ging es vermutlich genauso.

Alle bat er um Geld, wirklich alle. Selbst mich, als ich noch klein war. Einmal kam er zu mir ins Zimmer – ich hatte Fieber, und es ging mir schlecht, aber ich war trotzdem glücklich, weil meine Mutter gesagt hatte, das Fieber komme daher, dass ich am Wachsen sei.

»Papa, wenn ich wieder gesund bin, bin ich ein ganzes Stück größer, weißt du? Ob ich mal so groß werde wie du?«

»Na klar, sogar noch größer.«

Als er ging, nahm er meine Spardose, ein rotes Nilpferd, mit. Er werde das Geld zur Bank bringen, sagte er, und wenn ich es irgendwann wiederhaben wolle, werde es mehr geworden sein. Damit kriegte er mich rum.

Mit der Zeit kam ich dahinter, was tatsächlich mit dem

Inhalt meiner Spardose passiert war, und ich fühlte mich belogen und betrogen. Ich lernte früh, Erwachsenen nicht zu trauen, und verbarg meine Verletzlichkeit hinter gespielter Stärke. Ich hatte niemanden an meiner Seite, der Stärke ausgestrahlt und mir das Gefühl gegeben hätte, beschützt und in Sicherheit zu sein. Viele Menschen müssen im Lauf ihres Lebens einsehen, dass der übermächtige Vater gar nicht so mächtig ist. Ich wusste das schon als Kind. Auch ich hätte meinen Vater gern für unbesiegbar gehalten, aber diese Illusion zerbrach früh.

Mein Vater schuftete und schuftete. Ich erinnere mich, wie er während der Abendnachrichten am Tisch einschlief. Sein Kopf sank langsam immer tiefer, bis ihn schließlich ein letzter heftiger Ruck wieder aufweckte, als hätte er einen Schlag in den Nacken bekommen. Das brachte mich zum Lachen. Er blickte dann verstört um sich, versuchte zu verstehen, wo er war, und herauszufinden, ob meine Mutter und ich es mitbekommen hatten. Wenn er merkte, dass ich ihn beobachtet hatte, lächelte er und zwinkerte mir zu. Das machte mich glücklich. Jedes Mal, wenn er mir zuzwinkerte, am besten so, dass meine Mutter es nicht sah, fühlte ich mich ihm nah, fühlte ich mich wie sein Komplize. Es war dann eine Sache zwischen uns Männern. Ich versuchte zurückzuzwinkern, kriegte es aber nicht hin und kniff einfach beide Augen zu. Oder ich legte meinen Finger auf eines. Jedes Mal hoffte ich, dies sei der Beginn einer neuen, innigeren Freundschaft zwischen uns. Dass er von jetzt an öfter mit mir spielen und mich überallhin mitnehmen würde. Ich war so glücklich, dass ich auf meinem Stuhl mit den Beinen zu strampeln begann, als schwämme ich in diesem Gefühl. Aber die Verbrüderung ging nie über diesen kurzen Augenblick hinaus. Nach dem Essen stand er auf, um noch ein paar Dinge zu erledigen oder wieder an die Arbeit zu gehen. Ich war noch klein und verstand das nicht, dachte nur, dass er mich nicht wollte, nicht den Wunsch hatte, bei mir zu bleiben.

All meine Versuche, seine Aufmerksamkeit auf mich zu ziehen, seine Liebe zu gewinnen, schlugen fehl. Bei meiner Mutter war ich da sehr viel erfolgreicher. Sie lachte, wenn ich etwas Lustiges sagte, sie lobte mich, umarmte mich, und ich fühlte mich unendlich stark: Ich hatte es in der Hand, ihre Stimmung zu ändern, ich konnte sie froh machen. Bei meinem Vater funktionierte das nicht. Ich konnte nichts tun, damit er mich liebhatte.

Trotzdem erinnere ich mich auch an schöne Dinge, die er für mich getan hat oder die wir zusammen erlebt haben. Zum Beispiel als meine Mutter für eine kleinere Operation ins Krankenhaus musste und in der Zeit meine Oma zu uns kam, um uns zu helfen. Oma schlief in meinem Zimmer und ich bei meinem Vater im Ehebett. Jeden Morgen, bevor er hinunter in die Bar ging, kochte er mir zum Frühstück Vanillepudding. Ich erinnere mich noch genau daran, wie der Tisch gedeckt war.

Oder an jenen Samstagabend, als er, Mama und ich eine Pizza essen gingen. Es war das erste Mal, dass wir zum Abendessen ausgingen. »Und was machen wir Montag, wenn der Mann vom Wasserwerk kommt und sein Geld will?«, fragte meine Mutter.

»Keine Ahnung, das überlegen wir uns morgen«, antwortete er.

Auf dem Weg zur Pizzeria hob mein Vater mich auf seine Schultern. Ich erinnere mich ganz genau an alles. Zuerst hielt er mich an den Händen fest, dann packte er mich an den Fußgelenken, und ich legte die Hände auf seinen Kopf und krallte mich in seine Haare. Ich kann immer noch seinen Hals zwischen meinen Beinen spüren. Nie war ich größer. Nie schlug mein Herz höher. Ich weiß nicht, was an diesem Abend mit ihm los war, aber plötzlich war er ein richtiger Vater. Er schnitt mir sogar die Pizza klein. Er war nett, lachte über meine Bemerkungen. Auch meine Mutter lachte. An jenem Abend waren wir eine glückliche Familie. Er noch mehr als wir. Vielleicht war der Mann, den ich an diesem Abend sah, mein wirklicher Vater, der Vater, der er ohne all die Probleme gewesen wäre.

Als wir mit dem Auto zurück nach Hause fuhren und ich hinter ihnen zwischen den Sitzen stand, wünschte ich mir, dass dieser Abend niemals zu Ende ginge. Darum sagte ich: »Darf ich noch aufbleiben, wenn wir wieder zu Hause sind?« Aber noch während der Fahrt schlief ich ein.

Am nächsten Morgen war alles wie immer. Es war Sonntag. Meine Mutter werkelte in der Küche, mein Vater räumte in der Bar auf.

»Gehen wir heute Abend wieder Pizza essen?«

»Nein, heute bleiben wir zu Hause.«

Sie

Sie hat mich vor zwei Jahren verlassen, oder gestern Abend, oder gar nicht, ich weiß es nicht. Wenn du nicht mehr mit der Person zusammen bist, mit der du gern zusammen wärst, dann denkst du in den unmöglichsten Momenten an sie und wirst von Erinnerungen und Bildern überschwemmt. Vor allem, wenn die Gegenwart achtlos an dir vorübergeht, ist ein Plätzchen in den Ecken und Winkeln vergangener Tage vorzuziehen. *»I'll trade all my tomorrows for a single yesterday«*, wie Janis Joplin singt: All mein Morgen würde ich gegen ein einziges Gestern eintauschen.

Nicht mehr mit der Frau zusammen zu sein, mit der du gern zusammen wärst, bedeutet, dass du nachts im Dunkeln die Hand ausstreckst und nach ihr suchst. Dass du die ersten Tage morgens aufwachst, auf ihre Seite des Bettes schaust, dir die Augen reibst und hoffst, die Schlaftrunkenheit spiele dir einen Streich. Dass auf dem Herd eine Kaffeepfütze steht, weil du vergessen hast, die Flamme abzustellen. Dass du zweimal Salz ins Nudelwasser gibst. Oder gar keins. Es bedeutet, dass sich Wiederholungen häufen: von Dingen, die du tust, Gedanken, die du denkst. In dem Buch, das du gerade liest, blätterst du immer wieder zurück, weil die Worte nicht hängenbleiben, und bis du es merkst, hast du schon den Faden verloren. Und bei der DVD, die du dir anschaust, drückst du immer wieder REWIND, weil du die Handlung nicht kapiert hast.

Es bedeutet, dass du mehr zurückschaust als nach vorn. Eine Reise, bei der du nicht am Bug stehst, sondern am Heck.

Nicht mehr mit der Person zusammen zu sein, mit der du gern zusammen wärst, bedeutet, dass niemand da ist, bei dem du dich beim Nachhausekommen über deinen Tag beklagen kannst. Dass der Müllsack tagelang an der Wohnungstür stehen bleibt. Dass das Klopapier im Bad auf dem Boden oder auf dem Heizkörper liegt, aber nie da, wo es hingehört. Dass die Laken nicht mehr duften wie früher. Ich erinnere mich noch an den Geruch ihrer Laken in einer der ersten Nächte, die ich bei ihr verbrachte. In meine Wohnung zog dieser Duft ein, als es unsere gemeinsame Wohnung wurde. Jetzt ist es wieder meine Wohnung, und mit ihr haben auch alle Wohlgerüche meine Wohnung wieder verlassen. Selbst die Stille ist nicht mehr die gleiche, seit sie fort ist. Wir haben oft geschwiegen, das Schöne an unserer Beziehung war ja, dass wir uns beide nicht verpflichtet fühlten, den anderen zu unterhalten. Mit ihr war die Stille schön, rund, weich und freundlich. Jetzt ist sie störend, abweisend und zu lang. Ehrlich gesagt ist sie mir zu laut. Ich mag sie nicht.

Bevor ich sie kennenlernte, hatte ich klare Vorstellungen von meiner Person. Sie hat versucht, mir zu zeigen, dass es falsche Vorstellungen sind, und ich habe lange gebraucht, um es einzusehen. Zu lang: Als ich endlich so weit war, war sie schon fort.

Sie fehlt mir. Noch nie habe ich jemanden so geliebt wie sie. Jetzt, da ich viele Dinge verstanden habe und ein anderer geworden bin, kann ich mit keiner anderen Frau mehr zusammen sein. Ich rassle nicht mehr in ungewollte Situationen hinein, so wie früher.

Manchmal habe ich seitdem mit anderen Frauen geschlafen, aber nur mit solchen, die keine Spuren in mir hinterlassen. Mit einer lag ich sogar schon nackt im Bett, als mir plötzlich bewusst wurde, dass der Geruch ihrer Haut nicht der war, in den ich immer noch verliebt war. Ich fühlte mich so unwohl, dass ich mich wieder anzog, mich entschuldigte und ging.

Manche Beziehungen halten Jahre, und in dieser Zeit kann man sich manchmal ver- und wieder entlieben. Manche Paare hören auf, sich zu lieben, bleiben aber trotzdem zusammen. Andere beschließen sich zu trennen, brauchen aber Zeit dafür. Erst wollen sie ergründen, ob sie sich wirklich sicher sind, ob es nicht nur eine Krise ist, die vorübergeht. Wenn sie schließlich überzeugt sind, dass es wirklich vorbei ist, müssen sie noch die Art und Weise sowie die Worte finden, die am besten geeignet sind, den Schmerz ein wenig zu lindern. Manche brauchen dazu Monate oder gar Jahre. Einige vergeuden ihr ganzes Leben damit, ohne den Schritt jemals zu tun. Viele können nicht loslassen, weil sie nicht wissen, wohin sie gehen sollen, oder weil sie den Gedanken nicht ertragen, dass sie für den Schmerz des anderen verantwortlich sind – für den tiefen, heftigen Schmerz, den man empfindet, wenn man sich sehr nahe war, weshalb man ihn lieber Tag für Tag in kleinen Dosen verabreicht.

Und so dauern diese Beziehungen immer weiter fort, selbst wenn derjenige, der verlassen werden soll, das längst weiß. Aber lieber tut er so, als wäre alles in Ordnung. Wenn keiner von beiden in der Lage ist, den Dingen ins Gesicht zu sehen, wird die Situation verfahren. Ihrer beider Unfähigkeit macht sie ohnmächtig. Also lassen sie sich Zeit. Vergeuden Zeit. Schöpfen die Zeit bis zum Letzten aus.

Derjenige, der verlassen werden soll, wird meist zugänglicher, anschmiegsamer, nachgiebiger. Er oder sie versteht nicht, dass er die Situation dadurch nur noch schlimmer macht, denn wer zu allem ja und amen sagt, verliert an Attraktivität. Je länger man das hinnimmt, desto schwächer wird man.

Einige warten aber auch ab und hoffen, dass der andere einen falschen Schritt tut, einen Fehler macht, die kleinste Schwäche zeigt, damit eine Trennung unausweichlich scheint und sie nicht als Unmenschen dastehen.

Es kommt auch vor, dass zwei, die einander nicht mehr lieben und sich nur gegenseitig das Leben schwermachen, trotzdem noch eifersüchtig sind und nur deshalb zusammenbleiben, damit kein anderer ihre Stelle einnehmen kann.

Es gibt viele Gründe dafür, zusammenzubleiben. Vielleicht ist man seit fünf Jahren zusammen, hat sich davon aber nur zwei oder drei oder vier Jahre geliebt. Man kann die Qualität einer Beziehung nicht an ihrer Dauer messen. Was zählt, ist das Wie. Meine Beziehung zu ihr dauerte drei Jahre, aber für mich fühlt es sich an, als hätte ich sie vier Jahre und mehr geliebt, als wäre meine Liebe weit über die eigentliche Dauer unserer Beziehung hinausgegangen. Bis vor kurzem war ich davon überzeugt, dass ich sie auch in den zwei Jahren, die ich nun ohne sie lebe, weitergeliebt habe.

Doch eines Tages wurde mir schlagartig klar, dass ich sie in Wirklichkeit überhaupt nicht geliebt hatte, aus dem einfachen Grund, weil ich dazu gar nicht in der Lage war. Weil ich schon immer ein sehr distanzierter Mensch war. Ich habe nie wirklich geliebt, sondern lediglich Gefühle nachempfunden, wie ein Schauspieler. Zwar weine ich, wenn ich ins Kino gehe oder wenn ich einen hinkenden Hund sehe, wenn jemand stirbt oder bei Schreckensmeldungen in den Nachrichten. Vielleicht ist das typisch für Leute, die nicht wirklich lieben können.

Meine Liebe war nur gespielt – Theater. Ehrlich gemeint, aber dennoch Theater. Ohne dass es mir bewusst gewesen wäre. Ich gab nicht vor zu lieben, um sie zu täuschen. Ich sagte nicht: »Ich liebe dich«, obwohl ich wusste, dass dem nicht so war. Ich betrog mich selbst genauso, ich glaubte wirklich, dass ich sie liebte.

Sie hatte recht, als sie sagte, ich wüsste nicht, wie man liebt. Dass ich dazu nicht imstande sei. Dass ich Liebe mit Anpassung verwechselte.

»Das ist für dich das höchste der Gefühle. Du passt dich an und denkst, das sei Liebe. Aber du verwechselst da was.«

Sie wollte etwas von mir, das ich ihr nicht geben konnte,

aber ich verstand nicht, was sie meinte. Ich dachte sogar, es liege an ihr, dachte, sie sei irgendwie unsicher oder ängstlich. Von mir selbst dachte ich: Ich bin nicht eifersüchtig, ich verlange nie etwas von ihr, was sie nicht auch will, ich werde nie wütend, lasse ihr alle Freiheiten, und wenn sie ausgeht, frage ich nicht, wo sie war – was kann ich noch tun?

Ich verstand nicht, was sie von mir wollte. Irgendwann ist der Groschen gefallen. Es hat ein wenig gedauert, aber dann war ich so weit. Leider hat meine Begriffsstutzigkeit dazu geführt, dass ich seit einiger Zeit in kalten Laken schlafe.

Ich bin ein anderer geworden, und darum habe ich vor etwa einem Monat begonnen, wieder den Kontakt zu ihr zu suchen. Sie anzurufen. Heute zum Beispiel: »Hallo, ich bin's.«

»Das weiß ich. Ich hab nur abgenommen, um dir zu sagen, dass du nicht mehr anrufen sollst.«

»Aber –«

Klick.

Ich habe begriffen, dass ich sie liebe und dass ich bereit bin, zu ihr zurückzukehren. Ihr alles zu geben, was sie will. Darum war es ein Riesenschock, als Nicola mir vor ein paar Tagen sagte, dass es Neuigkeiten über sie gibt.

Eine schonend beigebrachte Neuigkeit

Wenn einer mich fragt, was ich beruflich mache, bin ich immer unsicher, ob ich »Copywriter« sagen soll oder einfach: »Ich schreibe Werbetexte.« Manchmal schätze ich es falsch ein, sage »Copywriter« und werde dann gefragt, was das denn sei. Ich antworte dann gewöhnlich: »Ich werde dafür bezahlt, dummes Zeug auszuspucken«, oder, um die Sache abzukürzen: »Freiberufler.« Das ist zwar die Antwort, die ich am allerwenigsten mag, aber damit ist die Frage am schnellsten vom Tisch.

Wenn gerade eine von mir getextete Werbung erfolgreich läuft, sage ich: »Kennst du den Spot mit dem Slogan xy? Der ist von mir.«

Wie alle Copywriter arbeite ich mit einem Art Director zusammen, in meinem Fall ist das Nicola. In unserem Job ist Kreativität gefragt, und wenn man im Kopf blockiert ist, kann man's vergessen. Deshalb wartete Nicola, bis wir die aktuelle Kampagne abgeschlossen hatten, um mir die Neuigkeit zu eröffnen, die mich dann auch prompt aus der Bahn warf. Ich selbst hätte vorher nicht gedacht, dass es mich so umhauen würde. Vielleicht hätte ich damit rechnen müssen, aber irgendwie hatte ich es trotzdem nicht erwartet.

Wenigstens habe ich es von ihm erfahren und nicht von jemand anders.

Nicola und Giulia, meine Nachbarin, sind die Freunde, die ich zurzeit am häufigsten sehe. So oft, dass wir am Telefon oder an der Gegensprechanlage nie unseren Namen sagen, sondern nur: »Ich bin's.«

Mit Giulia bin ich noch nicht so lange befreundet wie mit Nicola, aber in bestimmten Stimmungslagen harmoniere ich mit ihr besser. Manchmal brauche ich so etwas wie ein zweites Instrument, auf das ich mich einstimme, und das geht nur mit Frauen. Oft suche ich die richtige Stimmung allein, in der Stille meiner Wohnung, wie ein Musiker eben, aber manchmal brauche ich einen anderen, der mir einen Ton vorgibt. Giulia gelingt es immer, mir den richtigen Ton vorzugeben. Dafür besitzt Nicola die Gabe, durch einen dummen Spruch alles zu entdramatisieren und mich mit einem Satz oder einer Geste wiederaufzurichten. Darin ist er unvergleichlich. Ich bin froh, solche Freunde zu haben.

Giulia kommt abends oft zu mir rüber. Ich rufe sie an, und wenn sie noch nicht gegessen hat, lade ich sie zu mir ein. Es ist zwar auch schön, für sich selbst zu kochen, aber richtig Spaß macht es nur, wenn man für andere kocht. Außerdem sind Rezepte für zwei nicht nur leckerer, ich kann sie mir auch besser merken. Manchmal lädt sie mich auch zu sich ein. Dann bekomme ich auf der Arbeit eine Nachricht aufs Handy: *Heute Abend Reis und Gemüse bei mir?*

Wir sind einfach nur Freunde, zwischen uns läuft gar nichts. Das mag daran liegen, dass meine *Sie* mich gerade erst verlassen hatte, als wir uns kennenlernten, und Giulia gerade dabei war, sich von ihrem Mann zu trennen. Es war kein Platz in unserem Leben … höchstens für eine schnelle Nummer, aber bestimmt nicht mit der Nachbarin. Die Versuchung ging also an uns vorüber. Außerdem kann man sehr wohl bei einem Menschen eine gewisse Anziehung, auch sexueller Art, wahrnehmen, ohne unbedingt gleich zur Tat zu schreiten.

Als ich Giulia das erste Mal zum Essen einlud, ging ich zu ihr rüber und klopfte an ihre Tür. »Ich geleite dich zu mir. Ich bin altmodisch, musst du wissen.«

Sie lachte, und weil sie noch nicht fertig war, bat sie mich herein. Ich schaute mich um: eine echte Frauenwohnung, sauber und aufgeräumt.

Später am Abend begleitete ich sie in ihre Wohnung zurück. »Um die Uhrzeit solltest du wirklich nicht allein nach Hause gehen.«

Keinen Monat nach unserem ersten gemeinsamen Abendessen hatte ich bereits den Schlüssel zu ihrer Wohnung und sie den zu meiner. An einen der ersten Abende mit Giulia erinnere ich mich noch, als wäre es gestern gewesen, weil ich mir vorkam wie in einem Tarantino-Film.

Ich hatte ihr tagsüber eine SMS geschickt: *Fisch?* Nach wenigen Sekunden kam die Antwort:

Okay, muss aber frisch sein, vertrag ich sonst nicht, erklär ich dir später.

Lieber Fischstäbchen? Im Ernst, soll ich was anderes kochen?

Nein, Fisch ist okay. Muss nur frisch sein.

Werde auf dem Nachhauseweg einen angeln gehen.

Okay, dann Fisch um neun. Nach der Arbeit dusch ich kurz und komm dann rüber.

Ich hol dich ab, wie immer. Bis später.

Gegen halb neun hörte ich sie nach Hause kommen und ging dann um neun rüber, um sie abzuholen. In der Küche war soweit schon alles fertig: Salat, Basmatireis und im Ofen eine Dorade mit Kartoffeln und Cherrytomaten.

Wir entkorkten den Wein. Es gab zwar Fisch, doch wir wollten Rotwein trinken, also machte ich eine Flasche Montecucco auf.

»Ich muss dir was sagen, aber erschrick nicht«, sagte sie und holte ein kleines, gelbes Röhrchen mit einer Nadel obendrauf hervor, eine Art Spritze. »Wenn wir den Fisch essen und dir auffällt, dass ich irgendwie komisch oder undeutlich rede, oder wenn du merkst, dass es mir nicht gutgeht, musst du diese Kappe abmachen und mir das hier spritzen. Ist Adrenalin drin.«

»Spinnst du? Das soll wohl ein Witz sein!«

»Gar nicht. Es ist nur so, dass ich eine Histaminintoleranz habe, und Fisch, der nicht ganz frisch ist, enthält davon jede Menge. Macht aber nichts, falls es mir wirklich schlechtgehen sollte, brauchst du mir nur das hier zu spritzen.«

»Warum hast du das denn nicht eher gesagt? Dann hätte ich Pasta gemacht oder Hühnerbrust …«

»Weil ich gern ab und zu Fisch esse. Sogar Sushi esse ich manchmal. Ich sag's dir nur vorsichtshalber jetzt schon, weil ich später vielleicht nicht mehr deutlich genug sprechen kann, bevor ich bewusstlos werde.«

»Du bist ja verrückt! Das halt ich nicht aus. Ich koch dir eine Pasta. Meinst du, ich würde dich jetzt in aller Seelenruhe den Fisch essen lassen, damit du dich im nächsten Augenblick am Boden wälzt und ich dir eine Spritze ins Herz jagen muss wie in *Pulp Fiction*? Ich bin doch nicht John Travolta. Allein bei dem Gedanken zittern mir die Knie.«

»Du musst mir keine Spritze ins Herz jagen, der Oberschenkel reicht.«

»Das ist doch dasselbe. Es macht mich schon nervös, mir die Fingernägel zu schneiden, und da denkst du, ich könnte dir mir nichts, dir nichts eine Adrenalinspritze ins Bein jagen, während du auf dem Boden liegst und irgendwas vor dich hin brabbelst?«

»Es ist doch bis jetzt erst einmal passiert, damals in Amerika. Deshalb haben sie mir ja dieses Ding hier gegeben. Na los, erst letzte Woche hab ich noch Sushi gegessen. Ich sag's dir ja nur vorsichtshalber, eigentlich ist es ausgeschlossen. Der Fisch ist doch frisch, oder?«

»Ja, der ist frisch. Aber vielleicht nicht frisch genug, ich weiß es nicht, jetzt hab ich voll die Panik. Die Augen sahen gut aus, wie bei frischem Fisch, er hat mir sogar zugezwinkert und ›Iss mich‹ gesagt. Auf dem Nachhauseweg lag er zwanzig Minuten im Auto, danach hab ich ihn gleich in den Ofen getan.«

»Dann ist alles in Ordnung.«

»Sagst du …«

Wir aßen den Fisch.

Alle dreißig Sekunden fragte ich: »Wie fühlst du dich? Wie geht es dir? Alles okay?«

»Ich hätte es längst gemerkt, wenn er nicht frisch wäre. Also entspann dich. Es wird nichts passieren.«

»Du schreckst echt vor nichts zurück. Dass du überhaupt noch Fisch isst!«

»Ich mag Fisch.«

Ich gab ihr das gelbe Röhrchen zurück. »Hat's dir geschmeckt?«

»Ja.«

»Sonst noch irgendwelche Unverträglichkeiten? Wenn ich nächstes Mal zum Beispiel Truthahn mache, was muss ich da tun? Dir ein Zäpfchen reinjagen?«

»Morgen gebe ich dir eine Liste mit allem, was ich besser nicht essen sollte: Konserven, lang gereifter Käse, Tomaten … Dann weißt du, was du mir vorsetzen kannst. Ist lästig für dich, ich weiß.«

»Für mich überhaupt nicht. Aber für dich!«

Nach ein paar Monaten lud ich Giulia zum Abendessen ein, um ihr Nicola vorzustellen. Der war sowieso schon neugierig, weil ich ständig von ihr erzählte und sie zu einer Art Mythos geworden war. Inzwischen sind die beiden befreundet, und ich verbringe die meiste Zeit mit ihnen.

Nur eins an meiner Freundschaft mit Giulia begreife ich nicht. Obwohl wir einander wirklich gut verstehen und sie mich sehr gut kennt, liegt sie immer daneben, was meinen Frauengeschmack betrifft. Wie oft hat sie schon gesagt: »Ich muss dir unbedingt eine Freundin vorstellen. Sie sieht gut aus und gefällt dir bestimmt.« Dann bringt sie ihre Freundin mit, und ich denke: ›Die kann sie doch unmöglich gemeint haben.‹ Einmal sagte sie sogar, ihre Freundin sei nicht nur hübsch, sondern würde obendrein auch gut zu mir passen. Nachdem ich fünf Minuten mit der Freundin geredet hatte, dachte ich bei mir: ›Mann, Giulia, du hast wirklich gar nichts von mir kapiert.‹ Ich kann mir nicht erklären, wie sie auch nur einen Augenblick lang glauben konnte, die Frau würde mir gefallen.

Mit Nicola gibt es dieses Problem nicht, er würde nie sagen: »Ich möchte dir eine Freundin vorstellen, die bestimmt gut zu dir passt.« Er würde allenfalls sagen: »Ich möchte dir eine Frau vorstellen, die würde bestimmt gern mit dir ins Bett gehen.«

Nicola eröffnete mir die Neuigkeit bei einem Abendessen bei mir zu Hause. Eigentlich wollte er mit Sara ausgehen, aber sie hatte nachmittags angerufen und gesagt, sie fühle sich nicht wohl. Also lud ich ihn zum Essen ein. Er verbringt öfter mal einen Abend bei mir. Meistens essen wir zusammen und gucken hinterher einen Film. In meiner persönlichen Videothek befinden sich Titel wie *Es war einmal in Amerika*, *Goodfellas – Drei Jahrzehnte in der Mafia*, *Der Pate*, *Man nannte es den großen Krieg*, *Diebe haben's schwer*, *Umberto D.*, *Schlacht um Algier*, *Der große Irrtum*, *Ein seltsames Paar*, *Das Appartement*, *Die sieben Samurai*, *Signore e Signori*, *Manhattan* und *Goldrausch*. Aber die schaue ich mir nur allein an. Zusammen gucken wir meist Filme wie *Die Lucky Boys*, *Frankenstein junior*, *Zwei wie Pech und Schwefel*, *Die rechte und die linke Hand des Teufels*, *Vieni avanti cretino*, *Zoolander*, *Borotalco* oder den ersten Teil von *Vacanze di Natale*.

Ich fragte ihn, wie es Sara gehe.

»Wieder besser. Jeden Monat das Gleiche ... Hör mal, ich hab Hunger. Hast du irgendwas zu beißen, während wir kochen?«

»Guck mal im Kühlschrank. Da ist Aufschnitt und Käse, wenn du magst.«

Nicola setzte sich an den Tisch und aß Schinken und Mozzarella.

»Wie schaffst du es, dass dein Kühlschrank immer so gut gefüllt ist? Wann hast du bloß Zeit, einkaufen zu gehen?«

»Auf dem Nachhauseweg vom Büro. Ich sag dir tschüss, dann gehe ich los und kaufe ein.«

»Beneidenswert. Ich sag dir tschüss, gehe los und trinke irgendwo einen Aperitif. Weißt du, dass dieser Risotto mein erstes warmes Essen seit einer Woche ist? Seit Tagen halte ich mich nur mit Knabberzeug, Bier und Fritten auf den Beinen.«

Sein Handy klingelte, er antwortete mit vollem Mund und ging zum Telefonieren auf die Terrasse.

Vorher fragte ich ihn noch: »Willst du den Risotto lieber mit Safran oder *ai quattro formaggi*?«

»*Ai quattro formaggi*? Was ist denn mit dir los, bist du wieder gesund?«

»So gut wie.«

»Safran-Risotto wäre mir lieber, aber ich bin froh zu sehen, dass du Fortschritte machst.«

»Langsam, aber sicher geht's besser.«

Risotto *ai quattro formaggi* war *ihre* Spezialität. Niemand konnte das so gut kochen wie sie. Auch kein Restaurant. Bei uns gab es immer Risotto *ai quattro formaggi* und hinterher Tiramisù. Ich hatte es nicht mehr gekocht oder gegessen, seit sie mich verlassen hatte. Darum war Nicola so verwundert.

Als er wieder reinkam, sagte ich: »Du und dein Telefon. Seit du mit Sara zusammen bist, benimmst du dich wie ein Fünfzehnjähriger.«

»Wir haben über dich gesprochen. Ich muss dir was sagen, aber … ich weiß nicht. Sara meint, ich hätte es dir längst sagen sollen.«

»Ist sie schwanger?«

»Nein, nein, es hat nichts mit uns zu tun. Eher mit dir … also, nicht direkt, aber …«

»Du und Sara, ihr sprecht über mich, hinter meinem Rücken? Über Dinge, die mich betreffen? Ich weiß nicht, ob ich dir das verzeihen kann.«

»Keine Panik, du bist und bleibst mein bester Freund. Egal, ich muss dir was sagen. Ich versuch's schon seit Tagen, aber ich weiß nicht, wie du es aufnehmen wirst, darum habe ich auf den richtigen Moment gewartet. Jetzt, da wir den Auftrag abgeschlossen haben, will ich es dir nicht länger verheimlichen. Vielleicht haut es dich ja gar nicht um, vielleicht interessiert es dich ja nicht mal.«

»Jetzt red nicht länger drum herum, sag's mir einfach.«

»Sie … also die, deren Namen ich nicht mehr aussprechen darf, seit ihr euch getrennt habt …«

»Was ist mit ihr?«

»Sie wird in sechs Wochen heiraten.«

Ein Kind

Die erste Bar meines Vaters hatte von vormittags bis nachts geöffnet. Man musste also unter anderem lernen, wie man mit betrunkenen Gästen umgeht. Darum legte er sich jeden Mittag nach dem Essen ein wenig hin. Wir mussten dann in der Wohnung ganz leise sein und uns langsam und sachte bewegen: Messer und Gabeln wurden vorsichtig in die Schublade gelegt, die Teller lautlos zurück in den Schrank gestellt, die Stühle sorgsam verrückt, wenn man aufstand. Der Fernseher lief leise hinter der geschlossenen Küchentür, und wir unterhielten uns im Flüsterton, um Vater nicht zu stören. Nur ein einziges Mal war ich übermütig und habe ihn geweckt. Mit zerzausten Haaren und in Unterhosen trat er in die Küche und wies mich zurecht. Ich habe mich nie wieder so angestellt. Ich war mit meinem Vater nicht so vertraut wie mit meiner Mutter, deshalb fürchtete ich mich vor ihm, wenn er mit mir schimpfte. Wenn meine Mutter »Schluss jetzt« sagte, dann konnte ich immer noch ein bisschen weitermachen, und sie musste es noch mal sagen. Bei meinem Vater reichte ein Mal, und ich hörte sofort auf. Meine Mutter unterstützte die väterliche Autorität, indem sie mir oft drohte: »Wehe, wenn Papa nach Hause kommt, dann kannst du was erleben …«

Eines Tages erfuhr mein Vater, dass in einer besseren Wohngegend der Stadt eine Bar zum Verkauf stand, eine Kaffeebar mit einem guten Kundenstamm und Schwerpunkt auf dem Frühstücksgeschäft, die in den frühen Morgenstunden öffnete und abends schon um sieben schloss: das Gegenteil also von der bisherigen. Die Veränderung reizte meinen Vater, und außerdem versprach diese Bar fast doppelt so hohe Tageseinnahmen. So entschloss er sich, es zu wagen, und wir zogen in ein wohlhabendes Viertel.

Leider flossen die Einnahmen nicht wie erwartet, und unsere Schulden stiegen noch mehr.

Es war mitten im Schuljahr, deshalb blieben wir noch ein paar Monate in unserer alten Wohnung und zogen erst um, als ich in die dritte Klasse kam. Die neue Schule war schöner und sauberer, und die Heizung funktionierte im Winter immer einwandfrei. Ich musste nicht mehr, wie in der alten Schule, den Schlafanzug unter meiner Kleidung anbehalten.

Als mein Vater noch bis spät in die Nacht arbeiten musste, in der alten Bar, verbrachte ich die Abende meist allein mit meiner Mutter. Oft fragte ich sie, ob ich bei ihr im Bett schlafen dürfe, und sie erlaubte es. Ich schlief neben meiner Mutter ein und wachte in meinem eigenen Bett wieder auf. Mein Vater hatte mich in mein Zimmer getragen, als er nach Hause kam. Fast jede Nacht ging das so.

Durch die Abende zu zweit mit meiner Mutter fühlte ich mich wie der Mann im Haus, der einzige Mann an ihrer Seite. Als mein Vater die neue Bar übernahm, verbrachte er auf einmal die Abende mit uns und wurde für mich zu einer Art Rivale, der mir die Frau wegnahm, die ich liebte. Abends saßen wir zu dritt am Abendbrottisch. Eigentlich war ich glücklich, dass er auch da war, aber ich vermisste es, neben meiner Mutter einzuschlafen, ich fühlte mich wie weggeschoben, in die Ecke gestellt. Ich fand es ungerecht. Er hatte sich einfach zwischen mich und meine Mutter gedrängt. Für mich allein hatte ich sie nur noch, wenn wir früher nach Hause gingen, um das Abendessen vorzubereiten. Ich half ihr gern dabei. Sie kochte, und ich deckte den Tisch. Sie musste mich nicht einmal darum bitten, ich wusste, dass das meine Aufgabe war.

Eines Tages belauschte ich meine Eltern, wie sie darüber sprachen, dass mit Beginn des neuen Schuljahrs weitere Ausgaben auf sie zukämen und sie nicht wüssten, woher sie das Geld dafür nehmen sollten. Ranzen, Mäppchen, Hefte, Bücher … und in meinem Kopf setzte sich der Gedanke fest, dass ich eine Last war, der Grund für all unsere Schwierigkeiten.

Neue Schulbücher gab es nie. Wir kauften sie gebraucht an Bücherständen oder gleich von anderen Leuten. Von Familien, die mit den gleichen Schwierigkeiten zu kämpfen hatten wie wir. Unter den Augen einer anderen Mutter blätterte meine Mama in den Lehrmitteln herum, ehe man sich auf einen Preis einigte, eher gezwungen, sich entgegenzukommen, als ein gutes Geschäft zu machen.

Bevor die Schule begann, kaufte meine Mutter einfarbige Plastikfolie und schlug die Bücher darin ein. Von außen sahen sie alle gleich aus. Damit ich sie auseinanderhalten konnte, klebte ich Etiketten auf und schrieb die jeweiligen Fächer darauf: GESCHICHTE, MATHEMATIK, ERDKUNDE. Wenn ich ein Buch benötigte, das wir nicht gebraucht bekamen und neu kaufen mussten, dann musste ich sehr sorgsam damit umgehen. Unterstreichen durfte ich nur mit Bleistift. Manchmal ging eins meiner Bücher aus zweiter oder dritter Hand im Lauf des Schuljahrs aus dem Leim, und bis meine Mutter sie wieder zusammengeklebt hatte, ging ich mit einem Buch ohne Deckel zur Schule, so dass man gleich die erste Seite sah. Dann rüffelte mich die Lehrerin: »Wie gehst du bloß mit deinen Büchern um!«

Sie mochte mich nicht. Den Grund dafür habe ich nie herausgefunden, vielleicht einfach, weil ich arm war. Armut stößt manche Leute ab wie eine ansteckende Krankheit. Ich fühlte mich nicht akzeptiert, nicht gut gelitten, nicht dazugehörig, und ich begriff nicht, warum. Ich flüchtete mich in Tagträumereien, war abgelenkt und folgte dem Unterricht nicht mehr. Auch dass ich die ganze Zeit stillsitzen und mir Dinge anhören sollte, die mich nicht interessierten, verführte mich zum Träumen. Den ganzen Vormittag lang schaute ich aus dem Fenster auf den Ast eines Baums, der bis hinauf an unser Klassenzimmerfenster reichte, und stellte mir vor, wie ich über diesen Ast floh. Ich erfand Geschichten, in denen ich um die Welt reiste. Ich träumte davon, rauszukommen und zu spielen, Menschen zu begegnen, mit meinem Schiff ferne Länder zu entdecken. Immerzu fragte ich mich, wie wohl die Welt außerhalb der Schule am Vormittag sein mochte. Ich kannte sie ja nur am Nachmittag. Ich träumte davon, mir das Vormittagsleben, das die Schule mir raubte, zurückzuerobern.

Die Angewohnheit, aus dem Fenster zu schauen und vor mich hin zu träumen, habe ich noch immer: In Konferenzen muss ich manchmal aufstehen und nach draußen schauen. Langes Sitzen halte ich einfach nicht aus.

Eins habe ich jedenfalls von jener Lehrerin gelernt: zu hassen. Vorher hatte ich noch nie jemanden gehasst. Mit ihren Demütigungen hat sie es mir beigebracht. Mein Körper begann zu rebellieren: In der Schule bekam ich schreckliche Bauchkrämpfe, die erst aufhörten, wenn meine Mutter kam und mich abholte.

Ich versuchte die Lehrerin deshalb auch immer wieder zu ärgern. Zum Beispiel legte ich mein Heft beim Schreiben im Unterschied zu meinen Mitschülern so vor mich hin, dass ich nicht von links nach rechts, sondern von unten nach oben schreiben und mich dabei auch noch zur Seite drehen musste. Mehrmals versuchte sie mich »zurechtzubiegen«, aber ich hielt dagegen. Schließlich gab sie es auf, zumal meine Schrift wirklich schön war. Durch meine Haltung beim Schreiben waren die Buchstaben, vor allem die großen, nach vorn geneigt, wie Baumwipfel im Wind. Noch heute schreibe ich so.

Außerdem weigerte ich mich zu lernen. Meiner Mutter war nur wichtig, dass ich artig war. Gutes Benehmen war für sie alles. Aus Rücksicht auf die Nachbarn lief der Fernseher immer nur leise. Immer grüßte sie alle und jeden, sogar Leute, die nie zurückgrüßten. Ich hab die guten Manieren so eingebleut bekommen, dass ich der Stewardess, die mir bei meinem ersten Flug Kaffee anbot, antwortete: »Oh, wenn Sie sich grad welchen kochen, nähme ich auch gern ein Tässchen!«

Da wir uns keinen Familienurlaub leisten konnten, schickten meine Eltern mich manchmal in ein Ferienlager. Dann stickte meine Mutter vorher auf alle meine Kleidungsstücke einschließlich Unterhosen, Socken und Handtücher meine Initialen.

Im Ferienlager küsste ich auch zum allerersten Mal ein Mädchen, Luciana. Meine eindringlichste Erinnerung an dieses Lager ist allerdings weniger romantisch, leider. Ich hatte mit Piero Streit und piesackte ihn, bis er schließlich rief: »Ach, halt die Klappe! Du bist doch nur hier, weil Don Luigi für dich bezahlt hat.«

»Stimmt gar nicht!«, schrie ich.

»Doch! Meine Mutter hat's mir gesagt, und die muss es ja wissen, die hat nämlich das Geld für dich gesammelt… also hat die Kirche für dich bezahlt und nicht du.«

Ich sprang ihm an die Gurgel und schlug heulend auf ihn ein, bis uns jemand trennte und ich davonrannte. Später kam Don Luigi zu mir. Ich fühlte mich elend, hatte das Gefühl, dass alle Bescheid wussten und mich komisch ansahen.

Eigentlich wusste ich längst, dass meine Familie anders war als die anderen. Solange man bei sich zu Hause ist, merkt man es nicht so. Dass man arm ist, fällt erst im Vergleich mit anderen auf, in der Schule zum Beispiel, und nicht nur wegen der gebrauchten Bücher: Ich hatte auch keinen Ranzen mit den neuesten Zeichentrickfiguren drauf; meine Hefte hatten alle die gleiche Farbe, weil mein Vater sie in demselben Großhandel besorgte, in dem er auch die Sachen für die Bar einkaufte; und mein Mäppchen hatte meine Mutter aus Jeansresten selbst genäht...

Die Situation meiner Familie erschien mir wie eine Krankheit, wie eine Strafe Gottes. Als Don Luigi in der Sonntagspredigt über Pontius Pilatus und dessen Ausspruch »Ich wasche meine Hände in Unschuld« sprach, dachte ich unwillkürlich, dass Gott mit meiner Familie genauso verfuhr wie Pontius Pilatus mit Jesus.

Damals trug ich nur Kleidung, die andere schon getragen hatten: Cousins, Kinder von Nachbarn oder Freunden. Eines Sonntags gingen wir zum Essen zu meiner Tante, der Schwester meiner Mutter. Als mein Cousin, der zwei Jahre älter ist als ich, mich sah, erkannte er sofort den Pullover wieder, den ich trug. Es war seiner gewesen, und obwohl er ihn eigentlich schon längst vergessen hatte, wollte er ihn jetzt natürlich unbedingt wiederhaben, weil ich ihn hatte. »Gib her, der gehört mir!«, brüllte er und begann an meinem Pulli zu zerren, als wollte er ihn mir vom Leib reißen. »Du hast ihn mir gestohlen!«

Ich wusste nicht, dass der Pulli vorher ihm gehört hatte, und verstand erst gar nicht, was er wollte. Jedenfalls kehrte ich ohne den Pulli nach Hause zurück, und ich habe nicht geweint. Als aber derselbe Cousin einmal zu mir sagte, ich sei adoptiert und meine Mama sei gar nicht meine richtige Mama, da habe ich geweint.

Was das Einkaufen anging, war meine Mutter umsichtig und mit allem sehr sparsam. Als Betreiber einer Bar bekamen wir viele Lebensmittel billiger. Dafür gab es bei uns alles nur in gigantischen Mengen: Fünfkilodosen mit Thunfisch, eimerweise Mayonnaise und Eingelegtes, riesige Packungen mit Wurst und Käse. Um mich herum war alles völlig überdimensioniert.

Nach Weihnachten gab es bei uns noch wochenlang Panettone, weil er im Sonderangebot war, drei zum Preis von einem. Und noch einen Vorteil hatte die Bar. Ich besaß fast alles, was man mit Sammelpunkten bekommen konnte: den roten Jogginganzug, das Radio, das aussah wie eine Mühle, und die kleinen Rennautos aus dem Schoko-Osterei.

Warum ruft ihr nicht an?

Wenn ich in Eile bin, gehe ich zum Einkaufen in den Supermarkt. Am Eingang schnappe ich mir im Vorbeigehen einen Korb. Oder zwei, wenn ich viel einkaufen muss. Einen Wagen benutze ich nie.

Ich bin schnell. Wenn ich etwas von der Wursttheke brauche, ziehe ich als Erstes ein Wartemärkchen. Je nachdem, wie viele Leute vor mir dran sind, besorge ich inzwischen noch andere Dinge, und wenn ich dann an der Reihe bin, habe ich meinen Weg durch die Gänge bereits beendet.

Ich schaue nie auf den Preis. Ich kaufe immer die gleichen Sachen und bemerke nicht, wenn sie teurer geworden sind. Die gleichen Kekse, die gleichen Nudeln, immer den gleichen Thunfisch: Beim Einkaufen bin ich phantasielos. Dass ich auch andere Dinge einkaufen könnte, fällt mir erst auf, wenn ich in einen fremden Supermarkt gehe. Wobei das auch nicht ohne Risiko ist, denn wenn ich dort etwas Neues kaufe, das mir schmeckt und das es in meinem Supermarkt nicht gibt, dann muss ich immer wieder dorthin.

Wenn ich nicht in Eile bin, kaufe ich Obst, Gemüse und Fleisch lieber in kleineren Läden. Mein Obst- und Gemüsehändler ist ein Mann um die sechzig, der sein

Leben lang nichts anderes gemacht hat. Aus alter Gewohnheit hat er immer noch einen Stift hinterm Ohr, obwohl er längst mit einer Registrierkasse abrechnet. Den habe er schon immer bei sich getragen, meinte er mal, ihn nicht dabeizuhaben sei für ihn das Gleiche, wie ohne Arbeitshose herumzulaufen.

Neulich war ich wieder mal in Eile und wollte nur schnell ein paar Dinge einkaufen. Also schnappte ich mir am Eingang zum Supermarkt einen Korb und zog an der Theke eine Nummer: 37.

»Wir bedienen gerade den Kunden mit der Nummer dreiunddreißig.«

Also beschloss ich, erst noch die anderen Dinge zu besorgen, die ich brauchte. Vier Nummern, das sollte reichen. Als ich gerade vor dem Kühlregal mit den Milchprodukten stand und nach dem Joghurt greifen wollte, klingelte mein Handy. Es war meine Mutter.

»Hallo, Mama.«

»Hallo. Störe ich?«

»Nein, ich bin gerade beim Einkaufen.«

»Sehr schön.«

»Wie geht es euch?«

»Gut, gut …«

Irgendwie klang ihre Stimme seltsam.

»Ist was passiert? Deine Stimme klingt so komisch …«

»Nein, nichts … aber ich muss dir was sagen, hör zu.«

Wenn meine Mutter »Hör zu« sagt, dann ist was passiert. So wie sie mit »Prächtig schaust du aus« sagen will, dass ich zugenommen habe.

»Was ist los?«

»Du darfst dir keine Sorgen machen, aber du solltest Bescheid wissen. Es geht um Papa.«

»Was ist mit ihm?«

»Ach, wahrscheinlich ist es ja nichts Schlimmes, aber letzte Woche war er zur Untersuchung. Sie haben ihn geröntgt und dabei was entdeckt. Darum wollen sie jetzt ein CT und eine Biopsie machen, um zu sehen, was es ist. Verstehst du?«

»Ist es denn was Ernstes?«

»Das wissen sie noch nicht, darum wollen sie ja diese anderen Untersuchungen machen, um das rauszufinden, verstehst du?«

»Ja, ja, schon klar … Und wann werden all diese Untersuchungen gemacht?«

»Die sind schon letzten Freitag gemacht worden.«

»Was? Und warum erfahre ich das jetzt erst? Warum habt ihr mir nicht vorher Bescheid gesagt?«

»Wir fanden, du solltest dich nicht unnötig aufregen, vielleicht ist es ja nichts Schlimmes. Wir wollten dir erst Bescheid sagen, wenn wir die Ergebnisse haben und wissen, was es ist. Nicht, dass du dir unnötig Sorgen machst …«

»Ihr hättet es mir trotzdem sagen sollen … Wann bekommt ihr denn die Ergebnisse?«

»Morgen früh, um neun müssen wir dort sein.«

»Könnte es denn etwas Ernstes sein?«

»Ja also, irgendwie … schon.«

»Was meinst du mit ›irgendwie schon‹? Was hat er denn?«

»Na ja. Sie haben wohl einen Knoten in der Lunge entdeckt, und der könnte ... warte mal kurz, ich habe den Arzt gebeten, es mir aufzuschreiben, ich will ja nichts Falsches erzählen ... Also, er sagt, es könnte entweder ein Adenokarzinom oder ein Kleinzellkarzinom sein. Das Zweite wäre was Ernstes. Dann müsste er eine Chemotherapie machen und so.«

»Chemotherapie? Aber Mama ... erst sagst du, ihr wollt nicht, dass ich mir Sorgen mache, und jetzt überfällst du mich aus heiterem Himmel mit allem auf einmal, und auch noch am Telefon!«

»Ich weiß, das war wohl nicht besonders geschickt von mir. Aber du wirst sehen, alles wird gut.« Bevor wir auflegten, sagte sie noch einmal: »Es tut mir leid, dass ich dich so überfallen habe. Aber bestimmt ist am Ende alles ganz harmlos ...«

Ich stand da, mit dem Einkaufskorb in der Hand, und starrte ins Leere. Es dauerte ein paar Minuten, bis vor meinen Augen wieder die Joghurtbecher mit ihren sorgfältig aufgedruckten Verfallsdaten auftauchten. In der Ferne hörte ich eine Stimme sagen: »Siebenunddreißig ... die Siebenunddreißig bitte«, doch als ich wieder zu mir kam und begriff, wo ich war, wurde an der Wursttheke bereits die 38 aufgerufen. Ich stellte meinen Korb auf dem Boden ab, verließ den Supermarkt und ging nach Hause.

Meine Eltern sind zurückhaltende, wohlerzogene und respektvolle Menschen. Auch mir gegenüber. Vor allem meine Mutter, die mich bei jedem Anruf fragt, ob sie mich auch nicht stört und ob ich gerade sprechen kann. Manchmal fügt sie, bevor ich antworten kann, noch hinzu: »Sonst rufe ich lieber ein andermal wieder an ...«

Sie wollen nicht, dass ich mir Sorgen mache, aber manchmal übertreiben sie es mit ihrem Beschützerinstinkt und überfallen mich mit allem auf einmal, wie diesmal, so dass ich völlig unvorbereitet bin und keine Möglichkeit habe, es erst mal zu verarbeiten. Immer wieder versuche ich ihnen klarzumachen, dass es besser wäre, wenn sie mich mehr auf dem Laufenden hielten, vor allem was sie selbst betrifft.

Einmal musste ich für einen Job nach Cannes, und während ich dort war, wurde die Schwester meiner Mutter notfallmäßig ins Krankenhaus eingeliefert. Jedes Mal, wenn ich zu Hause anrief und fragte, wie es meiner Tante gehe, antwortete meine Mutter, dass alles in Ordnung sei und ich mir keine Sorgen machen solle.

»Du klingst aber besorgt, Mama. Soll ich nach Hause kommen?«

»Bist du verrückt? Nein, du musst doch arbeiten. Außerdem könntest du hier sowieso nichts tun.«

Als ich kurz darauf zurückkam, eröffnete mir meine Mutter, dass meine Tante gestorben und bereits beerdigt worden sei.

Meine Eltern sind einfache Leute, die noch nie mit einem Flugzeug geflogen sind und die Stadt, in der sie leben, erst einmal verlassen haben, um in Urlaub zu fahren. Weil sie mich öfters Englisch sprechen hören oder weil ich häufiger mit dem Flugzeug reise, als sie ihr Auto benutzen, denken sie, ich würde in einer anderen Welt fernab der ihren leben, in der sie mich mit ihren unwichtigen Belangen nicht stören dürfen.

Nach dem Telefonat mit meiner Mutter ging ich zu

Giulia. Als sie die Tür öffnete und mich blass und verstört dastehen sah, dachte sie erst, es gehe mir körperlich nicht gut. Ich setzte mich aufs Sofa und erzählte ihr von dem Gespräch mit meiner Mutter.

»Das tut mir leid. Aber mach dir vorerst keine Gedanken, vielleicht ist es ja wirklich nur ein Adenokarzinom, und wenn sich noch keine Metastasen gebildet haben, kann man es operieren. Sie entfernen den Knoten, und dein Vater braucht nicht mal eine Chemo. Ist auch keine komplizierte Operation. Mein Onkel hatte etwas Ähnliches.«

»Aber wenn nicht? Kennst du dich mit so Sachen aus?«

»Seit der Geschichte mit meinem Onkel schon, zumindest ein bisschen. Willst du die Wahrheit hören?«

»Nein… doch. Meiner Mutter wurde gesagt, es könnte auch was anderes sein. Ich weiß den Namen nicht mehr, aber wenn es das ist, muss er wohl eine Chemotherapie machen.«

»Ein Kleinzellkarzinom.«

»Ja genau, das war es… Und was, wenn es das ist?«

Giulias Gesichtsausdruck verriet mehr als alle Worte. Bedauern.

»Sag's mir.«

»Also, falls es das sein sollte, was ja überhaupt noch nicht feststeht, dann können sie nicht operieren, dann ist eine Chemotherapie angesagt. Und es besteht nicht viel Hoffnung auf Heilung.«

»Was meinst du mit ›nicht viel Hoffnung‹?«

»Im schlimmsten Fall bleiben ihm vielleicht noch ein paar Monate. Aber daran sollte man jetzt noch gar nicht denken. Erst müssen sie herausfinden, welche Art von Tumor es überhaupt ist. Bestimmt ist es nur ein Adenokarzinom. Das ist es meistens, wenn jemand einen Knoten auf der Lunge hat.«

»Hättest du vielleicht ein Glas Wein für mich? Sonst geh ich schnell zu mir rüber und hole welchen …«

Während sie den Wein holte, blieb ich auf dem Sofa sitzen und starrte auf den dunklen Bildschirm des Fernsehers. Ich sah mein Spiegelbild, unklar und verschwommen. Genauso fühlte ich mich.

Sie (die ein Kind wollte)

Ideen klauen gehört irgendwie zur kreativen Arbeit dazu. Nicola und ich tun das auch. Man klaut aus Filmen, Songs und Gesprächen, die man in der Schlange vor der Supermarktkasse oder im Zug belauscht hat. Wie Vampire saugen die Kreativen alles aus, was ihren Weg kreuzt. Sie schnappen irgendein Wort, einen Satz oder einen Gedanken auf, plötzlich geht ihnen ein Licht auf, und sie wissen: Das ist es, wonach sie die ganze Zeit gesucht haben. Und dabei ist es ihnen nicht mal bewusst, dass sie etwas stehlen. Sie glauben, alles stände zu ihrer freien Verfügung. Darum sind die Worte von Jim Jarmusch die Bibel der Kreativen: »Entscheidend ist nicht, woher man die Dinge nimmt, sondern was man daraus macht.«

Unsere Antennen stehen immer auf Empfang, selbst wenn wir nicht arbeiten. Wenn Nicola und ich am Beginn einer neuen Werbekampagne stehen, sind wir nicht nur extrem hellhörig, wir haben auch eine besondere Methode, die uns dabei hilft: Wir machen eine Aufstellung von Dingen, eine Art Hitliste. Das ist unser Warm-up. Wenn ich zum Beispiel sage: »Klänge und Geräusche, die wir mögen«, dann nimmt Nicola eine der Antistress-Pillen, die er in seinem Schreibtisch aufbewahrt, denkt eine Weile nach und beginnt mit seiner Aufzählung:

»Das Quietschen des Gartentors, als ich noch klein war. Hab ich seit Jahren nicht gehört.

Das Geräusch der Fahrradkette, wenn ich rückwärts trat.

Der Klang des Regens, den du morgens, wenn du noch im Bett liegst, am Rauschen der vorbeifahrenden Autos erkennst.

Das Fauchen der Kaffeemaschine auf dem Herd.

Das Brutzeln in der Pfanne, wenn du die Zwiebeln dazugibst.

Das Klimpern der Schlüssel am Türschloss, wenn du auf jemanden wartest.

Das Klappern der Tassen in der Bar.«

So eine Aufzählung regt nicht nur Gehirn und Phantasie an, manchmal ist auch etwas dabei, das wir für eine Kampagne verwerten können. Kommt gar nicht so selten vor – es sei denn, es handelt sich um eine von Nicolas Hitlisten der vulgären Dinge, die machen wir nur ab und zu zum Privatvergnügen.

Auf die Liste mit dem Titel *Schöne Dinge, die du gesehen hast* hatte Nicola zum Beispiel »Kinder, die am Flughafen ihre kleinen Trolleys hinter sich herziehen« gesetzt, und dieses Bild haben wir dann später tatsächlich für eine Werbekampagne verwendet.

Nicola ist jemand, der seinen Worten Taten folgen lässt. Zum Beispiel hatte er mir mal eine Liste versprochen mit guten Gründen dafür, warum man gleich zu Anfang Sex mit einer Frau haben sollte. Ein paar Tage später gab er sie mir:

»Damit man nackt in der Wohnung herumlaufen kann,

wenn sie da ist, und sich nicht nach dem Duschen ein Handtuch umwickeln muss.

Damit man aus der Flasche trinken kann, ohne sich dafür mit Sätzen zu entschuldigen wie: ›Ist eh nicht mehr viel drin, ich mach sie nur leer.‹

Damit man gleich herausfindet, ob es nicht besser wäre, nur befreundet zu sein.

Damit man nicht nett sein muss, wenn einem der Sinn nicht danach steht.

Wenn ein Abendessen auf dem Programm steht, sollte man vorher Sex haben (mit leerem Magen ist es intensiver, und danach hat man schön Hunger, außerdem ist Sex nach dem Abendessen unoriginell).

Damit man ihr nicht die ganze Zeit in den Ausschnitt gucken muss, wenn sie redet.

Um zu sehen, ob man am Tag danach noch miteinander telefonieren mag.«

Er nannte mir auch einen Grund aus weiblicher Sicht: Damit sie der Freundin, der sie all seine SMS vorgelesen hat, endlich was Interessantes zu erzählen hat, in allen Details. Frauen lieben Details.

Als Nicola mit seiner Liste fertig war, sagte er noch: »Für uns Männer ist es leichter. Unter Männern lautet die Frage: ›Und, hast du sie gevögelt?‹ Unter Frauen dagegen lautet sie: ›Glaubst du, er wird sich wieder bei dir melden?‹«

Als wir tags darauf mit Giulia darüber sprachen, war sie, was die Einschätzung der Frauen anging, nicht einverstanden. Das hänge doch sehr von der jeweiligen Frau ab, meinte sie, vor allem vom Alter. Die jüngere Generation würde eher die Frage stellen, die Nicola für typisch männlich halte. Und die sie im Übrigen »geschmacklos« finde.

Die Beziehung zwischen den beiden finde ich sehr amüsant. Giulia ist eher zurückhaltend, taktvoll, feinfühlig. Nicola dagegen wird in ihrer Gegenwart noch ordinärer und vulgärer, weil es ihm Spaß macht, sie zu provozieren. Kein Detail lässt er aus, so dass es sogar mir manchmal zu viel wird. Obwohl er mich oft zum Lachen bringt.

Neulich fragte Giulia, ob ich eine Handcreme hätte, und ich meinte, sie liege im Bad. Als sie zurückkam und die Creme auf ihren Händen verteilte, sagte sie: »Der Geruch von Nivea erinnert mich immer an den Sommer.«

»Mich eher an Analverkehr«, warf Nicola ein. »Schau mich nicht so an, manchmal hatte ich eben nichts anderes zur Verfügung. Wenn ich Nivea rieche, kriege ich eine Erektion. Ist einfach ein pawlowscher Reflex.«

Nie werde ich Giulias angewidertes Gesicht vergessen.

Nicola provoziert und stichelt gern, er mag es, andere aus der Reserve zu locken. Auch als ich sie kennenlernte, also die Frau, die mich verlassen hat und die in sechs Wochen heiraten wird, fragte er mich sofort, ob ich sie schon gevögelt hätte, und wir haben uns sogar ein wenig gezankt, weil ich nicht darüber reden wollte. Überhaupt habe ich nie viel über sie gesprochen. Ich weiß nicht, warum. Ebenso wie ich nicht weiß, warum sie mir eigentlich so sehr fehlt, wo ich doch in der letzten Phase unserer Beziehung ziemlich gelitten habe.

Die Liebesgeschichte mit ihr war die wichtigste meines Lebens. Wir wohnten zusammen, begriffen aber irgendwann, dass das Zusammenleben uns eigentlich schadete: unserem Leben, unserer Beziehung und auch uns selbst. Das Zusammenleben machte schlechtere Menschen aus uns. Immerhin haben wir es geschafft, uns das einzugestehen. Anstatt zu lügen, um uns gegenseitig nicht zu verletzen, haben wir darüber gesprochen. Wir wollten uns beide nichts vormachen.

Wir konnten uns zwei getrennte Wohnungen leisten und waren quasi schon in der Auflösung unseres gemeinsamen Haushalts begriffen, um unsere Beziehung zu retten. Wir wollten nichts überstürzen, aber gerade deshalb trennten wir uns schließlich ganz.

Das heißt, sie trennte sich von mir, wenn man's genau nimmt.

Manchmal kamen Zweifel in uns hoch. Das ist normal, denke ich. All unsere Freunde lebten zusammen, nur wir waren irgendwie anders. Das beunruhigte uns, auch wenn wir überzeugt waren, dass einige von ihnen sich wohl eher gegenseitig ertrugen, als dass sie sich liebten.

Unsere eigentliche Krise kam, als wir begannen, über Kinder zu sprechen. Kann man gemeinsam ein Kind bekommen und doch in getrennten Wohnungen leben? Zusammen zu sein, ohne zusammenzuwohnen, erschien uns als ideale Lösung, aber mit Kind?

Uns beiden war es wichtig, auch mal allein zu sein, ohne den anderen. Dadurch wahrten wir unsere Unabhängigkeit. Unsere Freunde machten oft nicht den Eindruck, besonders zufrieden zu sein. Glücklich wäre vielleicht auch zu viel verlangt gewesen, aber sie waren nicht mal zufrieden. Alle sagten, die Kinder seien ihr Ein und Alles, das einzig wirklich Schöne im Leben. So als wäre die Beziehung der Preis, den man für die Fortpflanzung zahlen muss.

Die Freunde, die Kinder hatten, meinten, wir könnten das nicht verstehen. Selbst wenn sie vorher von Unsicherheiten geplagt wurden, waren sie binnen Monaten nach der Geburt eines Kindes plötzlich die Weisheit in Person und gaben vor, alles über das Leben zu wissen. Egal, worum es ging, sie sahen einen von oben herab an und sagten: »Das verstehst du nicht, dazu musst du erst selbst Kinder haben.«

Darüber konnten wir nur lachen. Zu sehen, wie nahtlos sie auf die andere Seite wechselten, wie schnell sie den Text ihrer neuen Rolle beherrschten, amüsierte uns so sehr, dass wir selbst diese hohle Phrase anbrachten, wo es nur ging:

»Möchtest du ein Glas Wasser?«

»Ja, gern.«

»Es ist sehr wichtig, genug zu trinken. Aber das kannst du natürlich erst verstehen, wenn du selbst Kinder hast.«

Keiner unserer Freunde war durch Heirat oder Kinder ein erfüllterer, besserer Mensch geworden. Ihre vielbeschworene Liebe war ein Kompromiss, eher Pflicht als Verlangen, eher ein »Lass gut sein« denn ein Dialog. Zusammen blieben sie meist nur wegen der Kinder oder aus Angst vor dem Alleinsein, nur selten, weil sie es wirklich wollten.

Schließlich beschlossen wir, es trotzdem zu versuchen.

Wir waren drauf und dran, unsere gemeinsame Wohnung aufzugeben und ein Kind zu bekommen, als ich mich plötzlich der Situation nicht mehr gewachsen fühlte und einen Rückzieher machte.

Ich war noch nicht bereit, Vater zu werden.

Mein Leben war bis dahin sehr anstrengend gewesen, ich hatte immer viel gearbeitet und wenig auf mich selbst geachtet, auf meine ureigenen Bedürfnisse. Ich hatte Angst, mit einem Kind würde das alles wieder von vorn beginnen. Mit einem Kind würde ich noch mehr Arbeit und Verantwortung auf mich laden, dachte ich. Und außerdem: Wie konnte ich mir ein Kind wünschen, wenn ich mir immer noch einen Vater wünschte?

Just zu der Zeit also, als ich mich nicht festlegen konnte und unbeschwert in den Tag hineinleben wollte, wünschte sie sich ein Kind. Dabei hätte ich ihr ganz am Anfang, als wir frisch zusammen waren, sofort eins gemacht. Nicht, weil ich darüber nachgedacht hätte und bereit gewesen wäre, sondern weil ich irgendwie in einem Taumel war und eben nicht nachdachte. Nur so hätte ich ein Kind zeugen können: im ersten Rausch des Verliebtseins. Damals meinte sie zu Recht, es wäre besser, noch ein wenig zu warten und zu sehen, wie sich die Dinge entwickeln. Doch als ich wieder auf dem Boden angekommen war, verließ mich der Mut.

Spuren der Wut

Nach der achten Klasse beschloss ich, nicht weiter zur Schule zu gehen, sondern in der Bar meines Vaters zu arbeiten. Ich wollte nicht noch weitere fünf Jahre dafür verantwortlich sein, dass so viel Geld für Bücher und Ähnliches ausgegeben wurde.

Ich beschloss also, in der Bar mitzuarbeiten, immerhin hatte ich diese Alternative. Meine Eltern würde ich weniger kosten als ein Angestellter. Es schien alles schon festgelegt: Eines Tages würde ich die Bar übernehmen.

Als ich bei ihnen anfing, wurde mir erst richtig klar, wie schlimm die Lage tatsächlich war. Mein Vater hatte immer versucht, uns aus seinen wirtschaftlichen Schwierigkeiten herauszuhalten, und vieles gar nicht erzählt. Meine Mutter fragte nicht viel, sie vertraute ihm, sie liebte ihn. Ich hatte ihn auch lieb, aber ich wollte wissen, wie die Dinge standen. Also sah ich mir alles genau an, machte mich schlau. Und bald wusste ich Bescheid.

Wir ertranken in Schulden. In der Wohnung, in der Bar, in jeder Schublade, die ich öffnete, fand ich unbezahlte – in einigen wenigen Fällen auch bereits bezahlte – Wechsel.

Wenn man einen Wechsel bei Fälligkeit nicht begleichen kann, landet er erst mal beim Notar, wo man ihn gegen Zahlung von zusätzlichen Gebühren innerhalb von drei Tagen begleichen kann. Schafft man es nicht, dann geht er ans Gericht, und man hat einige Tage Zeit, per Antrag mit Gebührenmarke den Protestvermerk auf dem Wechsel wieder austragen zu lassen. Das kostet einen Haufen Geld und ist mit viel Papierkrieg verbunden. Einmal stand ich im Gericht an einem Tisch und füllte den entsprechenden Antrag aus, als ein Gerichtsangestellter, ein kleiner Mann mit roten Haaren, daherkam und mich anblaffte: »Du kannst hier nicht einfach einen Tisch benutzen. Die wurden bestimmt nicht hier aufgestellt, damit du besser schreiben kannst. Ein bisschen mehr Respekt, bitte.« Unwillkürlich senkte ich den Kopf und bat um Verzeihung. Ich ging hinaus und schrieb meinen Antrag auf einer Bank. Im Sitzen war das zu unbequem, also kniete ich mich davor.

Den Antrag füllte ich so häufig aus, dass mir die Worte wie eine Litanei im Gedächtnis geblieben sind: »An den hochwohlgeborenen Richter, von dem der Unterzeichnete hiermit erbittet...« Die Grußformel am Ende musste lauten: »Mit vorzüglicher Hochachtung«. Ich erinnere mich so gut daran, weil ich mich einmal verschrieb und ein neues Formular kaufen und alles noch mal ausfüllen musste. Zum Glück hatte ich die Gebührenmarke noch nicht aufgeklebt. Ich hatte nämlich den unverzeihlichen Fehler begangen, »Hochachtung« kleinzuschreiben.

An jede einzelne dieser peinlichen oder für meine Familie demütigenden Situationen erinnere ich mich noch ganz genau, an all die unangenehmen, unhöflichen, hochmütigen und selbstgefälligen Menschen, denen ich begegnet bin. Menschen, die es gewohnt sind, den Schwächeren gegenüber stark und den Stärkeren gegenüber schwach zu sein.

Ich erinnere mich, wie mein Vater morgens auf die Vertreter wartete, denen er Geld schuldete und denen er immer nur das Gleiche sagen konnte: dass er kein Geld habe und sie später wiederkommen müssten. Als ich zum ersten Mal an einer solchen Verhandlung teilnahm, wandte sich mein Vater, ich weiß nicht, warum, kurz zu mir um, und unsere Blicke trafen sich. Das Ganze war mir peinlich, ich schämte mich für ihn. Danach versuchte ich mich möglichst fernzuhalten, wenn sich ein Vertreter angekündigt hatte.

Wie oft stand ich gemeinsam mit meiner Mutter an der Kasse und wartete darauf, dass das noch fehlende Geld hereinkam, um dann zur Bank zu laufen und es noch schnell vor Schalterschluss einzuzahlen. Manchmal fehlte gar nicht viel, aber wir hatten bereits unsere Taschen geleert, in allen Mänteln im Schrank nachgeschaut und Freunde gefragt. Manche Freunde konnten wir nicht um Geld bitten, weil wir ihnen schon welches schuldeten.

Was für ein Leben: immer im Laufschritt mit hängender Zunge und klopfendem Herzen, und das alles wegen vollkommen lächerlicher Beträge. Einmal fehlten uns nur zwanzigtausend Lire, und bei jedem neuen Gast hofften wir, er werde mehr bestellen als nur einen Kaffee. Einen Toast, ein Sandwich, ein Bier, irgendwas, das ein bisschen teurer war.

Ein andermal hatten wir das Geld endlich zusammengekratzt, und ich stopfte es in eine Papiertüte, setzte mich auf mein Fahrrad und raste los. Mindestens zweimal wäre ich beinahe umgefahren worden. Völlig außer Atem kam ich beim Gericht an und erklärte, dass ich einen Wechsel bezahlen wolle. Der Beamte, ein zwergenhafter Mann um die sechzig, musterte mich und sagte: »Was kommst du jetzt angelaufen? Wer kein Geld hat, sollte einen Wechsel überhaupt nicht erst unterschreiben.«

Dann nahm er die Papiertüte und zählte die Scheine, wobei er sie fein säuberlich stapelte.

»Und das nächste Mal leg sie ordentlich zusammen, alle mit der gleichen Seite nach oben.«

Ich musste mir eine Erwiderung verkneifen: Das nächste Mal würde ich es vielleicht nicht rechtzeitig schaffen, und wenn ich nur eine oder zwei Minuten zu spät kam, würde er darüber befinden, ob es reichte oder nicht. Wenn ich aber gute Miene zum bösen Spiel machte, würde er vielleicht die Güte haben, ein Auge zuzudrücken. Ja, für seine Freundlichkeit musste man ihm sogar noch dankbar sein, was er mir nun auch tatsächlich unter die Nase rieb: »Diesmal lasse ich es durchgehen, ich bin ja kein Unmensch … Aber dass mir das nicht zur Gewohnheit wird!«

Man lernt, zu schweigen und den Kopf gesenkt zu halten: Das ist die wahre Sozialpolitik.

Einmal ging ich zu einem Notar, um einen Wechsel zu bezahlen. Er schüttelte das Geld aus meinem Säckchen und meckerte: »Was ist denn das für ein Kuddelmuddel? Das nächste Mal bringst du mir große Scheine. Wir haben hier nicht die Zeit, den ganzen Nachmittag Geld zu zählen.«

Zu gern hätte ich einen Stuhl auf seinem sonnengebräunten Schädel zertrümmert, das Bild des Lions Club, das im Eingang hing, in Fetzen gerissen und ihm Stück für Stück damit das Maul gestopft – große Stücke natürlich, schließlich hatte er nicht den ganzen Nachmittag Zeit, darauf rumzukauen, aber auch dieses Mal senkte ich nur den Blick und sagte leise: »Bitte entschuldigen Sie, es wird nicht wieder vorkommen.« Es war zu einem Reflex geworden und kam mir ganz automatisch über die Lippen, ohne dass ich noch darüber nachdachte. Dieser Notar war lediglich einer von vielen, die mir eine Lektion über das Leben erteilten. Solche Begegnungen waren meine eigentliche Ausbildung, mein Diplom.

Ich lernte, meine Wut zu unterdrücken, und das war oft hilfreich. Vor allem wenn ich den Boden in der Bar putzte: die Flecken wegschrubbte, die Krusten abschabte, den Dreck aus den Ecken kratzte – wenn's sein musste auch mit dem Daumennagel –, sogar die Toiletten reinigte, wo die Gäste es oft nicht mal für nötig hielten, die Spülung zu betätigen. Denn das war es, was das Leben für mich bereithielt, und ich musste noch dankbar sein, dass ich in der Bar meines Vaters so leicht eine Arbeit gefunden hatte.

Einmal fuhr mein Vater mich nach Feierabend zur Bank, um die Geldkassette mit den Tageseinnahmen einzuwerfen. Als ich den Schlitz öffnete, fand ich eine Kassette, die im Schlitz stecken geblieben und nicht in den Schacht hinuntergefallen war. Sie war prall gefüllt. Ich nahm sie und ging zum Auto.

»Die hab ich gefunden, ist randvoll.«

Mein Vater warf nur einen kurzen Blick darauf und meinte: »Mach sie zu und wirf sie wieder rein. Und achte darauf, dass sie nicht wieder stecken bleibt.«

So war mein Vater: Selbst in den schwierigsten Zeiten gingen ihm Ehrlichkeit und Respekt über alles. Ich war noch jung, manches war für mich nur schwer zu begreifen. Er, der ständig in Schwierigkeiten steckte, brachte mir solche Werte bei, während die arroganten, unverschämten Leute, die mich ohne jeglichen Respekt behandelten, immer obenauf waren und von allen bewundert wurden. Das fand ich ungerecht. Ich konnte es nicht verstehen, und es verwirrte mich. Ich begann daran zu zweifeln, ob das, was man mir zu Hause beibrachte, tatsächlich richtig war.

Eines Morgens kam ein Kontrolleur vom Gesundheitsamt. Beim letzten Mal hatte er uns einige »kleinere bauliche Veränderungen« auferlegt, wie er es nannte. Die Spüle im Hinterzimmer, wo wir Sandwiches und Salate machten, musste aus Stahl und der Wasserhahn mit einem langen Hebel versehen sein, den man mit dem Ellbogen bedienen konnte, wie es die Chirurgen tun, bevor sie in den OP gehen. Und in der Toilette musste das WC gegen ein Stehklo ausgetauscht werden. Für uns bedeutete das eine Menge unvorhergesehener Ausgaben, für ihn waren es nur »Kleinigkeiten«, wie er im Hinausgehen sagte.

Als er nun wiederkam, forderte er, dass der Ellbogenhebel durch eine Pedalbedienung ersetzt werden müsse, auch in der Toilette, und eventuell sei ein Stehklo doch nicht nötig gewesen.

»Wollen Sie uns verarschen? Sie haben uns letztes Jahr doch selbst gesagt, dass wir das alles ändern müssen.«

»Was erlaubst du dir, Jungchen?«

Mein Vater hielt mich zurück und schickte mich hinaus; dann entschuldigte er sich sofort bei dem Kerl. Ich zog die Schürze aus, rannte in den Park und malträtierte auf dem Weg dorthin einen Müllcontainer mit Tritten und Hieben. Als ich zurückkam, hielt mein Vater mir eine Standpauke, die ich bis heute nicht vergessen habe: Ich müsse lernen, im Leben bestimmte Dinge runterzuschlucken. »Die, die das Sagen haben, bekommen ihr Brot immer auf beiden Seiten gebuttert, verstehst du? Sei froh, dass er es dir nicht übelgenommen hat. Wenn wir den gegen uns aufbringen, macht er uns den Laden dicht. Weißt du, was das bedeuten würde?«

Jeder konnte uns drohen und unter Druck setzen, selbst die unteren Chargen. Einmal wurden wir von einem Beamten des Ordnungsamts zu einer Strafe verdonnert, die mehr als die Hälfte unserer Tageseinnahmen fraß, nur weil wir an der Tür kein Schild mit unseren Öffnungszeiten angebracht hatten.

Ich wurde immer zorniger. In mir tickte eine Zeitbombe. Dabei war ich als Junge immer besonnen und verantwortungsbewusst gewesen. Aber in jenen Jahren hatte ich eine solche Wut im Bauch, da halfen nur zwei Dinge: Joints und Fußball. Im Stadion schrie ich den gegnerischen Fans meinen ganzen Frust entgegen, sie standen für all jene, die mir unter der Woche das Leben vermiesten, dementsprechend beschimpfte und bedrohte ich sie. Ab und zu war ich sogar versucht, bei den

Schlägereien mitzumachen, aber ich bin wohl nicht der gewalttätige Typ. Stattdessen brüllte ich mir meinen ganzen Ärger von der Seele. Wenn ich das Stadion verließ, war ich so heiser, dass ich keinen Ton mehr rausbrachte.

Der neue Nachbar

Ich war gerade mal vierzehn, Roberto schon um die dreißig. Er saß auf einem Karton vor der Haustür und klimperte auf einer Gitarre herum. Das war unsere erste Begegnung.

»Wohnst du hier?«, fragte er mich.

»Ja, warum?«

»Ich von heute an auch. Ich bin der neue Mieter.«

»Ah, gut. Ich heiße Lorenzo. Ziehst du in die leere Wohnung im zweiten Stock? Ich wohne eine Tür weiter auf der linken Seite. Wolltest du rein?«

»Nein, ich warte auf einen Freund. Er kommt mit dem Auto und bringt die restlichen Kartons. Wir sehen uns dann.«

»Okay.«

Es gibt Menschen, die einen gleich anziehen und denen man sich irgendwie nahe fühlt, obwohl man sie gar nicht kennt. So einer war Roberto.

Seine Wohnung lag gleich neben unserer. Abends hörte ich dort oft Leute lachen, Musik hören oder auch selbst Instrumente spielen. Alles an ihm machte mich neugierig. Ich legte das Ohr an die Wand und lauschte. Zuerst nahm ich ein Glas zu Hilfe, später entdeckte ich, dass man mit einem Suppenteller besser hört. Was gesprochen wurde, konnte ich nicht verstehen, aber ich bekam mit, dass sie Spaß hatten. Ich wäre zu gern rübergegangen, doch es waren alles Leute um die dreißig, also praktisch doppelt so alt wie ich, und die hätten mich sicher nicht beachtet. Obwohl Roberto mich immer grüßte, wenn wir uns vor dem Haus oder auf der Treppe begegneten oder wenn er in die Bar kam, und mich jedes Mal fragte, wie es mir ging, und sich ein bisschen mit mir unterhielt. Manchmal, wenn ich zu Hause war und seine Tür ging, lief ich schnell hinaus und tat so, als wollte ich hinunter in die Bar. Er grüßte mich dann mit einem Lächeln auf den Lippen. Das Gefühl von Freiheit, das er ausstrahlte, war für mich noch ein Traum: allein leben und nur das tun, wonach einem der Sinn steht. Für mich verkörperte er die Welt außerhalb meiner Familie, und die faszinierte mich.

Eines Tages kam er in die Bar, aber statt wie sonst am Tresen einen Kaffee zu trinken und gleich wieder zu gehen, setzte er sich an einen Tisch.

»Ich hab mich ausgesperrt. Jetzt warte ich auf einen Freund, der einen Zweitschlüssel hat. Ich dachte, ich hätte den Schlüssel eingesteckt, aber in dem Moment, als die Tür ins Schloss fiel, sah ich ihn vor meinem geistigen Auge noch auf dem Küchentisch liegen. Ärgerlich.«

»Möchtest du was trinken?«

»Ich nehm ein Bier, danke.«

Einerseits tat es mir leid für ihn, andererseits fand ich es toll, ihn zu sehen und ein bisschen mit ihm plaudern zu können. Hoffentlich ließ sein Freund sich Zeit.

»Darf ich mich zu dir setzen?«

»Klar doch ... Arbeitest du jeden Tag hier?«

»Ja, außer sonntags.«

»Und gefällt dir die Arbeit?«

»Ja, schon, ich kann mich nicht beklagen ... immerhin habe ich einen Job. Wir haben schon auch unsere Schwierigkeiten, aber wer hat die nicht.«

»Du redest ja schon wie ein Alter ... Gehst du nicht mehr zur Schule?«

»Nein, ich bin nach der Achten abgegangen, vor nicht ganz einem Jahr.«

»Liest du gern?«

»Nicht besonders. Ich kenne mich nicht aus, und außerdem arbeite ich jeden Tag und hab nicht viel Zeit. Wie das halt so ist.«

»Alle sagen immer, sie hätten zu wenig Zeit. Was machst du denn abends, nach der Arbeit?«

»Da schau ich zusammen mit meinen Eltern fern, oder ich geh in mein Zimmer und schau allein ... Ich weiß, was du sagen willst: Wenn ich Zeit zum Fernsehen habe, hätte ich auch Zeit zu lesen. Du hast recht, aber wenn ich den ganzen Tag gearbeitet hab, guck ich lieber fern, dann kann ich besser abschalten und muss nicht nachdenken.«

»Das verstehe ich. Und was für Musik hörst du so?«

»Vasco Rossi find ich gut. Du auch?«

»Ja. Ich habe jede Menge Platten zu Hause. Wenn du magst, kann ich dir mal welche vorspielen, dann entdeckst du vielleicht noch andere Musik, die dir gefällt.«

»Zu welchem Verein hältst du?«

»Zu keinem. Ich interessiere mich nicht für Fußball.

Als Kind war ich Milan-Fan, aber nur, weil mein Vater auch einer war.«

»Ich bin auch Milan-Fan. Letzten Sonntag haben wir verloren. Eigentlich hätten wir gewinnen müssen, aber dann kam dieses blöde Tor zwei Minuten vor Schluss ...«

Von Büchern und Musik verstand ich nicht viel, aber beim Thema Fußball konnte ich jeden beeindrucken. Ich wusste alle Ergebnisse, nicht nur aus der laufenden Saison, sondern auch aus den vergangenen, alle Aufstellungen, alle Torschützen. Manchmal wusste ich sogar noch, in welcher Minute ein Tor gefallen war. Die Gäste in der Bar sprachen über nichts anderes, vor allem montags. Dass Roberto sich nicht für Fußball interessierte, brachte mich in Verlegenheit, ich wusste nicht, worüber ich sonst sprechen sollte. Ich war verunsichert, vielleicht weil er mehr als doppelt so alt war, vielleicht weil ich ihn unbedingt beeindrucken wollte. Auf jeden Fall fühlte ich mich irgendwie unter Leistungsdruck.

Aber dann kam sein Freund mit den Schlüsseln und half mir aus der Patsche. Roberto trank sein Bier aus und stand auf.

»Was macht das?«

»Nichts, geht auf mich.«

»Oh, danke ... Heute Abend bin ich allein zu Haus. Wenn du Lust hast, komm doch nach dem Essen vorbei, dann schauen wir mal, was für Musik dir sonst noch gefällt.«

»Echt?«

»Na klar.«

Am liebsten wäre ich sofort mitgegangen, aber ich aß

noch zu Hause zu Abend und sagte bei Tisch, dass ich später zu dem neuen Nachbarn rübergehen wollte, um ein wenig Musik zu hören. Meine Eltern hatten nichts dagegen, denn Roberto war ein netter Typ, den auch sie mochten. Er hatte eine besondere Ausstrahlung, alle fühlten sich zu ihm hingezogen.

Nach dem Abendessen klopfte ich an seine Tür.

»Komm ruhig rein.«

Volle Aschenbecher, Plattenhüllen auf dem Boden, Hosen und Hemden überall verstreut. Es wurde ein unvergesslicher Abend. Ich hing an seinen Lippen. Was er sagte, vertrat er mit Leidenschaft, und wer ihm zuhörte, verspürte unweigerlich den Wunsch, Teil seiner Welt zu werden. Er war der perfekte große Bruder, der, den ich nie hatte. Er wusste jede Menge faszinierender Dinge und wollte sie mir sogar beibringen.

»Willst du ein Bier?«

Ich mochte kein Bier, aber ich antwortete: »Klar, danke.«

Wir unterhielten uns ein bisschen, dann legte er eine Platte von den Doors auf und erklärte mir, woher die Band ihren Namen hatte. Es hatte mit einem Zitat von William Blake zu tun, der von den »Pforten der Wahrnehmung« gesprochen hatte, die, wenn sie offen stehen, alles so erscheinen lassen, wie es ist, nämlich unendlich. Dann erzählte er von Aldous Huxleys gleichnamigem Buch, das von Erfahrungen mit der Einnahme von Meskalin handelt, und fügte hinzu, dass der Autor, dessen Namen ich noch nie gehört hatte, an einem Kehlkopftumor gelitten und in seinen letzten Tagen nicht mehr hatte sprechen können, weshalb er seine Frau auf einem Zettel bat, ihm LSD zu besorgen. Am folgenden Morgen war er tot – es war der Tag, an dem John F. Kennedy, Präsident der Vereinigten Staaten von Amerika, ermordet wurde. Jim Morrison, erzählte Roberto weiter, habe oft auf dem Dach seines Hauses in Venice Beach gesessen, um zu schreiben oder zu lesen, fast immer unter dem Einfluss von Drogen.

»Kannst du dir vorstellen, wie Jim Morrison auf einem Dach in Venice Beach sitzt, aufs Meer hinausblickt oder hinunter auf die Leute auf der Straße und Gedichte schreibt oder Bücher liest?«

Ich hatte keine blasse Ahnung, wer all die Leute waren, und wusste auch nicht, wo dieses Venice Beach lag. Ich schämte mich für meine Unwissenheit, doch er erklärte mir alles.

Ich weiß nicht, warum, aber bis dahin hatte ich immer geglaubt, dass Bücher, Theater, bestimmte Musik und bestimmte Filme nur für die Reichen gemacht wären. Beim Gedanken daran hatte ich das gleiche Gefühl wie beim Anblick eines Mercedes oder einer Villa mit Swimmingpool: alles Dinge, die für eine andere Sorte Mensch bestimmt waren.

Doch Roberto, der mir nicht wie der Sohn eines reichen Vaters oder eines Professors vorkam, bezog mich ein, sprach zu mir über all die Dinge, von denen ich immer gedacht hatte, sie seien für mich nicht in Reichweite. Er war einer von uns, keiner von diesen oberschlauen Intellektuellen. Wenn er über Bücher sprach, dann nicht wie ein herablassender Besserwisser, sondern wie einer, der Bücher wirklich liebt, und er gab mir das Gefühl, dass sie auch für mich zugänglich waren. Jedes Thema, das er anschnitt, führte gleich zum nächsten und immer weiter, unerschöpflich.

Irgendwann sagte er: »Schade, dass du nicht gern liest. Es gibt so wunderschöne Geschichten, die würden auch dich begeistern. Aber ich will dir damit nicht auf den Geist gehen, du wirst schon wissen, warum du Bücher nicht magst.«

»Warum findest du Lesen eigentlich so wichtig? Was bringt es mir, eine Geschichte von jemandem zu lesen, der lange vor mir gelebt hat, irgendwo zigtausend Kilometer entfernt? Ich schinde mich schon genug, warum sollte ich mir auch noch die Mühe machen zu lesen?«

»Du hast recht. Wenn es dir Mühe macht, solltest du es besser lassen.«

»Denkst du, ich wäre glücklicher, wenn ich lese? Meine Probleme kann ich durch Lesen nicht in den Griff bekommen, nur durch Arbeit.«

»Aber ob man glücklich oder unglücklich ist, hängt oft davon ab, welche Mittel einem zur Verfügung stehen, um sich mit den Dingen auseinanderzusetzen.«

»Ja schon, aber meine Probleme existieren nicht nur in meinem Kopf, sondern ganz praktisch.«

»Trotzdem lassen sich manche mit dem Kopf lösen. Ich will dich ja nicht bequatschen, aber Lesen bringt viel in uns in Bewegung: Phantasie, Gefühle, Empfindungen. Du öffnest deine Sinne gegenüber der Welt, du siehst und erkennst gewisse Dinge als Teil deiner selbst, Dinge, die du sonst vielleicht nie bemerkt hättest. Du entdeckst die Seele der Dinge. Lesen heißt, dass dir plötzlich die richtigen Worte begegnen für das, was du selbst nie wirklich darstellen oder ausdrücken konntest. Wir lesen, was ein anderer geschrieben hat, und die Worte hallen wie ein Echo in uns wider, denn sie steckten bereits dort, in dem Urbild, wie Platon es nennt, an dem wir teilhaben, das wir in uns tragen. Es ist unerheblich, ob der Leser jung oder alt ist, ob er in der Großstadt oder fernab in einem kleinen Dorf lebt, ob das Erzählte in einer längst vergangenen Zeit, in der Gegenwart oder in einer imaginären Zukunft angesiedelt ist, denn Zeit ist relativ, und jede Epoche hat ihre moderne Seite. Außerdem ist Lesen einfach schön. Manchmal, wenn ich ein Buch ausgelesen habe, fühle ich mich rundum satt und zufrieden, ich empfinde ein körperliches Wohlgefühl.«

Danach hörten wir noch ein bisschen Musik, sprachen über dies und das, und schließlich ging ich nach Hause. Hinterher fand ich Roberto ein bisschen weniger sympathisch, irgendwas an ihm bereitete mir Unbehagen, aber trotzdem zog es mich weiter zu ihm hin.

Abends besuchte ich ihn jetzt öfter. Immer erzählte er mir von Büchern, Filmen und Musik, und schließlich ließ mein Unbehagen nach. Er war wirklich wie ein großer Bruder, aber einer, den ich mir selbst ausgesucht hatte.

Nach einem Monat fragte ich ihn, ob er mir vielleicht ein Buch leihen würde.

»Okay, wenn du es zurückgibst. Eigentlich tu ich das sonst nicht, aber für dich mache ich eine Ausnahme. Wir müssen unbedingt das richtige aussuchen, denn wenn es dir nicht gefällt, liest du vielleicht nie wieder eins.«

Wir gingen zum Bücherregal, und ich sah mir die Titel an. Mein Blick fiel auf *Reise ans Ende der Nacht*, das Buch, das Jim Morrison über den Dächern von Venice Beach gelesen hatte, und ich wollte damit anfangen. Doch Roberto meinte, damit solle ich lieber noch etwas warten, für den Anfang sei es ein bisschen happig.

»Das ist wie mit bitterem Kaffee, wenn man immer nur gesüßten Kaffee getrunken hat: Es braucht Zeit, um ihn schätzen zu lernen.«

Ich vertraute seinem Urteil.

Auch meine zweite Wahl fand er gewagt. Er lächelte und sagte: »Das ist noch schwieriger, aber ich bin froh, du scheinst eine gute Nase für Bücher zu haben. Die wird dir helfen, wenn du später in die Bibliothek gehst und nicht weißt, welches Buch du ausleihen sollst.«

Es hatte aber gar nichts mit meiner guten Nase zu tun: *Ulysses* von James Joyce hatte ich nur ausgesucht, weil wir die *Odyssee* in der Schule durchgenommen hatten und ich so nicht ganz bei null anfangen müsste, so meine Überlegung. Schließlich bat ich Roberto, ein Buch für mich auszusuchen. Er wählte *Unterwegs* von Jack Kerouac.

Als ich nach Hause gehen wollte, sagte er plötzlich: »Ich hab's mir überlegt, ich werd's dir doch nicht leihen …«

»Was? Ah … entschuldige, nichts für ungut …«

»Ich schenk es dir. Und dazu einen Bleistift zum Unterstreichen, wenn dir was besonders gefällt.«

Mit Buch und Bleistift in der Hand ging ich nach Hause. Ich legte mich ins Bett und begann meine allererste Reise durch die Seiten eines Buches. Sein Titel drückte perfekt aus, was gerade für mich selbst begann. In zwei Tagen hatte ich es ausgelesen. Als ich Roberto wiedersah, sagte ich: »Das ist kein Buch. Das ist Leben.«

Er lächelte.

»Leihst du mir noch eins?«

»Ich kaufe dir eins. Du wirst sehen, wenn du die Bücher ausgelesen hast, wirst du sie behalten wollen, und es wird dir schwerfallen, sie jemandem zu leihen. Außerdem kannst du dann Dinge darin unterstreichen.«

Er kaufte mir *Traumpfade* von Bruce Chatwin.

Auch das verschlang ich.

Bald wurde das Lesen zu einer Droge. Ich hörte gar nicht mehr auf zu lesen, manche Bücher las ich in einer einzigen Nacht. Manchmal gefiel mir eine Geschichte so sehr, dass ich mich zwang, langsamer zu lesen, nur bis zu einer bestimmten Seite, weil ich nicht wollte, dass es so bald zu Ende war.

Nach Kerouac und Chatwin las ich Huxley. Zu meinen ersten Büchern gehörten außerdem: *In den Staub geschrieben* von John Fante, alle Bücher von Charles Bukowski, *Moby Dick* von Herman Melville, *Ivanhoe* von Walter Scott, *Junger Mond* von Cesare Pavese, *Die Tatarenwüste* von Dino Buzzati, *Fiesta* von Ernest Hemingway, *Die Erziehung des Herzens* von Gustave Flaubert, *Der Prozess* von Franz Kafka, *Wahlverwandtschaften* und *Die Leiden des jungen Werther* von Johann Wolfgang Goethe, *Die Schatzinsel* von Robert Louis Stevenson, *Kaltblütig* von Truman Capote, *Das Bildnis des Dorian Gray* von Oscar Wilde, *Ansichten eines Clowns* von Heinrich Böll, *Die unsichtbaren Städte* von Italo Calvino, *Lutherbriefe* von Pier Paolo Pasolini. Die Romane von Fjodor Dostojewski nahmen mich regelrecht gefangen. Sie hatten etwas Reales, das mich nicht losließ. Die Treppenhäuser, die Wirtschaften, die Küchen: Ich nahm die Gerüche wahr, ich fror bei den Passagen, die im Schnee spielten, mir wurde warm, wenn einer der Charaktere seine Hände vor einen Ofen hielt.

Diejenigen unter meinen Freunden, die noch zur Schule gingen, lernten den ganzen Tag und hatten keine Lust, auch noch in ihrer Freizeit die Nase in ein Buch zu stecken. Oft interessierte sie gar nicht, was sie lernten, und sobald die Prüfungen vorbei waren, vergaßen sie alles wieder. Auch an der Uni ging es nur darum, die Prüfungen zu bestehen. Manchmal lasen sie vor einer Prüfung nächtelang in Büchern, aber spätestens nach einer Woche konnten sie sich an nichts mehr erinnern. Als würde man sich mit Essen vollstopfen und gleich danach alles wieder auskotzen. Bulimie.

Bei mir war das anders. Ich musste nichts Bestimmtes lernen, ich konnte mir die Bücher aussuchen, die mir gefielen, sie mussten keinen Zweck erfüllen, keine gute Note einbringen, es ging allein um das Vergnügen, zu entdecken und zu erfahren. Es war Neugier, die mich zum Lesen trieb, nicht Pflichtgefühl. Immer mehr wollte ich wissen, es gab mir das Gefühl zu wachsen. Ich fand Gefallen daran, den Figuren der Bücher zu begegnen, mich mit ihnen auseinanderzusetzen, ja mich mit ihnen zu messen. Ich fühlte mich aufs engste mit ihnen verbunden. Von Menschen zu lesen, die noch schwierigere und schlimmere Dinge durchlebten als ich, machte meine eigenen Sorgen erträglicher, und ich fühlte mich weniger allein, weil ich nicht der Einzige war, der gedemütigt wurde. Es gab noch mehr Menschen wie mich, ich brauchte mich nicht mehr so allein zu fühlen, und vor allem erfuhr ich viel Neues über mich selbst. Die Geschichten waren zwar erfunden, doch die Gefühle waren real, und ganz offensichtlich kannten die Autoren, was sie beschrieben. Plötzlich gab es lauter neue Menschen in meinem Leben, die die Macht hatten, meine Stimmung zu beeinflussen, mir neue Gedanken einzugeben, mir eine neue Art, zu leben und zu empfinden, aufzuzeigen.

Bei uns zu Hause gab es nur wenige Bücher, und viele Autoren waren für mich Neuland. Meine Eltern kannten die meisten nicht mal dem Namen nach. Die Welt war voller Möglichkeiten, aber wäre ich mit den Augen meiner Familie durchs Leben gegangen, hätte ich sie niemals wahrgenommen.

Ich begann, auch in der Bar zu lesen. Natürlich nicht morgens, aber sobald die Arbeit es zuließ, vor allem am Nachmittag, setzte ich mich an einen Tisch und las. Was aber nicht ganz so einfach ging, denn eigentlich gab es immer irgendwas zu tun. Manchmal, wenn ein Buch mich besonders fesselte, konnte ich nicht bis zum Abend warten. Ich versteckte es auf dem Klo und schloss mich immer mal wieder ein, um ein paar Seiten weiterzulesen.

Neben den Schriftstellern bevölkerten auch immer neue Sänger, Bands und Musiker mein Leben. Roberto zeigte mir alles: Sam Cooke, Chet Baker, Nancy Wilson, Sarah Vaughan, Muddy Waters, Bill Withers, Creedence Clearwater Revival, The Who, Janis Joplin, The Clash, AC/DC, Crosby & Nash, Dire Straits, die Doobie Brothers, Eric Clapton, Grand Funk Railroad, Iggy Pop, Led Zeppelin. Oft übersetzte er mir die Texte und nahm meine Lieblingssongs für mich auf Kassette auf. Von Rock bis Pop, Jazz, Blues und Soul.

Eines Abends fragte ich ihn: »Woher kennst du das eigentlich alles? Ich meine, du hast mir all das gezeigt, aber wer hat es dir gezeigt?«

»Mein Vater. Ich bin mit Musik groß geworden. Und mit den Geschichten, die ich jetzt dir erzähle. Er hat mir von klein auf abends vor dem Einschlafen Bilderbücher vorgelesen. Ich hab sehr früh lesen gelernt. Mit fünfzehn habe ich angefangen, wie ein Verrückter Bücher zu verschlingen, so viele, dass meine Mutter sich schon Sorgen machte, weil ich immer mit einem Buch zu Hause hockte. Ich solle aufhören zu lesen und raus an die frische Luft gehen, meinte sie. In meinem Zimmer hatte ich ein Bücherregal. Ich nahm die Bücher meines Vaters aus dem Regal im Wohnzimmer, las sie und stellte sie in mein eigenes. Eines Tages sollten alle Bücher aus dem Wohnzimmer in meinem eigenen Regal stehen. Ich war wie besessen von dieser Idee … je mehr von den Büchern in meinem Regal standen, desto größer meine Befriedigung. Man musste mir nur ein Buch schenken, und ich war glücklich. Meine Mutter konnte das nicht verstehen. Sie sagte: ›Würde ich dich nicht rufen, würdest du nicht mal aufhören zu lesen, um zum Essen zu kommen. Ich mache mir Sorgen um dich.‹ Das brauche sie nicht, antwortete ich, ich ginge manchmal einfach lieber durch die *Unsichtbaren Städte* spazieren, mit den Buendía durch Macondo oder mit Arturo Bandini durch Los Angeles. Meine Antwort führte nur dazu, dass sie sich noch mehr sorgte, und sie beschloss, mich zum Psychoanalytiker zu schicken.«

»Und was hat dein Vater dazu gesagt?«

»Mein Vater konnte dazu nichts mehr sagen. Er starb, als ich vierzehn war. Ich war nicht verrückt geworden, ich hatte nur den Menschen verloren, den ich am meisten auf der Welt liebte, und seine Bücher zu lesen oder seine Musik zu hören gab mir das Gefühl, ihm nahe zu sein. Ich begegnete ihm auf den Seiten dieser Bücher. Er hatte sie vor mir besucht, das wusste ich, also suchte ich dort nach Spuren von ihm, seien sie auch noch so klein. Er hatte in *Schuld und Sühne* neben Raskolnikow in einer Spelunke gesessen, hatte in *Der Meister und Margarita* mit Berlioz Narzan getrunken. Vor mir hatte schon mein Vater den Duft von Catherines Haut in *Sturmhöhe* eingeatmet, hatte in *Der Zauberberg* den Unterhaltungen zwischen Castorp und Settembrini gelauscht. Manchmal, wenn ich die Beschreibungen von Gegenständen oder Situationen las, stellte ich mir vor, in einem Aschenbecher in einem Wirtshaus lägen seine Zigarettenstummel, im Sand eines Strandes wären seine Fußspuren zu sehen oder er säße am Steuer eines vorbeifahrenden Wagens. Das klingt verrückt, ich weiß, aber mir das vorzustellen tröstete mich.«

Ganz unten

Wer mit fünfzehn schon arbeiten muss, der ist echt angeschmiert. Meine Freunde trafen sich jeden Nachmittag im Park, und ich konnte nur zu ihnen stoßen, wenn mein Vater mich mal früher gehen ließ. Manchmal kamen sie in der Bar vorbei, um hallo zu sagen, einen Kakao zu trinken und Chips oder ein Stück Kuchen zu essen... je nachdem, was sie geraucht hatten. Ich war schon immer anders gewesen als sie, eher ein Einzelgänger, vielleicht weil ich der Einzige war, der arbeitete.

Später, so mit achtzehn, trafen sich die anderen auch nicht mehr im Park. Einige fingen nach dem Abschluss ebenfalls an zu arbeiten, manche waren bereits verlobt, und ein paar zogen in eine andere Stadt, um dort zu studieren. So verlor ich damals viele Freunde aus den Augen. Außer Roberto, aber das war sowieso was anderes, der war ja schon erwachsen. Leute meines Alters, meine ich. Ich war achtzehn und ziemlich einsam.

In einem Haus in der Nähe befand sich das Büro eines Unternehmensberaters. Die zehn Leute, die dort arbeiteten, bestellten oft Kaffee oder Tee und Croissants. Ich brachte sie ihnen gern, so kam ich mal raus und konnte auf dem Rückweg ein bisschen trödeln. Eines Morgens war eine Neue da, Lucia, die Tochter des Chefs.

Es war ihr erster Arbeitstag. Sie lächelte mich an, und als ich ihre Zähne sah, dachte ich: ›Sind die nur zum Bestaunen da, oder kann sie damit auch kauen?‹ Ihre Zähne waren einfach perfekt, genauso wie die Lippen, Augen und Haare, der Hals, die Hände … Wie sie gekleidet war, wie sie atmete, wie … Von da an hoffte ich ständig auf Bestellungen. Und wenn dann eine eintraf, ging ich nicht wie früher einfach los, sondern kämmte mir erst noch mal im Bad die Haare und zog die Schürze aus.

Lucia war nicht entgangen, dass sie mir gefiel. Ich hätte sie gerne angesprochen, aber mir fehlte der Mut. Also schrieb ich ihr eines Tages eine Nachricht auf die Papierserviette in der Tüte mit ihrem Croissant: »Jedes Mal, wenn ich dich sehe, geht die Rechnung nicht auf. Kannst du mir helfen?«

Den Rest des Tages machte ich mir Vorwürfe, wie idiotisch es gewesen sei, ihr diese bescheuerte Nachricht zu schreiben. Aber abends, als ich gerade dabei war, den Boden zu wischen, klopfte sie an die Scheibe, hielt die Serviette mit meiner Nachricht dagegen und lächelte mich an. Von nun an brachte ich ihr jeden Morgen das Frühstück ins Büro. Abends kam sie oft auf dem Heimweg auf einen Sprung in der Bar vorbei. Blöd nur, dass das immer ausgerechnet in der halben Stunde war, in der ich den Boden zu wischen hatte. Ich schämte mich, zumal meine Hände vom Auswringen des Putzlappens immer ganz rot wurden und ich sie irgendwie zu verstecken versuchte, wenn wir uns unterhielten.

Immer habe ich mich für meine Hände geschämt. Ich

hätte mit meinem Vater darüber reden können, aber der hätte bestimmt bloß mit einer seiner üblichen Phrasen geantwortet: »Wer arbeitet, braucht sich nicht dafür zu schämen. Schämen musst du dich nur, wenn du jemanden schlecht behandelst«, oder: »Wer arbeitet, macht sich nie die Hände schmutzig …« Deshalb schwieg ich lieber und wischte weiter den Boden, und wenn sie vorbeikam, zog ich schnell die Schürze aus und ging zu ihr nach draußen. Sie schien es gar nicht zu stören, mich mit dem Putzlappen zu sehen. Nur mir machte es was aus.

An einem Freitag fragte ich sie schließlich, ob sie Lust hätte, am Sonntagnachmittag mit mir ins Kino zu gehen. Sie sagte ja und gab mir ihre Adresse. Ich sollte sie nach dem Mittagessen abholen.

Zum Glück fuhr mein Vater damals nicht mehr den weißen Fiat 28 mit der braunen Motorhaube und auch nicht den Panda, sondern einen ganz normalen Fiat Uno. Auch nicht unbedingt beeindruckend, aber wenigstens nicht peinlich. Er hatte nur den Nachteil, dass bei Regen irgendwo Wasser reinkam und das Wageninnere dann ein paar Tage lang ziemlich unangenehm nach Feuchtigkeit roch. Darum nannte ich die Karre »Fiat Humus«.

Den Samstag verbrachte ich damit, das Auto gründlich zu waschen und zu reinigen. Sogar ein bisschen Duftpulver streute ich in den Aschenbecher. Am Abend nahm ich dann noch eine Kassette für die Autofahrt auf. Ich erinnere mich nicht mehr genau an alle Stücke, aber ich weiß, dass ich sie nach dem Romantikfaktor auswählte: *Still Loving You* von den Scorpions, *Mandy* von Barry Manilow, *Up Where We Belong* von Joe Cocker und Jennifer Warnes und *Every Time You Go Away* von Paul Young.

Wir hatten uns für halb drei verabredet, der Film fing um halb vier an: *Cyrano de Bergerac* mit Gérard Depardieu. Um Punkt zwei stand ich bereits vor ihrem Haus und begutachtete mich noch einmal im Rückspiegel.

Nach dem Kino gingen wir in ein Café und tranken Tee. Vielleicht lag es an dem Film, vielleicht auch daran, dass ich so glücklich war, jedenfalls plapperte ich so viel wie seit Jahren nicht. Ich war ja nicht lange zur Schule gegangen und darum immer froh, wenn ein Thema aufkam, zu dem ich etwas beisteuern konnte. Das ist blöd, ich weiß, aber wenn man sich minderwertig fühlt, weil man nicht viel gelernt hat, dann will man immer gleich loslegen, wenn man sich mal mit etwas auskennt. Wie ein Kind: »Ich weiß es! Ich weiß es!«

Wir unterhielten uns lange, vor allem über Liebesgeschichten, von Cyrano zu Byron, Dante, Shakespeare und Rimbaud. Schließlich standen wir auf und gingen hinaus, Lucia mit ihrer Handtasche und ich mit meiner, das heißt dem herausnehmbaren Autoradio, das irgendwie aussah wie ein Metalltäschchen. Manchmal legte ich es unter den Sitz oder ins Handschuhfach, aber dort war es vor Dieben nicht richtig sicher, darum nahm ich es lieber mit.

Am Montagmorgen kam Lucia vor der Arbeit zum Frühstück in die Bar. Es war ziemlich voll, und ich hatte nicht viel Zeit, mich mit ihr zu unterhalten. Außerdem wollte ich nicht, dass alle einschließlich meiner Eltern hören konnten, worüber wir sprachen. »Danke noch mal für gestern, es war richtig schön«, flüsterte sie mir zu und fragte mich noch nach dem Titel eines Buches, von dem ich ihr erzählt hatte. Ich schrieb ihn auf eine Papierserviette: Hermann Hesse, *Das Glasperlenspiel*.

Danach verabredeten wir uns für einen der folgenden Abende. Ich wollte mich nicht gleich wie ein hechelnder Hund an sie ranmachen, zumal ich Angst hatte, im entscheidenden Moment könnte sie, wie ich es von anderen gehört hatte, etwas sagen wie: »Ach, lieber nicht. Lass uns doch einfach Freunde sein.«

Nachdem noch eine Woche vergangen war, nahm ich all meinen Mut zusammen, passte sie nach der Arbeit vor dem Büro ab und fragte sie, ob wir noch mal reingehen könnten. Sie ging voraus und ich hinterher. Ich sah sie an, dann drückte ich sie in einer Ecke des Flurs gegen die Wand und küsste sie voller Leidenschaft. »Du bist ja verrückt«, flüsterte sie. Doch dann erwiderte sie den Kuss, aber nicht sehr lang, weil sie Angst hatte, einer ihrer Kollegen könnte vorbeikommen.

Ab da waren wir zusammen. Nach einem Monat hatten wir immer noch nicht miteinander geschlafen. Ich küsste sie und begann schließlich, sie unter dem Rock anzufassen, unter dem Slip. Als ich das erste Mal die weiche, feuchte Öffnung unter den Schamhaaren spürte, explodierte mein ganzer Körper in einer einzigen heißen Welle, vor allem mein Gesicht. Ich berührte sie vorsichtig, beinah ängstlich.

Sie hatte Angst, im Auto Sex zu machen, und ein Hotel kam nicht in Frage, weil sie sich da wie eine Nutte gefühlt hätte, wie sie sagte. Bevor ich an diesem Abend ins Bett ging, schloss ich mich ein wenig länger als gewöhnlich im Bad ein.

Eines Tages rief Roberto an und sagte: »Hör mal, Samstagabend gehe ich aus und übernachte bei einem Freund. Wenn du willst, stelle ich dir und deiner Freundin meine Wohnung zur Verfügung.«

Ich fragte Lucia, und sie war einverstanden. Es war erst Donnerstag. Mit jeder Minute, die der Samstag näher rückte, wuchs meine Angst. Ich sehnte mich so sehr danach, mit Lucia zu schlafen, dass ich befürchtete, unser erstes Mal wäre nach drei Sekunden vorüber.

Samstagnachmittag vor dem Duschen gab ich meiner kleinen Rakete Zunder, aber ich dachte dabei nicht an sie. Das wäre mir irgendwie hässlich vorgekommen, ich wollte das, was zwischen uns war, nicht besudeln. Obwohl ich Champagner nicht mochte, hatte ich heimlich eine Flasche aus der Bar mitgehen lassen. Alles sollte sein wie im Film. Gemeinsam bezogen wir das Bett frisch. Keiner sagte ein Wort. Wir waren beide verlegen. Es ist seltsam, gemeinsam ein Bett zu beziehen, wenn man genau weiß, wofür. Wir setzten uns auf das Sofa und plauderten ein wenig, leise, weil ich Angst hatte, meine Eltern könnten uns hören. Wir tranken den Champagner, küssten und berührten uns ein bisschen. Ich hatte Musik aufgelegt. »Die richtige Musik ist wichtig«, hatte Roberto gesagt. Als Tipps hatte er mir ein paar LPs auf das Schränkchen gelegt: Sam Cooke, Stevie Wonder, Marvin Gaye, Commodores, Roxy Music.

Wir machten es. Zum allerersten Mal. Dreimal. Es

fühlte sich an, als hätte ich ein Leben lang darauf gewartet, mit ihr zu schlafen. Vielleicht war es ja auch so.

Ich war unendlich verliebt. Sie war meine erste Freundin, und ich war ihr erster Freund. Ich fühlte mich mächtig wie ein Gott. Zum ersten Mal kostete ich den verführerischen Geschmack des Zugehörigseins. Sie war mein Mädchen, und ich gehörte ihr, mit Haut und Haar.

Am nächsten Morgen war die Welt nicht mehr nur ungerecht und grausam. Plötzlich konnte mir all das, was mir sonst so gegen den Strich ging, nichts mehr anhaben. ›Wen juckt's‹, dachte ich. ›Bald seh ich sie wieder, und dann spielt alles andere keine Rolle mehr.‹ Ich zeigte der ganzen Welt einen riesigen Stinkefinger. Mit Lucia ging es mir gut. Wir gingen spazieren, unterhielten uns, liebten uns. Stundenlang lagen wir engumschlungen im Bett und schrieben Versprechen für die Ewigkeit an die Decke.

Morgens schrieb ich »Ich liebe dich« auf die Papierservietten in ihrer Croissant-Tüte, oder ich packte eine kleine Blume oder eine Praline mit hinein. Mit jedem Tag liebte ich sie mehr und wunderte mich, wie das überhaupt möglich war. Keiner aus dem Büro wusste, dass wir zusammen waren. Sie war für mich das Stückchen Welt, das losgelöst von allem und allen existierte, auch von meiner Familie. Just das Stückchen Welt, das ich mir immer für mich gewünscht hatte. Weil ich losgelöst von meinem Alltag einfach ein besserer Mensch war.

Einmal musste ich ziemlich lang vor ihrem Haus auf sie warten. Als sie endlich kam und zu mir ins Auto stieg, bemerkte ich sofort, dass sie geweint hatte.

»Was ist los?«

»Ach, nichts. Fahr einfach los.«

Aber ich bohrte nach, und schließlich erzählte sie, dass ihre Mutter nicht wollte, dass sie mit mir ausging, weil ich in einer Bar arbeitete, weil ich nicht studiert hatte. Schlagartig erwachte ich aus meinem Traum. Ich sah an mir herab, und plötzlich wuchs mir eine Schürze.

Die Mutter hatte panische Angst davor, ihre Tochter könne an der Kasse einer Bar enden, darum hatte sie beschlossen, mich mit allen Mitteln zu bekämpfen. Ich durfte Lucia nicht mehr anrufen und sie mich auch nicht. Damals hatte das Telefon noch eine Wählscheibe, und ihre Mutter hatte sie mit einem Schloss gesperrt, genauso wie wir das in der Bar machten. Sobald ich Lucia nach Hause gebracht hatte, gab es keine Möglichkeit mehr, mit ihr zu kommunizieren. Wenn ich sie abholte, musste ich nun immer warten, und ich malte mir aus, wie sie sich gerade mit ihrer Mutter stritt.

»Soll ich vielleicht mal mit ihr reden? Dann sieht sie, dass ich ganz in Ordnung bin, und beruhigt sich vielleicht wieder. Ich stehe morgens um sechs auf und arbeite den ganzen Tag. Ich bin anständig.«

»Es ist zwecklos. Letzte Woche habe ich ihr einen Brief geschrieben, aber sie hat ihn zerrissen und gesagt, ich würde sie nicht von ihrer Meinung abbringen.«

Lucia hatte eine jüngere Schwester, die mit einem Jungen aus bestem Hause verlobt war: Der Vater des Jungen besaß eine Fabrik für Metallverarbeitung. So eine Beziehung hieß die Mutter gut. Während die jüngere Schwester in den frühen Morgenstunden heimkommen durfte, wurde Lucia angeschrien, wenn sie unter der Woche um Mitternacht nach Hause kam.

Eines Sonntags, als wir zusammen in meinem Zimmer waren, rief Lucias Mutter an und sagte, die Schwester und ihr Verlobter würden zu einer Party in den Rotary-Club gehen, Lucia solle sie dorthin begleiten. »Aber komm vorher nach Hause und zieh dir was Anständiges an, nicht diese Jeans, in denen du immer rumläufst.«

Ich konnte es nicht fassen und wusste nicht, was ich sagen sollte. Immerhin war es ihre Mutter, ich wollte sie nicht allzu offen kritisieren.

»Vielleicht gehe ich besser mit«, meinte Lucia, »sonst darf ich am Ende die ganze Woche nicht mehr raus.«

»Okay, ich fahr dich.«

Ich brachte sie nach Hause, damit sie sich umziehen und auf ein Fest gehen konnte, zu dem ich sie nicht begleiten durfte. Den ganzen Weg über sagte ich kein Wort. Zu Hause setzte ich mir die Kopfhörer auf und legte *Pearl* von Janis Joplin auf. Ich brauchte jetzt diese Stimme voller Schmerz.

Ich dachte an Lucia. Daran, dass sie vielleicht einen anderen kennenlernen und mich verlassen würde. Zum ersten Mal empfand ich so etwas wie Eifersucht.

Ein paar Tage später klingelte in der Bar das Telefon, und zum Glück war ich es, der dranging.

»Hallo?«

»Hier ist die Mutter von Lucia.«

»Guten Tag, Signora. Hier spricht Lorenzo.«

»Gib mir deine Eltern, ich muss mit ihnen sprechen.«

»Ich bin volljährig, Signora. Wenn Sie etwas sagen möchten, können Sie es ebenso gut mir sagen.«

»Also gut, dann sag ich's eben dir. Ich möchte nicht, dass du Lucia noch mal abholst oder dass sie zu dir kommt. Du wirst nicht mehr mit ihr ausgehen und sie auch nicht anrufen. Vergiss sie und lass sie in Frieden. Hab ich mich klar ausgedrückt?«

»Aber Signora, ich verstehe nicht, warum –«

Klick. Sie hatte einfach aufgelegt.

Ich ging ins Bad, sah in den Spiegel und empfand Mitleid mit mir selbst, mit meinem Leben.

Durch Lucia hatten meine Tage einen Sinn bekommen.

Ich verstand nicht, warum das Leben so ungerecht war. Warum kam ich so unter die Räder? Ich war ein fleißiger, wohlerzogener Junge, der immer nett zu allen war und hart arbeitete. Mehr als andere Jungs in meinem Alter, mehr als meine Freunde: Die gingen zur Schule, und wenn sie dort rausflogen, schickten die Eltern sie auf irgendeine Privatschule, wo sie, gegen entsprechende Bezahlung, statt zwei Jahren nur eines machen mussten und garantiert nicht durchfielen. Sie fuhren die Motorräder, die ich gern gefahren, trugen die Kleidung, die ich gern getragen, besaßen die Häuser, die ich gern besessen hätte, sie machten an den Orten Urlaub, an die ich gern gereist wäre. Ich dagegen wurde ständig gedemütigt. Ich begann zu glauben, dass die Welt mich einfach nicht wollte, vielleicht wollte mich nicht einmal Gott. Dabei hatte ich in Manzonis *Brautleuten* doch gelesen: »Gott trübt niemals die Freude seiner Kinder, es sei denn, um ihnen eine noch größere und gewissere zu bereiten.« Vielleicht sagten Bücher auch nicht immer die Wahrheit. Ich wollte ja keinen Orden für meine Anstrengungen, ich wollte nur wissen, warum es niemals genug war, egal, was ich im Leben tat.

Vielleicht hatte ihre Mutter nicht mal unrecht. Von manchen Dingen in meinem Leben wusste Lucia noch gar nichts. Sie wusste nichts von den im letzten Moment bezahlten Wechseln, von den Problemen mit den Banken. Das hatte ich ihr nie erzählt. Einiges wird sie wohl geahnt haben, aber es schien sie nicht weiter zu kümmern.

Eines Samstags fragte mich mein Vater, ob ich noch ein bisschen Geld hätte. Er müsse einen Vertreter bezahlen, ich könne es mir abends wieder aus der Kasse nehmen. Ich antwortete, dass ich da erst nachschauen müsse. In Wahrheit hatte ich das Geld, weil ich an dem Abend eigentlich Lucia zum Essen und hinterher ins Kino einladen wollte, doch schließlich gab ich es ihm. Kurz vor Feierabend kam dann noch ein Vertreter, der sein Geld bekommen musste, denn mein Vater hatte ihn schon dreimal vertröstet. Kurz gesagt, mir blieb kein Geld mehr, um Lucia auszuführen. »Du hast es versprochen«, sagte ich zu meinem Vater, aber er antwortete bloß: »Es tut mir leid. Du kriegst es am Montag.«

Ich schloss mich in meinem Zimmer ein und heulte. Dann rief ich Lucia an und sagte ihr, ich hätte Fieber.

Vielleicht hatte ihre Mutter recht, ihr zu verbieten, mit mir zusammen zu sein.

Aber ich liebte sie, liebte sie so sehr.

Später erzählte ich Lucia von dem Anruf. Sie fing an zu weinen und entschuldigte sich. Wir gingen weiter zusammen aus und hofften, früher oder später werde ihre Mutter den Feldzug gegen mich aufgeben.

Einmal, als ich vor Lucias Haus stand und auf sie wartete, trat ihre Mutter auf den Balkon und schrie herunter: »Habe ich mich vielleicht nicht deutlich genug ausgedrückt, oder denkst du, ich sag das zum Spaß? Ich hab dir gesagt, du sollst nicht mehr mit meiner Tochter ausgehen! Kapiert?«

Ich erwiderte nichts.

Eine Woche später rief sie wieder an, und diesmal wurde sie deutlicher: »Mein Bruder arbeitet bei der Finanzbehörde, ich habe bereits mit ihm gesprochen. Wenn du Lucia nicht in Ruhe lässt, wird er dafür sorgen, dass dein Vater die Bar schließen muss. Ich mein's ernst. Du wirst nie wieder mit Lucia ausgehen und ihr auch nichts von meinem Anruf erzählen. Sonst rufe ich sofort meinen Bruder an.«

Wieder legte sie einfach auf. Sie hatte gewonnen. Sie hatte meinen wunden Punkt gefunden und genau darauf gezielt. Ich rannte aufs Klo und übergab mich.

Jetzt, da es um meine Familie ging, kapitulierte ich. Außerdem glaubte ich allmählich selbst, dass Lucia zu gut für mich war und ihre Mutter, unabhängig von allen Drohungen, im Grunde recht hatte.

Ich ließ Lucia in Tränen zurück, ohne ihr eine Erklärung zu geben. Von Stund an lieferte ich keine Bestellungen mehr in ihr Büro, und wenn ich doch einmal dorthin musste, hielt ich meinen Kopf gesenkt und mied ihren Blick. Sie kam in die Bar, wollte eine Erklärung, wollte, dass ich meine Entscheidung zurücknahm und wieder mit ihr zusammen war.

Doch ich ging ihr immer mehr aus Weg, und allmählich starb etwas in mir ab. Ich fühlte nichts mehr, hatte vor nichts mehr Angst. Ich wollte mit niemandem mehr etwas zu tun haben. Nachts konnte ich nicht schlafen, morgens kam ich nicht aus dem Bett. Ich aß immer weniger und wurde immer dünner und blass. Jetzt, da ich Lucia verloren hatte, wollte ich niemanden mehr lieben und auch nicht geliebt werden.

Die Probleme zu Hause, der Schmerz wegen Lucia, die Demütigung durch die Lehrerin, die Bankdirektoren, die Notare, die Gerichtsangestellten, die vielen Zurückweisungen und Verzichte, all das war zu viel für mich, hatte mich in die Knie gezwungen. Ich fühlte mich abgelehnt und lernte, um nichts mehr zu bitten.

Die einzigen Gefühle, die ich noch zuließ, waren die, die aus Filmen kamen, aus der Musik und vor allem aus der Literatur. Ich begann die Bücher noch inniger zu lieben, sie aufzusaugen, sie zu verschlingen. Ich vergrub mich darin, um vor meinen Problemen zu fliehen. Ich zog mich aus der Welt zurück, die mich verletzt hatte.

Sie (kommt zurück)

Die Tatsache, dass sie mich verlassen hat, weil ich mich nicht lieben lasse, hat mich auf einen Gedanken gebracht. Manchmal liebt man einen Menschen mehr um der Dinge willen, die man für ihn getan hat, als um der Dinge willen, die er für einen selbst getan hat. Indem ich mich nicht lieben ließ, verbaute ich ihr diese Möglichkeit.

Als ich mit ihr zusammen war, sagte ich oft, dass ich Raum für mich brauche. Erst später habe ich begriffen, dass in Wahrheit sie der einzige Raum war, den ich brauchte.

Sie hat mich zweimal verlassen. Das erste Mal vier Monate vor dem endgültigen Ende. Wir wussten damals schon länger, dass ein Ende unausweichlich war. Irgendwas musste sich ändern, so konnten wir nicht weitermachen. Ich erinnere mich noch, was sie sagte, bevor sie ging: »Auf das Leben gibt es keine Garantie, es ist nicht wie bei einer Waschmaschine, die man reparieren lassen kann, wenn sie kaputtgeht. Kaputt ist kaputt. Man kann sich aus dem Leben raushalten, indem man sich so sicher wie möglich darin einrichtet, aber Sicherheit ist nur eine Illusion. Ob du das nun wahrhaben willst oder nicht.«

Nachdem sie fort war, drehte ich total durch. Ich konnte einfach nicht ohne sie leben. Ich tat buchstäblich alles, um sie davon zu überzeugen, dass sie zu mir zurückkommen musste. Ich kaufte roten Lack und malte ein Herz auf den Bürgersteig vor ihrem Haus. Ich bestürmte sie mit Telefonaten, schickte ihr SMS und Faxe mit Zeichnungen ins Büro. Ich schickte ihr Blumen, Ringe, Buntstifte, Seifenblasen und jede Menge Garantien. Auch ihre Freundinnen bombardierte ich mit Anrufen und flehte sie um Hilfe an. Einmal verbrachte ich, völlig betrunken, eine ganze Nacht vor ihrem Haus und rief, sie solle mich reinlassen, ich wolle ein Kind mit ihr machen.

Erstaunlicherweise habe ich sie überzeugt, und sie kehrte zurück.

Die ersten Tage waren so, wie es eigentlich immer sein sollte. Nie habe ich so viel Liebe empfunden. Liebe machen, gemeinsam essen, nach der Arbeit zu Hause auf sie warten. Ich erlebte die tiefe Freude, zu lieben und geliebt zu werden. Zumindest glaubte ich das.

Auf Dauer konnte ich es nämlich nicht durchhalten, und langsam wurde alles wieder so wie vorher. Wir spürten es beide. Erst wollte sie es nicht wahrhaben, aber schließlich hat sie mich doch wieder verlassen.

Als wir uns an jenem Tag im Türrahmen Lebewohl sagten, sah sie mich mit Tränen in den Augen an:

»Ich gebe dir keine Schuld, Lorenzo, du bist einfach so. Es war mein Fehler. Ich dachte, durch mich könntest du lernen zu lieben. Aber du schaffst es immer nur für kurze Zeit. Du passt dich an, das ist deine Art zu lieben.

Du überlegst dir, wie du deine Gefühle zeigen kannst, was du tun, auf was du verzichten kannst. Dabei denkst du, dein Verhalten sei ein Beweis deiner Liebe. Worauf der andere verzichtet, nimmst du überhaupt nicht wahr. Du glaubst, es wäre leicht, mit dir zusammenzuleben, weil du nicht störst, nie um Hilfe bittest, nie wütend wirst und nie streitest. Aber ich sage dir: Es ist sehr anstrengend, an deiner Seite zu leben. Wenn du wüsstest, wie viele Grübeleien, wie viel Geduld, Enttäuschung und Tränen es mich gekostet hat. Ich habe dir nichts davon gesagt, denn ich wollte dir nicht weh tun. Außerdem lernt man an deiner Seite, nichts mehr zu sagen, weil man die Antworten eh schon kennt: ›Wenn es so anstrengend ist, mit mir zu leben, warum gehst du dann nicht?‹ Du erstickst alle Gefühle, darum wirst du nicht wütend. Nicht weil du besonders ausgeglichen wärst, sondern weil du alle Gefühle erstickst: weg mit der Liebe, weg mit der Wut. Du vergräbst dich in deiner Arbeit. Ich weiß, dein Job ist wichtig, aber bei uns beiden war er immer auch der Vorwand für ein Nein. Kein gemeinsames Abendessen, kein Kinobesuch, kein Konzert, keine Spaziergänge, all die im letzten Moment abgesagten Wochenenden zu zweit … alles geplatzt, aufgegeben, verpasst. So als wärst du der Einzige auf Erden, der arbeitet. Du bist so mit dir selbst beschäftigt, dass du überhaupt nicht merkst, was ein Mensch an deiner Seite mitmacht. So wie jetzt: Ich bin dabei, dich zu verlassen, diesmal für immer, und du sagst nichts, als würde dich das alles nicht im Geringsten berühren. Sag mir, dass ich egoistisch bin, eine blöde Kuh, die dich verlässt, anstatt dich so zu akzeptieren, wie du bist. Schrei mich an, werd wütend, mach irgendwas, aber steh nicht bloß da wie ein begossener Pudel…«

Sie blieb im Türrahmen stehen und sah mich mit feuchtglänzenden Augen an.

Sie flehte mich an, sie nicht gehen zu lassen. Das war es, was sie von mir wollte. Doch alles, was ich rausbrachte, war: »Was soll ich sagen? Du hast recht, ich kann dich verstehen.«

Sie sah mich zutiefst enttäuscht an und zischte leise: »Ach, leck mich doch.«

Und dann ging sie.

Allein auf der Welt

Eines Tages nach seiner Rückkehr von einem Wochenende in Florenz vertraute Roberto mir an, er habe sich in ein Mädchen verliebt, das er zufällig dort kennengelernt hatte, eine Maria aus Barcelona. Drei Tage später kam sie zu Besuch.

Einen Monat nach Marias Abreise verkündete Roberto mir seinen Entschluss, er wolle nach Barcelona ziehen und mit ihr zusammenleben.

»Ich möchte eine Familie gründen und viele Kinder haben, und zwar mit ihr. Solche Türen schließen sich schnell wieder, wenn ich diese Gelegenheit nicht nutze, verpasse ich eine wunderbare Chance. Ich liebe sie.«

»Na, wenn sie die Frau deines Lebens ist, wird sie das doch auch noch in einem Jahr sein, oder?«

»Ich weiß nicht, ich glaube eher, dass man sich in gewissen Augenblicken auf etwas einlassen sollte und in anderen etwas abstreifen kann. Jetzt ist der richtige Zeitpunkt für Maria und mich, das spüre ich.«

»Du gehst also nicht nur eine Zeitlang nach Barcelona, sondern mit der Absicht, dort für immer zu bleiben?«

»Keine Ahnung, vielleicht geht's ja auch schief, aber ich muss es ausprobieren. Ich folge meinem Gefühl.«

Er packte drei große Koffer mit seinen Sachen voll und

verschenkte den Rest an seine Freunde. Mir hat er seine Platten und Bücher vermacht.

Ohne Lucia und Roberto war es noch härter. Nach dem Abendessen ging ich immer gleich in mein Zimmer. Ich lag auf dem Bett, starrte an die Decke, setzte die Kopfhörer auf und hörte ein bisschen Musik, vor allem Pink Floyd.

Ich zerbrach mir den Kopf, wie ich mehr verdienen und meine Familie unterstützen konnte. Ich hätte abends noch in einer anderen Bar, einer Disko oder Pizzeria kellnern können, aber das hätte sich kaum gelohnt, das bisschen Geld hätte unsere Lage nicht gebessert. Mit einem Freund zusammen überlegte ich, T-Shirts mit lustigen Aufschriften oder witzigen Zeichnungen herzustellen. Aber dann verwarfen wir die Idee wieder, uns fehlte das Startkapital.

Die Probleme meiner Familie rührten bestimmt auch daher, dass mein Vater kein Händchen fürs Geschäft hatte. Er versuchte nie, den Leuten etwas schmackhaft zu machen und zu verkaufen. In der Bar gab es dafür auch nicht viel Gelegenheit, doch ein geborener Verkäufer findet immer einen Weg, wie er seine Ware an den Mann bringt. Der Metzger bei mir um die Ecke zum Beispiel hat eine rötliche Thekenbeleuchtung, damit das Fleisch eine intensivere Farbe bekommt. Hört sich bescheuert an, funktioniert aber. Manchmal greift er auch noch tiefer in die Trickkiste: Dem Kunden, der ein bestimmtes Stück Fleisch will, sagt er: »Aber nein, dieses Stück möchte ich Ihnen wirklich nicht verkaufen, nehmen Sie doch lieber das hier. Das andere da kann ich Ihnen unmöglich geben.« Und schwups! hat er einen weiteren Kunden gewonnen, weil er ein besonderes Vertrauensverhältnis hergestellt hat. Gut möglich, dass er dem nächsten dann mit den gleichen Worten ausgerechnet das Stück Fleisch anbietet, das er vorher partout nicht hat herausgeben wollen. Und trotzdem denken beide Kunden: ›Mein Metzger ist toll, der legt für mich immer das beste Stück beiseite.‹

Fürs Verkaufen braucht man Talent, egal um welche Ware es geht. Es gibt Leute, die drehen einem alles an. Mein Vater dagegen ist der Anstand in Person. Er ist regelrecht besessen davon, den Anstand zu wahren, wie jemand, der sich unbedingte Treue abfordert, auch wenn dabei die Liebe erstickt.

Und nicht nur davon ist er besessen, sondern auch vom »Rücksichtnehmen«, wie er und meine Mutter es nennen. Obwohl wir bis zum Hals in Schulden steckten, ließen sie zum Beispiel viele Gäste in der Bar anschreiben. Anstatt jeden Tag zu bezahlen, zahlten manche monatelang nicht und häuften hohe Zechen an.

»Mama, wir müssen dem mal sagen, dass er endlich bezahlen soll …«

Aber meine Eltern brachten das nicht fertig, obwohl sie das Geld gebraucht hätten. Herr und Frau Wirmöchtennichtstören, Wirmöchtennichtzurlastfallen.

Als Kind sagten sie zu mir, ich solle die Stühle nicht so rücken, damit die Nachbarn aus der Wohnung unten sich ja nicht über uns beschwerten. Umgekehrt beschwerten meine Eltern sich aber bestimmt nicht bei der Familie über uns, die keineswegs Rücksicht auf uns nahm.

Und der Fernseher musste immer leise gestellt sein, besonders im Sommer, wenn die Fenster offen standen.

Eines Abends schaute ich mir den Zeichentrickfilm *Alice im Wunderland* an. An einer Stelle wächst Alice plötzlich so sehr, dass ihr Kopf aus dem Dach des Hauses und ihre Arme zu den Fenstern herausschauen. Das war das perfekte Bild für meine Lage. Mein Zuhause war zu klein für mich geworden, ich spürte, dass es nicht mehr passte. Ich musste fortgehen, dem weißen Kaninchen folgen wie Alice. Ich hatte satt, was ich sah, hörte und tat, genauso wie die Arbeit und die ständigen Erniedrigungen. Ich war's leid, immer dieselben Sätze zu hören, dieselben Versprechen, dass es bald besser würde – das alles stand mir bis hier. Ich wollte nicht mehr in mein Zimmer flüchten wie in einen Schlupfwinkel, aus dem ich rufen konnte: »Ich bin ganz brav, ich störe auch nicht und verlange nichts, aber bitte lasst mich dann auch in Ruhe.« Ich hatte dieses Bett mit seinem Resopalrahmen und den Aufklebern, die ich Jahre zuvor draufgeklebt hatte, satt; genauso wie den kaputten Rollladen, die abgeplatzte Fliese im Bad, die Klebestreifen und Schnüre. Ich hasste dieses Flickenleben. Ich wollte nicht länger an die Decke starren, ohne Antworten zu finden, einen Ausweg, eine Alternative. Hatte meine Ohnmacht satt. Meine Unzufriedenheit.

Mir war, als würde ich ersticken, ich wollte mich befreien. Mich, meine Mutter und meinen Vater. Ich wünschte mir, dass das Schicksal es gut mit mir meinte oder dass ich zumindest etwas aus mir machen konnte. Als Kind hatte ich immer lachen müssen, wenn mein Vater am Tisch einnickte, doch nun gruselte es mich bei dem Anblick, weil ich begriff, dass so auch meine Zukunft aussähe. Ich erschrak bei der Vorstellung, genauso zu leben wie er, hatte Angst vor diesen immergleichen Tagen. Mein Leben kam mir vor wie ein nasser Anzug. Ich beschloss das Risiko einzugehen, den Sprung zu wagen, mir eine andere Arbeit zu suchen und der Bar den Rücken zu kehren.

Einen Sinn im Leben sah ich nach wie vor nicht, doch ich hatte begriffen, dass das Leben selbst meine einzige Chance war, einen zu finden.

Ich verbrachte Stunden damit, darüber nachzudenken, wie es weitergehen sollte. Ich spürte, dass ich handeln musste, dass aus der Lektüre meiner geliebten Bücher Taten werden mussten, mutige Schritte. Dann wieder hielt ich mich für anmaßend: Wer war ich denn, dass ich danach strebte, anders zu leben als meine Familie oder meine Freunde? Vielleicht war ich ja einfach nur nie zufrieden, ein verwöhnter Bengel.

Gestalten kamen mir in den Sinn, von denen ich gelesen hatte. Goldmund, zum Beispiel: Auch sein Leben war irgendwie vorgezeichnet gewesen, und doch hatte er ihm den Rücken gekehrt, war seiner Natur gefolgt und davongelaufen.

Oder der Odysseus in Dantes *Inferno*, der allen persönlichen Bindungen zum Trotz seinem Drang folgt, die Welt und die Menschen kennenzulernen. Ich musste an Kapitän Ahab aus *Moby Dick* denken, dessen Beispiel mich ermutigte, immer weiterzugehen und nie aufzugeben. Oder an den *Baron in den Bäumen*, der sich wie ich in dem Leben, das er führte, nicht mehr wiedererkannte und deshalb nur noch in der Baumkrone lebte. Einige dieser Bücher las ich nun auf der Suche nach Antworten auf all meine Fragen erneut.

Lesen ist faszinierend und schön, aber noch machtvoller ist meiner Meinung nach Wiederlesen. Wenn ich etwas ein zweites Mal lese, interessieren mich weniger die Handlungsstränge, die ich ja schon kenne, als vielmehr die Welten, die ich mir vorgestellt habe. Ich bin neugierig zu erfahren, ob diese Bilder noch einmal auf die gleiche Weise in mir erstehen und ob ich mich immer noch darin zu Hause fühle. Wenn du ein Buch liest, das dir gefällt, machen diese Seiten etwas mit dir; wenn du sie wiederliest, bist du es, der etwas mit ihnen macht.

In Joseph Conrads Roman *Die Schattenlinie* hatte ich einen Satz unterstrichen, der nur für mich aufgeschrieben worden zu sein schien, wie ein Zeichen: »Man schließt die kleine Pforte der Kindheit hinter sich und tritt in einen verzauberten Garten ein, in dem selbst die Schatten verheißungsvoll glühen. Jede Wendung des Pfades hat ihren verführerischen Reiz.« Aus *Zen und die Kunst, ein Motorrad zu warten* habe ich gelernt, dass es auf der Welt nichts Revolutionäreres gibt, als das, was man tut, möglichst gut und richtig zu tun.

Figuren, Sätze und Worte aus Büchern sind wie Brücken, über die man ans Ziel gelangt und die das alte Leben und das neue, das einen erwartet, miteinander verbinden.

Eines Tages bot Carlo, ein Freund aus Kindertagen, mir einen Job bei seinem Onkel an, den er während seines Studiums selbst ab und zu gemacht hatte. Ironie des

Schicksals: Der Job bestand darin, Schulden einzutreiben. Ich musste im Auftrag von Firmen Geld zurückfordern.

Ich sagte zu, obwohl ich keine Ahnung hatte, wie ich das meinem Vater beibringen sollte. Ich ließ es zum Bruch kommen: Ohne ihm davon zu erzählen, erschien ich am nächsten Montag einfach nicht in der Bar. Meine Mutter musste Papa den Grund für meine Abwesenheit erklären.

Ich habe mir das nie verziehen. Ich wusste zwar, dass er es nicht verstehen würde, aber ich hätte es ihm wenigstens sagen sollen. Unser Verhältnis änderte sich schlagartig. Von da an war ich für meinen Vater ein *Verräter* – genau wie ich befürchtet hatte.

Morgens ging ich aus dem Haus und frühstückte in einer anderen Bar. Ich weiß noch wie gestern, wie ich am ersten Morgen aus dem Haus trat. Das Tor schlug hinter mir zu, und ich blieb kurz stehen. Ein klarer, entschiedener Knall, der mir eins für immer verschloss: die Möglichkeit der Rückkehr. Ich war jetzt raus.

Es wehte ein lauer Wind, und diesen Wind empfand ich als sehr angenehm. Wie er mir übers Gesicht strich, ging es mir gleich besser, wenn auch noch lange nicht gut. Ich war ein Verräter, ein Egoist, ein Feigling, der sich heimlich aus dem Haus schlich. Ich hatte meiner Familie den Rücken gekehrt. Insbesondere meinem Vater. Der denn auch nicht versäumte, mir eines Tages zu stecken: »Du hast uns einfach im Stich gelassen.«

Abends machte ich den Mund fast gar nicht mehr auf. Meine Mutter fragte nach dem neuen Job, aber mir war es peinlich, vor meinem Vater, der mittlerweile gar nicht mehr mit mir sprach, davon zu erzählen. Uns ging der Gesprächsstoff aus, erst die Sätze, dann die Worte, und schließlich war ich auch nicht mehr bereit, mögliche Missverständnisse auszuräumen. Und so bewirkten falsche Vorstellungen und Überzeugungen, dass wir uns immer weiter auseinanderlebten. »Es ist nicht so, wie du denkst, vielleicht habe ich mich schlecht ausgedrückt…« – dieser einfache Satz hätte manchmal genügt, um alles wieder ein bisschen einzurenken, doch wir machten uns die Mühe nicht. Man sollte den Leuten verbieten, Schweigen zu interpretieren. Wir taten genau das und entfernten uns immer mehr voneinander.

Die Inkassofirma, bei der ich nun arbeitete, trieb Darlehen ein. Als ich am ersten Tag antrat, wollte ich eine Vorstellung davon bekommen, was ich zu tun hatte, und fragte sofort: »Soll ich hingehen und die Leute verprügeln?« Gott sei Dank lautete die Antwort: »Nein.« Aber es war trotzdem komisch, nach all den Jahren der Verschuldung ausgerechnet so einem Job nachzugehen.

Ich telefonierte den ganzen Tag mit Leuten, die unseren Auftraggebern Geld schuldeten, und versuchte herauszufinden, ob sie schlicht kein Geld hatten oder ob die Säumnis damit zusammenhing, dass bei der Zustellung der Ware etwas nicht geklappt hatte beziehungsweise diese fehlerhaft war – das waren die beliebtesten Vorwände, um die Zahlung so weit wie möglich hinauszuschieben. Solche Leute roch ich von weitem, ich kannte den Geruch von zu Hause, wer hätte sie besser verstehen können als ich?

Wovor ich hatte fliehen wollen, erstand nun ständig neu vor mir. Meine Vergangenheit war da, ich war von meinen Geistern umgeben. Wenn ich von jemandem Geld einforderte, war mir jedes Mal, als stände mir mein Vater gegenüber.

Ich war nett zu den Leuten und versuchte ihnen zu helfen. Einmal klingelte ich an der Tür zu einer Souterrainwohnung, und es öffnete mir eine Frau, die dort allein mit der Tochter lebte. Sie ließen mich herein.

»Setzen Sie sich bitte. Möchten Sie einen Kaffee, ein Glas Wasser? Etwas anderes habe ich leider nicht.«

»Nein, danke.«

»Schauen Sie, ich wollte mir gerade selbst einen Kaffee machen, und wenn Sie möchten …«

»Also, wenn Sie sowieso einen machen wollten, dann gern. Danke.«

Sie brachte mir den Kaffee und fragte, wie viel Zucker ich wollte. Die Tochter saß still auf dem Sofa und schaute mich an. Sie war etwa fünfzehn, und ihr Gesicht war sehr hübsch, aber erloschen. Ich kannte diesen Gesichtsausdruck, ich hatte den gleichen, wenn die Männer in die Bar kamen, um unsere Sachen zu pfänden.

Armut ist beschämend, doch an diesem Tag schämte ich mich noch mehr als die beiden. Ich rührte in meinem Kaffee, während die Frau mir erklärte, dass sie das Geld abstottern werde, keine Sorge, sie seien ehrliche Leute, die Tochter habe einen Job in einer Pizzeria gefunden und arbeite dort jetzt an den Wochenenden, obwohl es nicht leicht gewesen sei, wegen ihres Alters. Ich schämte mich immer mehr, ich ekelte mich vor mir selbst und fühlte mich schuldig. Wenn ich gekonnt hätte, hätte ich die beiden Frauen am liebsten mit zu mir nach Hause genommen. Es tat mir weh, das mit anzuhören.

Während ich über die Zahl der Raten nachsann, erstarrte ich plötzlich. Ich riss den Blick von einem feuchten Fleck, der ganz so aussah wie der in unserer Küche, blieb eine Weile stumm und sagte dann: »Signora, Sie haben keine Schulden mehr. Kümmern Sie sich nicht weiter darum, ich komme nicht wieder. Niemand wird mehr wiederkommen.«

»Aber … wie ist das möglich?«

»Machen Sie sich keine Sorgen.«

Die Frau konnte es nicht glauben. Viermal fragte sie nach, um sicherzugehen, dass sie richtig verstanden hatte. Ich versicherte ihr, dass alles geregelt sei und sie sich nicht mehr zu sorgen brauche. Da fing sie an, sich bei mir zu bedanken, nahm mit Tränen in den Augen meine Hände und sagte zur Tochter: »Bedank dich bei dem Herrn, bedank dich bei dem Herrn.« Und zu mir gewandt, fügte sie hinzu: »Sie sind ein Engel.«

Im Büro verbuchte ich den Vorgang als Verlust. Ich schrieb einen kurzen Bericht für die Bank, in dem ich erklärte, dass die Schuldner unauffindbar seien und ich keine Möglichkeit sähe, das Geld wiederzubeschaffen. Für eine Bank fällt so was kaum ins Gewicht; so geringe Summen gleichen sie problemlos aus und können es sogar noch von der Steuer absetzen.

Wenn's nach mir gegangen wäre, hätte ich das gern häufiger getan, aber ich konnte nicht immer, wie ich wollte. Wenn sich die Möglichkeit bot, schauten mich die Leute mit einer Dankbarkeit in den Augen an, die mir Kraft gab und mich zugleich in Verlegenheit brachte. Sie luden mich ein, zum Abendessen zu bleiben. Schenkten mir Salami, Käse, Wein. Mit der Zeit erlebte ich solche Situationen öfter, doch ich gewöhnte mich nie daran. Ich fand es zum Kotzen, ich fand mich zum Kotzen. Ich begann diesen Job zu hassen, und irgendwann glaubte ich, ich hätte ihn mir nur ausgesucht, um mich selbst zu bestrafen. Mein Gehalt bekam ich dafür, dass ich mich fertigmachte.

Mein erster Schritt in die Unabhängigkeit war eine schmerzhafte Erfahrung, das musste ich eingestehen. Ich mochte mich nicht, hasste mich sogar. Niemand wusste, wie schlecht es mir damals ging. Ich sprach nie darüber, es hätte nichts genutzt. Niemand kann an der Einsamkeit eines anderen teilhaben.

Meinen Schmerz betäubte ich, indem ich mich in die Arbeit stürzte. Die Firma war zufrieden mit mir, ich bekam immer mehr Lob. Ich aber hatte bereits beschlossen, den Job vielleicht noch ein Jahr weiterzumachen und dann zu kündigen.

Zahlten die Leute unter dem Vorwand nicht, die Ware sei fehlerhaft, musste ich nachprüfen, ob das auch stimmte. In der Firma ließ ich mir wichtigere Vorgänge anvertrauen, bei denen es um höhere Beträge ging und ich kreuz und quer durch ganz Italien fuhr. An die erste Dienstreise erinnere ich mich noch genau, weil ich einen ganzen Vormittag in einem Lager Puppen zählen musste. Diese Puppen bekleckerten sich, machten in die Windel oder Ähnliches, und ich musste bei jeder einzelnen nachprüfen, ob sie sich auch wirklich bekleckerte und einnässte. Dabei stellte ich mir die ganze Zeit vor, was mein Vater wohl gedacht hätte, wenn er mich so gesehen hätte, auf dem Boden sitzend, neben mir einen Karton mit Puppen.

»Die bekleckert sich, die bekleckert sich nicht…«

Ich arbeitete immer bis spät in den Abend. In größeren Städten gab es zwar immer etwas, das ich nach Feierabend unternehmen konnte: spazieren gehen und ein wenig Luft schnappen, eine Zigarette auf den Treppenstufen einer Kirche rauchen. Doch wenn ich in irgendeinem Kuhkaff gelandet war und selbst die Hotelküche schon geschlossen hatte, beendete ich meine traurigen Tage um neun im Hotelzimmer mit Chips und Erdnüssen aus der Minibar – falls es eine gab. In Socken und Unterhose, vor dem Fernseher. Manchmal trank ich alle Fläschchen mit Alkoholika in einem Zug aus: damit die Zigarette besser schmeckte, um mich lebendig zu fühlen, für ein bisschen Rock-'n'-Roll-Feeling. Um mir vorzugaukeln, dass ich nicht nur arbeitete, sondern auch Spaß hatte im Leben.

Wenn ich früh genug dran war, konnte ich noch im Hotelrestaurant essen. Eine triste Angelegenheit. Allein, mit einem halben Liter rotem Hauswein, zusammen mit anderen einsamen Männern wie mir, die nach oben auf den Fernseher in der Ecke starrten und Grissini knabberten, während sie aufs Essen warteten.

Frischer Wind

Ich arbeitete viel und versuchte so wenig wie möglich auszugeben. Zu Hause lieferte ich einen Teil des Geldes ab. Jedes Mal sagte mein Vater, dass er nichts wolle, aber dann nahm er es doch.

Unsere Kommunikation beschränkte sich mittlerweile aufs Grüßen. Ein Kopfnicken, mehr nicht. Ich war noch härter als er, noch verschlossener. Ich hatte die Sache zu den Akten gelegt. Unsere Beziehung bestand aus ein paar Gesten ab und zu, doch für eine Wiederannäherung war die Wunde noch zu frisch, es musste erst Zeit vergehen. Eine schwere Zeit, wenigstens da machten wir uns nichts vor.

In der Mittagspause stemmte ich im Fitnessstudio Gewichte. Eines Tages ging ich hinterher in die Cafeteria und bestellte einen Salat mit Hühnerbrust und Butterreis. Ich ahmte die Leute nach, die hier ernsthaft trainierten. Meine Affäre mit den Hanteln währte nur kurz, obwohl ich mich in jener Zeit ziemlich auspowerte. Während ich meine Fanta trank, sprach mich ein Mann an, der am Nebentisch saß: »Weißt du eigentlich, woher die Fanta kommt?«

Ich fand die Frage einigermaßen bizarr, zumal ein Unbekannter sie stellte.

»Nein, weiß ich nicht.«

»Fanta wurde während des Zweiten Weltkriegs von dem deutschen Coca-Cola-Chef Max Keith erfunden, als in Deutschland keine Coca-Cola mehr verkauft werden konnte. Er wollte keine Marktanteile verlieren, und solange sich auf den Flaschen kein Hinweis fand, dass die Limo immer noch von Coca-Cola hergestellt wurde, durfte sie in Deutschland vertrieben werden. Und weißt du, warum sie ›Fanta‹ heißt?«

»Ich habe nicht die geringste Ahnung…«

»Das kommt von dem Wort ›Fantasie‹, denn es braucht viel Einbildungskraft, um bei diesem komischen Gebräu, das aus Nebenprodukten aus der Marmeladen- und Käseerzeugung gewonnen wird, Orange rauszuschmecken… Nein, Scherz, es kommt von ›fantastisch‹.«

Der Unbekannte hieß Enrico. Wir setzten unsere Unterhaltung fort, aßen zusammen und schlossen Freundschaft. Er wusste über alles Bescheid. Seine Kenntnisse reichten von Weltpolitik, Architektur, Kunst und Literatur bis hin zu der Erklärung, weshalb Karotten orangefarben sind. Das meiste, worüber er sprach, war für mich Neuland. Zum Beispiel wusste ich nicht, dass Möhren von Natur aus ganz anders aussehen und ihre heutige Färbung vom Menschen angezüchtet worden war. Die Holländer waren es, die der Möhre zu Ehren der Oranier-Dynastie ihre orange Farbe verpasst haben.

Ich weiß noch, dass ich Enrico am Tag unserer ersten Begegnung fragte: »Du behauptest also, dass in dieser Orangenlimo gar keine Orange drin ist?«

»Damit ein Fruchtsaft sich ›Saft‹ nennen darf, muss

er mindestens zwölf Prozent Fruchtgehalt haben, aber Getränke, auf denen steht: ›Mit dem und dem Geschmack‹, haben häufig überhaupt keinen Fruchtanteil. Der Geschmack wird im Labor erzeugt, durch Kombination von Aromamolekülen. Wenn du auf einen Schwamm Zitrus- und Bittermandelaroma träufelst und daran riechst, wirst du denken, du hättest einen Panettone vor dir. Wenn du an zwei Stäbchen mit dem Aroma von Kartoffeln und Fritteuse riechst, wirst du denken, du hast zwei Pommes frites vor dir. Geräucherte Lebensmittel wie Würstchen bekommt man durch Zugabe des Geschmacks ›Rauch‹. Es gibt sogar ein Aroma, das nach Fuß riecht.«

»Nach Fuß?«

»Aber ja: Buttersäure! Findet sich in reifem Käse ebenso wie in Erbrochenem. In den Chemielabors sagen sie dazu nur ›Fußaroma‹.«

»Bah, ist das eklig!«

»So betrachtet, ist es eklig, ich weiß, aber Fußgeschmack wird sogar bei der Herstellung von Vanille-, Erdbeer- und Sahnearoma verwendet. Bei vielen Dingen, die du isst oder trinkst.«

Wir trainierten gemeinsam im Fitnessstudio, auch wenn wir beide keine Sportskanonen waren. Er hatte es nicht so mit den Gewichten und lief dafür mehr auf dem Laufband. Die Gespräche mit ihm waren immer interessant, denn er las viel. Er hatte eine unbändige Leidenschaft für die Oper. Wenn ich ihn besuchte, lief stets eine CD in voller Lautstärke. Beim Kochen ging er mit dem Kochlöffel in der Hand zur Anlage, drehte voll auf und brüllte mir zu: »Hör mal, hör mal die Arie …«

Quanto è bella, quanto è cara!
Più la vedo, e più mi piace…
ma in quel cor non son capace
lieve affetto ad inspirar.
Essa legge, studia, impara…
non vi ha cosa ad essa ignota;
io son sempre un idiota,
io non so che sospirar.
Chi la mente mi rischiara?
Chi m'insegna a farmi amar?

»Was ist das?«, fragte ich, voll der Ahnungslose.

»*L'elisir d'amore* von Donizetti.«

Ich unterhielt mich gern mit Enrico. Auch er fühlte sich wohl in meiner Gesellschaft, weshalb wir uns oft sahen. Auf seine witzig-ironische Art gab er mir Tipps, wie ich mich gegenüber Frauen verhalten sollte: »Bevor du sie ausziehst, musst du der Frau den Schmuck abnehmen: Ketten, Ohrringe, Armbänder und Fingerringe. Ein bloßes Ohrläppchen küsst sich schöner, und außerdem kommt man nicht in die Verlegenheit, über Erinnerungen aus ihrer Vergangenheit zu stolpern. Vor allem, wenn es irgendein Ex war, von dem sie ihn geschenkt bekommen hat. Perlenketten kannst du ihr übrigens anlassen. Aber das dürfte bei den Frauen, mit denen du dich triffst, kaum das Problem sein… Das Höschen ziehst du besser auch nicht aus, das mögen sie, kannst du mir glauben. Du schiebst es einfach beiseite. Und wenn du sie da unten küsst, küss sie erst eine Weile aufs Höschen. Lass sie die Wärme deines Atems spüren. Wenn die Frau es mit dir genauso macht und dich erst auf den Slip küsst oder wenn sie Strümpfe und Schuhe nicht auszieht, na, dann ist der Abend geritzt. Das größte Geheimnis aber lautet: Berühr sie wie eine Frau und küss sie wie ein Mann.«

»Wie bitte?«

»Wenn du sie berührst, sei zärtlich und tu so, als wärst du eine Frau, aber wenn du sie küsst, dann richtig, wie ein echter Kerl.«

Eines Tages, als wir nach dem Training im Fitnessstudio einen Salat aßen, fragte er unvermittelt: »Warum fängst du nicht bei mir an?«

Er besaß eine Werbeagentur.

»Das geht nicht. Ich hab doch kein Abitur, ich hab nur Hauptschulabschluss. Oder suchst du eine Putzhilfe?«, antwortete ich.

»Ich brauche einen, der wach und intelligent ist, und das bist du. Mit dem Schulabschluss hat das nichts zu tun.«

»Danke für die Blumen, aber ich weiß wirklich nicht …«

Enrico war der Erste, dem es egal war, dass ich nur Hauptschule hatte. Damit hatte er mich aus dem Konzept gebracht, ich wusste nicht, was ich sagen sollte. »Die Schule belohnt meist nicht die Intelligenten«, fuhr er fort, »sondern die mit gutem Gedächtnis. Aber wer ein gutes Gedächtnis hat, ist nicht automatisch intelligent. Außerdem reicht auch ein Kurzzeitgedächtnis, um in Schule und Universität Erfolg zu haben. Also denk drüber nach.«

»Ich soll zum Vorstellungsgespräch zu dir kommen, meinst du?«

»Das haben wir schon hinter uns. Von mir aus geht die Sache klar. Du kennst dich aus in Sachen Film, Musik und Literatur, und du bist neugierig, das zählt. Du bist interessiert, und aufgrund deiner Art zu reden, deiner ironischen und geistreichen Bemerkungen und deiner Art, wie du Gedanken auf den Punkt bringst, wärst du ein prima Werbetexter. Ich weise dich ein bisschen ein, und dann kann's losgehen. Du schaffst das ohne Probleme, auch ohne Studium. Also sag mir deshalb nicht ab, das wäre völlig beknackt.«

»Okay, ich denk drüber nach.«

»Kennst du B. B. King und Muddy Waters?«

»Ja.«

»Findest du sie gut?«

»Absolute Spitze.«

»Die können auch keine Noten lesen. Haben nie die Notenschrift gelernt. Bill Bernbach hat es mal so ausgedrückt: Regeln sind dazu da, damit der Künstler sie bricht.«

»Und wer ist dieser Bill Bernbach?«

»Das wirst du im Lauf unserer Zusammenarbeit noch lernen. Aber davon abgesehen, ich sag's noch einmal: Wenn das Problem für dich wirklich die Angst ist, dass du nicht genug weißt, sei unbesorgt. Ich brauch dich für die Kommunikation, und kommunizieren kann man auch ohne großes Wissen. Wissen braucht man, um zu informieren, das kommt dann vielleicht später. Und jetzt darfst du mir einen Gin Tonic ausgeben.«

»Aber wir sind hier doch im Fitnessstudio, und es ist erst zwei Uhr mittags ...«

»Ich weiß, aber heute läuft es halt mal anders.«

Anderthalb Monate nach diesem Gespräch fing ich bei ihm an. Enrico brachte mir alles bei, was ich für meinen neuen Job brauchte. Wie er vorhergesagt hatte, fand ich später auch heraus, was es mit Bill Bernbach und seiner »kreativen« Revolution auf sich hatte. Und mit vielen anderen großen Namen aus der Werbewelt.

Enrico gab mir einen Stapel Bücher über Kommunikation und Marketing mit, die ich lesen sollte. Auch welche über Semiotik. Er schickte mich in Kurse, Seminare und Workshops. Ich lernte und lernte. Anfangs war ich hauptsächlich für den Kaffee zuständig oder ordnete Kataloge, verschickte Briefe und half seiner Sekretärin, Termine zu machen. Nur ums Putzen kam ich gerade noch herum. Trotzdem, immer dabei zu sein und ihm bei der Arbeit zuzusehen war die beste Schule für mich. Viel von dem, was ich in dieser Zeit gelernt habe, hat mir im späteren Leben sehr geholfen.

Nach einem Monat gab er mir den ersten Auftrag: Plakate für eine Supermarktkette zu entwerfen.

Supermarkt … superstark!

Das war mein erster Claim.

Bei Enrico verdiente ich besser als bei der Inkassofirma. Rund vier Jahre arbeitete ich in seiner Agentur, und das mit wachsender Befriedigung. Ich gewann sogar Preise. Den letzten bekam ich für die Kampagne zur Einführung einer Espressomaschine. Sie ging so:

In der Ferne, auf einem weißen Sockel, wie ein Kunstwerk, thront eine Kaffeemaschine. Kaffee läuft in eine

Tasse. Während die Kamera langsam heranzoomt, werden Sätze eingeblendet.

»In einem halben Jahr werden es die Menschen satthaben, auf diese Holzkiste zu starren.«
Darryl F. Zanuck, Präsident der 20th Century Fox, über die aufkommenden Fernsehgeräte, 1946.

»*Forget it:* Mit so einem Film verdienen wir keinen Cent.«
Irving Thalberg, Direktor von Metro Goldwyn Mayer, über Vom Winde verweht, *1936.*

»Kein Interesse. Die Musik dieser Jungs funktioniert nicht, Gitarrenbands sind out.«
Ein Sprecher von Decca Records über die Beatles, 1962.

»Die Band ist okay. Aber schmeißt bloß diesen Sänger raus, bei den Riesenlippen kriegen die Mädchen ja Angst.«
Andrew Loog Oldham, Produzent und Musikmanager, über die Rolling Stones, 1963.

»Picassos Ruhm wird schnell verblassen.«
Thomas Craven, Kunstkritiker, 1934.

Der letzte Satz erscheint, wenn die Kaffeemaschine das Bild ganz ausfüllt. Langsam fällt der letzte Tropfen.

»Der Kaffee in der Bar ist unübertrefflich.«

Nach diesem Spot wurde ich von einer wichtigen Werbeagentur in Mailand angesprochen. Sie wollten mich sofort engagieren. Ich wusste nicht, wie ich es Enrico beibringen sollte, es war die gleiche Dynamik zu befürchten wie zwischen mir und meinem Vater. Als ich mich endlich überwand und ihm davon erzählte, war er wenig begeistert, das merkte ich, ohne dass er es zu erklären brauchte. Erneut kam ich mir vor wie ein Egoist, andererseits wollte ich die Chance nicht verpassen.

Er habe gewusst, dass das früher oder später passieren würde, meinte Enrico, und es sei okay. »Ich hatte auch mal die Chance, von hier wegzugehen, aber ich bin lieber dageblieben und spiele hier den Platzhirsch. Doch du bist dafür gemacht, in die Welt hinauszugehen, und du wirst es schaffen. Mach dir keine Vorwürfe, du bist nicht egoistisch. Und außerdem denk dran, Egoismus ist zwar verpönt, aber dann jubeln doch alle denen zu, die sich gerade deshalb von der Masse abheben. Gib mir nur ein paar Wochen, damit ich hier alles regeln kann.«

Ich begann meinen Job in der neuen Agentur, half in der ersten Zeit aber noch Enrico an den Wochenenden und versuchte, die laufenden Projekte abzuschließen. Bald darauf eröffnete er mir, er habe sich entschlossen, die Agentur zu verkaufen. Nach meinem Weggang sei es für ihn sinnlos geworden weiterzumachen, er habe niemanden, der die Agentur voranbringen wolle. Ein knappes Jahr später verkaufte er und ließ sich auf Formentera nieder. Ab und zu besuche ich ihn, am liebsten im Sommer.

Der erste Arbeitstag in der neuen Agentur war seltsam. Claudio, der Chef, rief mich zu sich ins Büro und sagte: »Du wirst erst mal gar nichts tun, ich gebe dir keinen Auftrag. Komm morgens her, setz dich an den Schreibtisch, lauf durch die Flure, und wenn irgendwo ein Meeting stattfindet, frag, ob du dich dazusetzen darfst, aber vermeide es, das Wort zu ergreifen. Schau dir alles an, lerne, lies, hör zu. Mach, wozu du Lust hast. Du wirst an keinem konkreten Projekt arbeiten. Du sollst nur die Luft atmen, die hier bei uns weht. Deine erste Aufgabe besteht darin, dich einzuleben.«

»In Ordnung.«

Ich war verwirrt, aber ich tat, wie mir geheißen. Wochenlang fuhr ich morgens zur *Nichtarbeit*. Claudio war ein Star der Branche und wurde als eine Art Genie gehandelt. Er war faszinierend, wortgewandt, verführerisch, intelligent, ironisch, charismatisch: ein Mensch, der still dasitzen kann und trotzdem die Aufmerksamkeit auf sich zieht. Alle begegneten ihm mit Respekt, viele auch mit Furcht. Wenn seine Sekretärin einen von uns zu ihm zitierte, hoben alle den Kopf und sahen den Betreffenden besorgt an, denn wenn Claudio dir nichts Erfreuliches mitteilen wollte, konnte er dich in eine Art *dead man walking* verwandeln. Er konnte einen pushen oder zerstören. Man ging zu ihm ins Büro, und wenn man rauskam, hielt man sich entweder für einen Gott oder für eine Null.

Im ersten Jahr stellte Claudio neuen Mitarbeitern eine Wohnung zur Verfügung, und so kam es, dass ich bei einem Typ namens Tony einzog.

Nachdem ich genug Agenturluft geschnuppert hatte,

vertraute mir der Chef den ersten Job an, bei dem ich mit einem Art Director namens Maurizio zusammenarbeiten sollte. Bevor ich sein Büro verließ, gab Claudio mir noch eine Maxime mit auf den Weg, die ich nie vergessen habe: »Denk dran, Talent ist ein Geschenk, Erfolg aber ist Arbeit.«

Das war nicht der einzige Spruch, der sich mir eingeprägt hat. Claudio gab viele Weisheiten zum Besten, manchmal stammten sie von ihm, manchmal von berühmten Leuten. Zum Beispiel:

»Es zahlt sich nicht immer aus, die eigenen Tugenden hervorzukehren, oft verbirgt man sie besser.«

»Sympathische Menschen sind oft unerträglich.«

»Auch die Kunst muss kalkuliert sein, damit sie totale Freiheit ist.«

»Manche von uns stammen vom Affen ab, andere nähern sich ihm immer mehr an.«

»Jede Mauer ist eine Tür.«

»Unzufriedenheit schafft Arbeit.«

Als ich das erste Projekt ablieferte, fehlte nicht viel, und er wäre mir ins Gesicht gesprungen. Die totale Pleite. Abends konnte ich nicht einschlafen. Es war alles nicht so einfach wie mit Enrico.

Nach dem ersten Misserfolg war ich verschreckt, verwirrt und unsicherer als je zuvor. Morgens kam ich mit hängendem Kopf ins Büro. Die Tatsache, dass ich aus einer Provinzstadt kam, machte es nicht leichter. Wenn man aus einer Kleinstadt in die Großstadt kommt, hat man Minderwertigkeitskomplexe, man schämt sich ein bisschen wegen seiner Herkunft. Zu Hause kann man vielleicht der Platzhirsch werden – ein Platzhirsch im Zoogehege. Ich hatte dieses Gehege verlassen, um mich mit anderen Tieren in freier Wildbahn zu messen. Sofort war ich zusammengeschrumpft, und selbst die alltäglichsten Dinge wurden zur Schlacht, zum Kampf.

Haben sie dich ein bisschen näher kennengelernt, fangen die Städter an, dich wegen deiner Aussprache aufzuziehen. Manche Wörter musst du im Hirn neu einstellen, die Vokale offener oder geschlossener aussprechen. Alles wird bewertet, auch wie du dich kleidest. Du wirst behandelt wie einer, der nicht dazugehört, und absurderweise ist das dann auch in deiner Kleinstadt so: Du gehörst nicht mehr dazu.

Eine Zeitlang lebte ich in einer Art Zwischenwelt. Unter der Woche, in Mailand, machten sie sich über meine Aussprache lustig, doch wenn ich am Wochenende nach Hause fuhr, meinten die Leute, mit denen ich mich traf, ich würde schon wie ein Mailänder reden. Ich hatte keine Heimat mehr. In Mailand war ich ein Provinzler. Wenn ich in die Provinz zurückfuhr, war ich einer aus der Großstadt. Wenn ich damals etwas sagen wollte, musste ich mir erst bewusst machen, wo ich war, um zu wissen, ob ich die Vokale nun offener oder geschlossener aussprechen sollte.

Es wirkt komisch, aber wenn du aus deiner Stadt weggehst, nehmen manche Leute das persönlich, wie eine Zurückweisung, als hättest du sie verlassen oder respektlos behandelt, sie fühlen sich gekränkt, beleidigt, vernachlässigt. Als wärst du gegangen, weil du sie doof findest und dir als was Besseres vorkommst. Sie fühlen sich zurückgestoßen und spielen die Beleidigten: »Ach wir, weißt du, wir sind doch bloß Provinzler, nicht wie du, du lebst ja in Mailand…«

Das Alleinsein war für mich kein Problem, ich war's gewohnt. So fuhr ich am Wochenende seltener nach Hause, man verpasst ja doch nicht viel. In der Stadt, aus der ich komme, verläuft alles in festen Bahnen, immer dieselben Gespräche in derselben Bar. Als ich nicht mehr auftauchte, waren meine Freunde überzeugt, ich würde auf sie runterschauen und mich wichtigmachen, meine Heimatstadt sei mir wohl zu eng. Was ja irgendwie auch stimmte – ein unlösbarer Zwiespalt.

Inzwischen gehe ich davon aus, dass deine Art zu denken sich ändert, wenn du mit mehr Reizen lebst, unter andersartigen Leuten, in einer neuen Umgebung. Komisch, aber in der Großstadt wirst du daran gemessen, was du machst, in der Provinz daran, wovon du träumst.

Mir wurde bewusst, dass meine alten Freunde nicht daran interessiert waren, die Welt zu erkunden. Leute aus einer anderen Clique oder einer anderen Stadt interessierten sie schon nicht mehr: »Ist nicht von hier, gehört nicht zu uns« – eine Weltsicht, bei der jeder Unbekannte automatisch ein Gegner ist. Dazu kam noch die Formel: »Ich schaue mir die Welt nicht an, weil die Welt mich nicht anschaut.«

Sie wollten sich einfach nicht ändern, und weil sie an einem erweiterten Blick auf die Wirklichkeit nicht interessiert waren, sagten sie, dass sie sich langweilten; das genügte ihnen. In der Langeweile hatten sie es sich bequem gemacht.

Jedes Gefühl schien ohne Bedeutung, leer, Selbstzweck. Diese Art zu leben hatte etwas, das alles verflachte und nivellierte, das die Nuancen tötete und die Gewissheiten und Überzeugungen bestärkte. Immer hatten meine alten Freunde mehr Antworten als Fragen.

Camus hat dazu was gesagt, das ich voll hätte unterschreiben können: Wer um sich selbst kreist und immer dieselben Dinge sieht und tut, der verliert die Fähigkeit und die Möglichkeit, sein Hirn zu gebrauchen, so dass es sich langsam verschließt, sich verhärtet und schrumpft wie ein Muskel. Das wollte ich vermeiden.

Die Menschen, mit denen ich in Mailand zu tun hatte, machten sich zwar über mich lustig, doch sie waren mein Bezugspunkt geworden. Vor allem Tony. In der Agentur sagten alle, dass mal ein Startexter aus ihm werden würde. Mit zwanzig hatte er einen wichtigen Preis gewonnen, seitdem wurde er als Wunderkind gehandelt, und jeder in der Werbewelt kannte seinen Namen. Wenn ich mit ihm sprach, dann immer voller Respekt, obwohl er nur zwei Jahre älter war. Ich bewunderte ihn, er war sympathisch, offen, und er wirkte irgendwie international. Alle mochten ihn, ich auch. Er hatte in London studiert und sprach gut Englisch. Ich dagegen hatte es nicht so mit den Sprachen, und wenn er mal wieder ein Model mit nach Hause brachte und sich auf Englisch mit ihr unterhielt, saß ich stumm dabei: Ich konnte nicht mal die wenigen Wörter anbringen, die ich gelernt hatte. Ich war eingeschüchtert und wollte mich mit meiner falschen Aussprache nicht blamieren. Irgendwann schrieb ich mich deshalb für einen Sprachkurs ein und sah mir jeden Abend einen Film in Originalsprache an. Anfangs verstand ich kein Wort. Fast ein Jahr lang verbot ich es mir, eine DVD auf Italienisch zu schauen. Danach sprach ich um einiges besser.

Tony war eine Nachteule und kam nicht vor elf Uhr vormittags ins Büro, manchmal auch noch später. Wenn ich abends einzuschlafen versuchte, hörte ich aus seinem Zimmer oft Musik und endlose Unterhaltungen mit seinen Freunden. Manchmal setzte ich mich dazu, hielt aber meist nicht lange durch und ging irgendwann schlafen.

Eine Weile war Tony mit einem wunderschönen Model zusammen. Sie kam aus Holland, und als sie mich das erste Mal ansprach, verfiel ich ihr mit Haut und Haaren. Sie war total in Tony verknallt, aber der machte sich nicht viel aus ihr. Ich hörte sie oft weinen, manchmal warf er sie nach einem Streit sogar aus der Wohnung. Ich hoffte, dass sie nicht wiederkäme, weil sie mir leidtat. Aber eigentlich hoffte ich jedes Mal, dass sie sein Zimmer verlassen und in meinem um politisches Asyl ersuchen würde. Was sie aber leider nie tat.

Ich lernte und arbeitete und gestand mir darüber hinaus nicht viele Freiheiten zu. Wenn ich nicht arbeitete und nicht lernte, versuchte ich so zu leben, wie ich gern gelebt hätte: wie die anderen. Weil ich mich für mein Leben noch immer schämte.

Ich schämte mich, wenn ich sonntagabends mit dem Essen nach Hause kam, das meine Mutter für mich gekocht hatte: Spaghettisoße, gekochtes Gemüse, Rouladen und dazu noch einheimische Salami, Taleggio- und Scamorza-Käse. Wenn ich allein in der Küche war, stopfte ich das Zeug schnell in den Kühlschrank, andernfalls verbarg ich es in meiner Tasche im Zimmer, bis die Luft rein war. Tony und seine Freunde aßen chinesisch, brasilianisch, mexikanisch, indisch und schon damals Sushi.

Ich schämte mich auch, wenn meine Mutter allabendlich anrief und fragte, wie es mir ging; ich kam mir dabei vor wie ein Kind. Wenn Tony zu Hause war, ging ich manchmal gar nicht ran, oder aber ich behandelte sie von oben herab. Die Anrufe waren ein Ausdruck ihrer Liebe, doch ich wies sie zurück. Später, vor dem Einschlafen, dachte ich manchmal: ›Und wenn sie heute Nacht stirbt?‹ Am liebsten hätte ich sie dann angerufen, weil ich mich schuldig fühlte, aber so mitten in der Nacht schlief sie sicher schon. Bei ihren Anrufen versäumte sie es auch nie, mir zu sagen, ich solle die Schmutzwäsche mitbringen. Freitagabends brachte ich sie ihr, und tags darauf um die Mittagszeit lagen all meine Kleider bereits fix und fertig bereit. Wie sie das hinkriegte, habe ich nie herausgefunden, vielleicht verbrachte sie die Nacht ja damit, sie trockenzupusten. Was soll's. Müttergeheimnisse.

Ich schaute mir genau an, welche Klamotten die jungen Städter trugen, und versuchte ihren Stil zu kopieren. Ich riss mir ein Bein aus, um ihnen ähnlich zu sein. Wegen meines geringen Selbstwertgefühls fühlte ich mich nicht gleichwertig, die anderen kamen mir besser und fähiger vor. Selbst die, die es in Wirklichkeit gar nicht waren. Ich begann, anderer Leute Leben zu führen, sah das Leben durch ihre Brille, dachte mit ihren Hirnen, benutzte ihre Worte.

Claudio war nicht blind und bestellte mich zu sich ins Büro.

»Ich möchte dir einen Rat geben – ob du ihn annimmst, überlasse ich dir. Deine Stärke ist die Direktheit. Zwing dich nicht, jemand zu sein, der du nicht bist, kämpfe lieber darum, dass du der bleibst, der du bist. Du musst nichts suchen, du hast schon alles; trau dich, du musst dir nur deiner selbst bewusst werden. Glaub an dich, versuch dich ein bisschen höherzuschätzen. Du brauchst keine neue Sprache, lerne lieber, auf das zu hören, was du bereits in dir hast. Bewahr dir deine natürliche Spontaneität, das Selbstvertrauen kommt dann von allein. Denk dran: Leben ist die Kunst zu werden, was man schon ist.«

An der Tür schenkte er mir ein Buch: Sun Tzu, *Die Kunst des Krieges.*

Claudio hatte ins Schwarze getroffen. Mit der Zeit begriff ich, dass er mir wichtige Dinge beibringen wollte, dass er mich unter Druck setzte, um mich zu testen, um meinen Widerstandsgeist herauszukitzeln, um mich zu motivieren, doch am Anfang spürte ich nur die Enttäuschung, nicht gut genug zu sein: Ich verstand nicht, dass es zur Ausbildung gehörte, wenn er mich runterputzte.

Als ich an diesem Abend nach Hause kam, stellte ich mich an den Herd, um mir schnell was zu kochen, zu essen und dann ins Bett zu gehen. Ich wollte Claudios Worte beherzigen und alles anders machen. Da klingelte es an der Tür. Es war sie, Tonys Freundin.

»Tony ist nicht da.«

»Ich weiß. Ich warte auf ihn, er hat gesagt, er kommt in einer halben Stunde.«

Sie folgte mir in die Küche.

»Willst du was mitessen?«

»Nein, ich hab keinen Hunger.«

Wir unterhielten uns über dies und das, dann holte sie ein bisschen Koks raus und fragte mich, ob ich was abhaben wolle.

»Nein, danke.«

Hör auf damit, hätte ich am liebsten zu ihr gesagt, aber sie hätte eh nicht auf mich gehört. Und ich wollte ja auch nicht wie ein Oberlehrer klingen. Als ich in Tonys Freundeskreis schon mal gewagt hatte zu sagen: »Müssen wir uns eigentlich immer zudröhnen, geht's nicht auch mal ohne?«, hatte einer Tony nur gefragt: »Was ist denn das für einer, dein Papi? Oder der Pfarrer?« Dabei hatte ich gar nichts gegen Drogen, nur gegen die Unfähigkeit, ohne sie auszukommen.

Tony kam zwei Stunden später. In der Zwischenzeit hatten Simi und ich uns über alles Mögliche unterhalten. Sie wusste, dass es ein Fehler war, mit ihm zusammenzubleiben, doch sie war eben in ihn verliebt. Obwohl er ein Scheißkerl sei, der sie schlecht behandle und erniedrige. Ich sagte nichts. Ich sage nämlich nie, was ich denke, außer ich werde gefragt. Irgendwann fragte sie mich: »Hab ich nicht recht?«

Ich wusste wirklich nicht, was ich darauf erwidern sollte. Typen wie Jesus, die immer die richtige Antwort parat haben, habe ich schon immer bewundert: »Gebt dem Kaiser, was des Kaisers ist, und Gott, was Gottes ist.« War ein großer Werbetexter, dieser Jesus.

Also sagte ich schlicht: »Wenn du merkst, dass es für dich nicht mehr stimmt, wirst du sofort gehen.«

»Du bist ein anständiger Junge, nicht so ein Arsch wie Tony. Das Mädchen, das dich mal kriegt, kann sich glücklich schätzen.«

Weil ich in sie verliebt war, hätte ich sie am liebsten gefragt: »Werd du doch meine Freundin«, doch »anständiger Junge« hieß ja wohl, dass sie in mir keinen Mann sah.

Wir unterhielten uns auch über Bücher. Sie nahm *Die unerträgliche Leichtigkeit des Seins* von Milan Kundera in die Hand, das ich kurz zuvor ausgelesen hatte. Ich erzählte ihr die Story.

»Wenn du möchtest, schenk ich's dir …«

»Ich kann kein Italienisch lesen.«

Während dieser zwei Stunden, die wir allein waren, habe ich sie geliebt, behaupte ich immer. Wir hatten uns in einer Dimension befunden, die losgelöst war von unseren Lebenswelten, unserer jeweiligen Realität. Dann kam Tony, und sie schlossen sich im Zimmer ein. Ich ging zurück in meins und merkte, dass es mir nicht gutging, ob wegen der Arbeit oder wegen ihr: einfach zu viele Emotionen an einem einzigen Tag. Mein Magen zog sich zusammen. Als ich das Bett quietschen und sie stöhnen hörte, zog ich mich wieder an und verließ die Wohnung. Ich fuhr mit meinem Auto durch die Stadt und begriff nicht, wieso es mir so mies ging. Einfach nur Eifersucht war es nicht, es ging tiefer, es war das altbekannte Gefühl der Machtlosigkeit.

Am nächsten Tag ging ich in die internationale Buchhandlung und kaufte das Buch auf Englisch, *The Unbearable Lightness of Being*. Als Simi uns ein paar Tage später wieder besuchte, schenkte ich es ihr. Sie bedankte sich und gab mir einen Kuss auf den Mund. Den ganzen Abend lag ich im Bett und schmeckte ihn auf meinen Lippen nach.

Als ich morgens aus dem Zimmer kam, stand Tonys Zimmertür offen. Sie war schon fort, und in der Küche lag das Buch, das ich ihr geschenkt hatte. Sie hatte es vergessen. Ich nahm es wieder an mich und fuhr ins Büro.

Tony behauptete immer, er sei Künstler und dass er deshalb notgedrungen ein anderes Leben führen müsse. »Künstler leben das Leben, das gewöhnliche Menschen nicht leben können. Wir sind gezwungen, die Regeln zu brechen und Grenzen zu überschreiten. Das ist der Preis, den wir zahlen müssen.«

Er und seine Freunde verbrachten die Abende damit, Joints zu bauen und sich zu besaufen, ab und zu gab's auch eine Linie Koks. Ich rauchte auch manchmal – einen Gutenachtjoint, wie ich es nannte – und trank ein Bier mit; aber Koks war nie mein Ding. Ich hatte Angst, irgendwann die Kontrolle zu verlieren, während die anderen sich hundert Prozent sicher waren, dass sie jederzeit aufhören konnten. Außerdem erinnerte ich mich an Robertos Warnung: »Finger weg von den Drogen.«

Tony behauptete, er arbeite nur vorübergehend in der Agentur: »Eigentlich bin ich Regisseur«, wiederholte er ständig. Oder: »Wenn ich meinen Film drehe…« Er liebte die großen alten Regisseure und hasste die neuen. Alles Wichser, viel schlechter als er, hatten einfach nur Schwein gehabt, waren kommerzieller, hatten sich ans System verkauft, machten gar kein Kino, sondern Fernsehen … Er zog so lange über die zeitgenössischen Regisseure her, dass ich irgendwann glaubte, Tony würde sie tatsächlich einmal alle übertreffen. Später kam ich dahinter, wie es wirklich war: Wenn du dauernd die anderen kritisierst, schürst du große Erwartungen an dich selbst und manövrierst dich in eine Falle. Je mehr du kritisierst, desto höhere Erwartungen weckst du, und je höhere Erwartungen du weckst, desto größer wird die Angst zu versagen. Und statt endlich loszulegen, schiebst du es unter immer neuen Vorwänden vor dir her. Wer kritisiert, hat oft einfach nur Angst.

Auf der Arbeit lief es immer schlechter. Mir kamen keine neuen Ideen, ich war wie blockiert. Ein furchterregender Zustand. Ich war der festen Überzeugung, dass ich meine Probleme nie würde überwinden können. All diese Tage ohne auch nur den Ansatz einer Idee, die ich hätte entwickeln können, rieben mich auf. In solchen Augenblicken beginnt wohl jeder Kreative davon zu träumen, einen anderen Job zu haben, etwas Praktisches zu zu tun, körperliche Arbeit zu verrichten – einfach nur Sachen hin und her tragen, und seien sie noch so schwer.

Es näherte sich der Tag, an dem ich meine zweite Arbeit abgeben sollte. Mein erster Fehlschlag lag schon eine Weile zurück, doch es wurde wieder ein Desaster.

Claudio war knallhart: »Ich sag's dir jetzt zum letzten Mal. Du imitierst andere, das ist nicht dein Stil. Vielleicht ist das Problem ja, dass du nicht weißt, wer du bist. Hör auf zu imitieren. Wer sich nicht verirrt, findet keine neuen Wege. Vergiss deine Selbstkontrolle und lass dich ernsthaft auf die Sache ein – oder such dir einen anderen Job. Neulich hast du's vermasselt, und wie reagierst du darauf? Du vermeidest jegliches Risiko und lieferst mir praktisch dasselbe noch mal ab. Ich kann in deiner Arbeit keinerlei originelle Idee erkennen, nichts Innovatives, nichts Mutiges, im Gegenteil: Was ich sehe, ist ein Schritt rückwärts. Ich kann keine unfehlbaren Leute gebrauchen, die nie was falsch machen, ich will Leute mit Mut und Originalität. Mut zum Risiko, daran messe ich die Menschen. Du musst den Mut haben, dreist zu sein. Anders geht es nicht in diesem Beruf. Du darfst dich nicht schämen oder zurücknehmen. Hast du Angst vor dem Urteil der anderen? Hast du Angst, man könnte dich nicht akzeptieren, dich gar verurteilen? Entweder du nimmst das Risiko auf dich und überwindest deine Ängste, oder du gehst nach Hause und schleppst immer wieder aufs Neue deine drei, vier bewährten Ideen an, mit denen du nichts falsch machen kannst.

Du hast das Zeug, es zu schaffen, es liegt nur an dir. Um zu wissen, wozu du imstande bist, welches deine Fähigkeiten sind und vor allem, was du nicht kannst, musst du deine Grenzen kennenlernen, und um sie kennenzulernen, musst du dich bis zum Rand vorwagen. Ich warne dich: Wenn ich in deiner nächsten Arbeit keinen Mut erkenne, bist du raus. *Out!*«

Ich verließ sein Büro und ging nach Hause, legte mich aufs Bett und heulte. Ich überlegte, zu meinen Eltern zurückzugehen, meinen Vater um Verzeihung zu bitten, die Schürze wieder anzuziehen und mit ihm hinunter in die Bar zu gehen. Ohne ein Wort, als ob nichts geschehen wäre.

Ich hatte Angst, all dem nicht gewachsen zu sein, es nicht zu schaffen. Das Schreckgespenst des Scheiterns ergriff von mir Besitz. Außerdem fühlte ich mich unendlich einsam, schon viel zu lange. Einsam, müde und verängstigt.

Ich raffte mich auf und ging ins Bad. Wusch mir das Gesicht. Meine Augen waren gerötet, ich war völlig fertig, das war unübersehbar. Schweigend betrachtete ich mich, mindestens eine halbe Stunde lang. Ich versuchte alles, was ich an diesem Gesicht kannte, wegzudenken, die Masken, die ich aufgesetzt hatte, Name, Alter, Beruf, Herkunft, Nationalität. Ich wollte alles wegwischen und den Menschen dahinter sehen. Doch es gelang mir nicht. Ich sah immer noch mich, denselben wie immer. Das Ich, zu dem ich geworden war. Durch dieses Gesicht sah ich mein ganzes Leben und entdeckte, dass ich nur Dinge sah, die mir nicht gefielen. Wie eine Balletttänzerin, die Stunden vor dem Spiegel verbringt und nichts als Mängel sieht, die sie beheben muss. Vielleicht war das das eigentliche Problem, die eigentliche Blockade. Nicht nur, dass ich nicht wusste, wer ich war – das wenige, das ich kannte, gefiel mir auch nicht.

Claudio hatte recht: Einen anderen zu imitieren hätte mich nirgendwohin geführt. Aber weil ich bis dahin nie das Gefühl gehabt hatte, in irgendwas gut zu sein, war die Versuchung, andere zu kopieren, einfach zu groß.

Die Situation im Büro war nicht leicht, doch ich beschloss, nicht aufzugeben und einfach alles hinzuschmeißen. Gott sei Dank ging es dann bald bergauf. Eine kleine Kampagne fand Anklang. Wirklich keine große Sache, aber mir bedeutete sie sehr viel. Es war die einzige, die ich zusammen mit Maurizio gemacht habe, denn gleich danach bekam ich Nicola zur Seite gestellt, und wir waren sofort unzertrennlich.

Nicola brachte die Wende. Als Team funktionierten wir prächtig. Irgendwann kamen wir auch an die großen Aufträge ran: Autos, Wahlkämpfe und Medikamente. Plötzlich verdiente ich in einem Monat mehr als in einem Jahr in der Bar. Ich konnte es kaum glauben.

Es konnte nicht besser laufen. Eines Tages überschüttete mich der Chef in einer Sitzung vor versammelter Mannschaft mit Lob. Er hob meine Willensstärke hervor, den Einsatz und die Großzügigkeit, die ich bei der Arbeit an den Tag legte.

»Nicht wie gewisse andere, die dabei sind, sich zu verzetteln …«

Diese Worte waren eindeutig auf Tony gemünzt. Das nunmehr *ehemalige* Wunderkind benahm sich fortan mir gegenüber seltsam. Die Komplimente für mich und die Anspielung auf ihn bewirkten, dass er mich als Feind, als Rivalen, als Gegenspieler sah. Er, der immer als Mann mit einer großen Zukunft gegolten hatte, als Liebling des Chefs, verlor an Boden. Er fühlte sich bedroht und hängte mir gegenüber den Arroganten raus, um so seine Überlegenheit zu demonstrieren. Dabei wäre das gar nicht nötig gewesen, weil ich sah, dass er mehr draufhatte als ich. Er trat in einen Wettstreit mit mir, mit dem Ziel, mich zu vernichten. Auf jede erdenkliche Art versuchte er es, selbst im Kleinen. Zu Hause kam es rasch zum Knall. In der WG teilt man sich auch den Kühlschrank, aber in den Supermarkt ging er nur selten und aß lieber das auf, was ich für mich gekauft hatte. Zum Beispiel aß ich gewöhnlich ein Joghurt zum Frühstück, doch manchmal öffnete ich den Kühlschrank und musste feststellen, dass keine mehr da waren.

»Sag mir doch, wenn du mein Joghurt aufisst, dann kann ich wenigstens ein neues besorgen.«

Ein beschissener Satz, ich weiß, aber die Situation nervte einfach zu sehr.

»Du wirst dich doch nicht um ein Joghurt streiten. Morgen kauf ich dir ein Sechserpack«, entgegnete er und stellte mich als die arme Sau hin, die wegen eines Joghurts Stunk machte. Ich wollte mich nicht streiten, ich wollte nur verhindern, dass ich morgens den Kühlschrank aufmachte und nicht das vorfand, was ich essen wollte. Das Sechserpack hat er natürlich nie gekauft.

Am meisten regte mich aber auf, dass er mich behandelte, als könnte ich mich allein schon deshalb glücklich schätzen, weil ich ihn zum Mitbewohner haben durfte. Wenn ich fernsah und er dazustieß, verlangte er, dass ich umschaltete: Die und die Sendung sei viel interessanter. Anfangs sagte ich nichts, quasi aus Anstand, doch mit der Zeit begann ich mich über sein Verhalten zu ärgern. Zumal der Fernseher mir gehörte, ich hatte ihn gekauft, er hatte nämlich keinen, weil er angeblich sowieso nicht fernsah. Von wegen, er glotzte andauernd.

Wenn in der Wohnung eine Glühbirne durchbrannte oder ein Rollladen kaputtging, sollte ich mich darum kümmern. »Du bist doch praktisch veranlagt, also mach du das, ich kann das nicht.« Ich tat ihm den Gefallen, denn es freute mich, es zu tun beziehungsweise tun zu können. Die Message hinter seiner Bitte – ich kann das nicht, weil ich als Künstler zu gut dafür bin – nahm ich nicht wahr. Hätte ich sie wahrgenommen, hätte ich ihm alles beigebracht: wie man den Boden wischt, die Fenster mit der Zeitung putzt, Gläser abtrocknet, und zwar die schmalen hohen, in die man mit der Hand nicht reinkommt, wie man Stahlspüle und Armaturen zum Glänzen bringt oder die Scheiße im Klo abkratzt, wenn einer die Bürste nicht benutzt hat. Alles Mögliche hätte ich ihm beigebracht. Aber er hatte ja mit zwanzig einen Preis gewonnen, er war das Genie, das Talent, der aufgehende Stern am Werbehimmel… und deshalb hielt er solche Dinge für unter seiner Würde. Ich bin der festen Überzeugung, dass es ein Glück war, dass ich damals die Wohnung mit einem Kollegen teilte, der besser war als ich. Noch heute suche ich die Nähe von Leuten, die Dinge besser können als ich. Ich brauche Leute, die mich stimulieren, höhere Ziele zu erreichen, und ich kann nicht verstehen, wie man sich mit Arschkriechern umgeben will.

Als sich die ersten beruflichen Erfolge einstellten und ich endlich begriffen hatte, dass ich nicht mehr andere kopieren durfte, sondern ich selbst bleiben musste, ein Junge aus der Provinz, wurde ich sicherer und ging auch keine Kompromisse mehr ein. Tony deutete dies als Mangel an Respekt und vor allem als Beleg dafür, dass mir der Erfolg zu Kopf gestiegen war.

Ich hätte immer einfach nur Schwein gehabt, behauptete er nun: dass ich diese Kampagne zugeteilt bekommen hatte und nicht jene, dass der Chef nicht das und das zu mir gesagt hatte, dass ausgerechnet in dem Moment das und das passiert sei … Ich verstand nicht, warum er das nötig hatte. Ich hatte mich immer für ihn gefreut, wenn es gut für ihn lief.

Langsam begriff ich, dass er mit den Schwächen anderer sein eigenes Selbstbild stärkte. Deshalb zog er auch nie aus der Wohnung aus: Jedes Jahr bekam er einen neuen Mitbewohner zugeteilt, und er war immer der Überlegene und konnte sich groß fühlen.

Ich hasste ihn nicht, doch irgendwann ließ ich es nicht mehr zu, dass er mir gegenüber arrogant wurde. Ich erkundigte mich, wie es denn um seinen Film stehe, den er angeblich drehen wollte. Wie er das meine, er werde ihn demnächst drehen, hakte ich nach und bot ihm meine Hilfe an. Er blieb immer vage und wechselte lieber das Thema. Wenn ich fragte: »Wann gibst du das Drehbuch ab? Wie weit bist du denn?«, suchte er immer nach Ausflüchten.

»Jetzt noch nicht, ich muss erst noch ein bisschen rumreisen und mir bestimmte Sachen anschauen; jetzt noch nicht, ich warte noch, dass eine neue Version der Schnittsoftware herauskommt; jetzt noch nicht, es ist gerade nicht der richtige Moment …«

Immer schob er es auf, und ich begriff, dass das alles nur Vorwände waren und er in Wirklichkeit Angst hatte herauszufinden, dass er einfach nicht brachte, was alle von ihm erwarteten. Und was er vielleicht selbst von sich erwartete. Dass er am Anfang seiner Karriere einen renommierten Preis gewonnen hatte, erwies sich als

Hemmschuh, er hatte schon gedacht, er habe es geschafft und alles würde ihm jetzt in den Schoß fallen. Doch nach so einem Erfolg spürt man auch, dass aller Augen auf einen gerichtet sind. Es ist besser, Schritt für Schritt zu wachsen.

In aller Freundschaft sagte ich ihm eines Tages, dass er meiner Ansicht nach sein Talent und seine Zeit vergeude, dass das ständige Aufschieben nur ein Vorwand sei, da er sich in Wirklichkeit vor Angst in die Hose mache. Er reagierte sehr heftig darauf, brüllte mich an, was ich mir erlaube, so mit ihm zu reden, ich hätte ja gar keine Ahnung, da sehe man mal, wie arrogant, großspurig und vor allem neidisch ich sei.

»Mensch, Tony, ich sag das doch nur als dein Freund.«

»Ich hab dich nicht darum gebeten. Wer meinst du denn, wer du bist? Nur weil du das Schwein hattest, dass dir zwei easy Jobs angeboten wurden, die du halbwegs vernünftig erledigt hast… und die ich übrigens beide abgelehnt habe. Als du hier eingezogen bist, konntest du nicht mal richtig Italienisch, und jetzt erteilst du mir Ratschläge für mein Leben. *Fuck off, loser.*«

Kurz darauf nahmen wir beide an einem Wettbewerb teil, den zwar keiner von uns gewann, doch ich wurde Zweiter, lag also vor ihm. Von da an sprach er kein Wort mehr mit mir, höchstens um mich massiv zu beleidigen. Wer unzufrieden mit sich selbst ist, lässt das häufig an anderen aus.

Einmal warf er mir sogar vor, ich hätte ihm eine Idee geklaut, den Slogan für meine Kampagne hätte ich bei einer Unterhaltung mit ihm aufgeschnappt.

Egal, unsere Freundschaft war eh im Eimer. Sobald ich eine Wohnung in der Nähe der Agentur fand, zog ich aus.

Mittlerweile lebte ich in zwei verschiedenen Realitäten. Unter der Woche feierte ich kleine Erfolge und erreichte Ziele, und wenn ich dann am Wochenende nach Hause fuhr, sah ich meinen Vater, der auf keinen grünen Zweig kam, obwohl er mehr schuftete als ich. Zu Hause versuchte ich nicht allzu sehr zu zeigen, wie glücklich mich meine Arbeit machte, auf der Arbeit versuchte ich nicht allzu unglücklich zu wirken, wenn ich von zu Hause zurückkam. Ich trainierte mir an, mich zu verstellen. Es war anstrengend, körperlich anstrengend, jenes bisschen Heiterkeit zu mimen, das ich brauchte, um gut arbeiten und mein Umfeld pflegen zu können. Ich fühlte mich wie eine wandelnde Lüge. Ich war nicht glücklich, aber ich wollte zumindest so wirken.

Eines Samstags, als ich zum Mittagessen bei meinen Eltern war, sagte mein Vater einen Satz, dem ich im ersten Moment keine Beachtung schenkte. Erst mit der Zeit merkte ich, dass er mich tief getroffen hatte. Er hatte sich nur erkundigt: »Und, wie läuft's so?«

»Ganz gut.«

»Da bin ich froh. Weißt du, ich denke, dass mein Pech alles in allem dein Glück war.«

»Wie meinst du das?«

»Na, wenn die Geschäfte in der Bar nicht so mies gelaufen wären, dann wärst du nicht von zu Hause fortgegangen, deshalb war mein Pech dein Glück …«

Meinem Vater ist oft nicht bewusst, was er sagt, er kann

schlecht einschätzen, welche Bedeutung ein Satz von ihm für mich hat. An dem, was er gesagt hatte, war nichts auszusetzen, trotzdem drangen seine Worte in mich ein wie eine Klinge ins Fleisch und stellten in meinem Kopf eine untrennbare Verbindung her zwischen meinem Glück und seinem Pech. Je besser es bei mir lief, je mehr ich verdiente, desto schlechter war mein Gewissen gegenüber meinem Vater. Geld und Erfolg entfernten uns voneinander, unterschieden uns. Je höher ich auf der Erfolgsleiter stieg, desto einsamer fühlte ich mich.

Die Früchte meines beruflichen Erfolgs konnte ich nicht genießen. Ich fuhr immer noch meine alte verbeulte Karre. Viele hielten das für eine Marotte, als wollte ich mir ein bestimmtes Image geben – der Naive, der vorgeblich Bescheidene oder so. Sie konnten nicht wissen, dass es um etwas ging, das viel tiefer saß. Das Auto verband mich mit meiner Familie. Ein neuer Wagen hätte eine noch größere Trennung von ihnen bedeutet, einen weiteren Schritt weg von ihnen, noch mehr Einsamkeit, noch mehr Schuldgefühle.

Meine neue wirtschaftliche und berufliche Situation war für mich gleichbedeutend mit der Trennung von meiner Familie. Alles lief bestens, aber ich war einfach nicht glücklich.

Sie (die Unausstehliche)

Ich habe ein Problem. Besonders seit sie fort ist. Ich gehe jetzt schon länger wieder aus und treffe neue Leute, aber ich passe nirgends mehr dazu, keiner ist mir ähnlich.

Neulich war ich zu einem Aperitif mit Nicola verabredet, und ein paar Freunde und Freunde von Freunden stießen dazu. Nach zwanzig Minuten Thekenstehen mit dem Glas in der Hand fragte ich mich, was mich eigentlich mit diesen Leuten verband, und da war mir wieder klar, warum ich kaum mehr ausgehe.

Auch sie war oft unausstehlich, ich stritt mit ihr und fand ihre Argumente oft haarsträubend, doch immer spürte ich, dass sie »anders« war, so wie ich.

Seit wir nicht mehr zusammenleben, ist vieles einfacher geworden, aber nur Nebensächlichkeiten, die ihre Abwesenheit nicht aufwiegen können.

Im Winter wache ich jetzt nie mehr fröstelnd auf, während das früher, als sie noch da war, in den besonders kalten Nächten oft vorkam. Sie wickelte sich im Schlaf in die Decke ein wie eine Frühlingsrolle, und um mir ein Stückchen zurückzuerobern, musste ich sie wie ein Jo-Jo wieder abrollen.

Und im Sommer kann ich mich jetzt auch auf die andere Seite des Bettes wälzen, wenn mir warm ist, auf ihre. Auch das Kissen kann ich wechseln und für kurze Zeit die Kühle am Hals genießen.

Filme kann ich gucken, ohne auf die Pause-Taste zu drücken, weil sie aufs Klo muss, was durchaus zwei- oder dreimal pro Film passieren konnte. Das hat mich immer total genervt, auf dem Sofa zu sitzen und auf das Standbild zu starren. Manchmal sagte sie, ich solle den Film ruhig weiterlaufen lassen, aber da kam ich mir egoistisch vor. Außerdem musste ich ihr dann eine rasche Zusammenfassung der Ereignisse geben, wenn sie zurückkam. Der einzige Vorteil in solchen Situationen war, dass ich sie um ein Glas Wasser oder einen Apfel bitten konnte: »Wo du schon mal aufgestanden bist…« Jedenfalls gefällt es mir besser, allein fernzusehen. Fernsehen ist wie Onanie; und allein kann man über alberne Sachen lachen, ohne Angst zu haben, von anderen verurteilt zu werden. Zu zweit ist das manchmal peinlich.

Dann war da das morgendliche Hochziehen des Rollladens. Ich ziehe ihn lieber erst mal nur ein Stückchen hoch, um mich nach und nach ans grelle Licht zu gewöhnen. Sie hingegen zog den Rollladen ganz hoch und riss das Fenster auf, um »ein bisschen frische Luft reinzulassen«, wie sie sagte.

Das letzte Joghurt bleibt das letzte, bis ich es esse. Wenn ich aufs Klo gehe, muss ich nicht abschließen. Es hat auch seine Vorteile, im Sommer ohne sie spazieren zu gehen. Ich kann mit leeren Hosentaschen gehen, was ich gern tue. Ihre Klamotten hatten oft keine Taschen, weswegen ich immer ihren ganzen Krempel mitschleppen musste: Portemonnaie, Handy, Schlüssel, Taschentücher. Ein Preis, den ich gern bezahlt habe dafür, dass ich ihr dabei zuschauen durfte, wie sie diese Klamotten anzog.

Wenn ich an die Zeit mit ihr zurückdenke, wird mir klar, wie übel ich oft drauf war, und es tut mir leid, wie ich mich benommen habe. Es gab Tage, an denen war ich echt unsympathisch und unausstehlich. Meine Nulltoleranz-Tage, wenn ich mich wie ein verwöhntes launisches Kind benahm und unzugänglich war, weil ich sie nicht ertrug. Und das passierte mir ziemlich oft. Ich träumte dann, wie ich wieder allein zu Hause lebte, ohne sie, in Freiheit. Aber jetzt, da dieser Traum Wirklichkeit geworden ist, muss ich zugeben, dass es ganz anders ist, als ich es mir damals vorgestellt habe.

Trotzdem, manche Dinge waren einfach unerträglich. Zum Beispiel das mit dem Kaffee. Zu Hause habe ich zwei Kaffeemaschinen: eine für drei Tassen, die eigentlich nur zwei hergibt, und eine für zwei, die perfekt für eine ist. Die Zweiermaschine macht den besseren Kaffee. Wenn ich vor ihr aufwachte, machte ich mir erst mal einen Kaffee mit der Zweiermaschine, doch wenn sie zwischenzeitlich aufgestanden war, bekam ich zu hören: »Hättest ja ruhig auch die Dreiermaschine aufsetzen können …«

»Ich dachte, du schläfst noch.«

»Du weißt doch, dass ich davon aufwache.«

Was in der Paarsprache so viel heißt wie: »Du alter Egoist.«

Wenn ich morgens die Zweiermaschine aufsetzen wollte, bewegte ich mich daher so leise wie möglich, um sie nicht zu wecken, und hoffte, dass der Kaffee schneller wäre als sie. Ich lupfte den Deckel und sah hinein in der Hoffnung, den kleinen Vulkan bald ausbrechen zu sehen. Setzte ich hingegen die Dreiermaschine auf, empfand ich das als freundliche Geste ihr gegenüber und erwartete dafür eine Belohnung.

Eines Abends zu Hause, noch bevor wir beschlossen hatten zusammenzubleiben, ohne zusammenzuleben, unterhielten wir uns in jener vertraulichen Atmosphäre, die wir manchmal herstellen konnten, jener Zweisamkeit, in der man so entspannt und offen ist, dass man sogar einen Seitensprung beichten könnte. Irgendwann forderte sie mich auf, ihr meine Geheimnisse zu verraten. Keine Seitensprünge, sondern was mir an ihr auf die Nerven ging.

»Irgendwas wird dir doch wohl auf die Nerven gehen, oder?«

So auf die Schnelle falle mir nichts ein, antwortete ich. Doch das war gelogen.

Ich fragte sie dasselbe, doch sie war aufrichtiger als ich: »Ich kann es nicht leiden, wenn du mit dem Handy telefonierst und es am Ärmel oder an den Jeans abwischst, bevor du es wieder einsteckst.«

Prompt sah ich mich selbst, wie ich das Handy abwischte, was mir früher nie aufgefallen war. Ich gewöhnte mir den Tick sofort ab, doch seit sie mich verlassen hat, habe ich wieder damit angefangen. Manchmal kasteie ich mich und tue es extra nicht, als könnte ich sie damit zurückgewinnen. Idiotisch, ich weiß.

Es nervte sie auch, wenn ich mit Höchstgeschwindigkeit eine SMS tippte. Ich benutze beide Hände und bin echt fix. Das *tic-tic-tic* machte sie nervös.

Wäre ich ehrlicher gewesen, hätte ich ihr eine lange Liste geliefert.

Wie sie im Restaurant einen Salat à la carte bestellte und dann dies und das nicht wollte oder hinzubestellte.

Das Geräusch, das sie beim Schlucken machte.

Wenn ihr morgens kalt war und sie die Nase hochzog.

Wenn sie den Kühlschrank offen ließ.

Wie sie Zwieback kaute.

Wie sie bei Tisch mit dem Finger die Krümel zusammendrückte und sich in den Mund steckte.

Am meisten auf die Nerven ging mir vielleicht, wie sie Joghurt aß. Besser gesagt, das Geräusch des Löffels, wenn sie den Plastikbecher auskratzte: Das brachte mich echt auf die Palme. Dabei schlecke ich den Becher sogar mit der Zunge aus.

Irgendwann muss sie das mitgekriegt haben, weil sie es meiner Wahrnehmung nach mit noch größerem Eifer tat, wie um mich zu ärgern.

Jetzt, wo sie nicht mehr da ist, vermisse ich all diese Macken, auch die, die mir auf die Nerven gingen. Aber am schlimmsten ist für mich all das, was nicht mehr geschehen wird. Und die Schwierigkeit, eine Frau zu finden, die dieses gewisse Etwas hat, das ich nicht erklären kann und das sie hatte, die macht es mir noch immer, nach all der Zeit, unmöglich, mir zu verzeihen, dass ich so dusselig war und sie aus meinem Leben habe gehen lassen. Deshalb will ich sie jetzt wiederhaben. Und sie wird mich verstehen, sobald ich mit ihr rede, und ihre Hochzeit abblasen.

Nicola

In meiner Branche hat sich viel verändert seit den Achtzigerjahren. Die Anfänger kommen mit immer schwieriger auszusprechenden Abschlüssen an, die gewöhnlich auf »*… of communication*« am Ende lauten.

Sie schleppen haufenweise neue Technologien an und tragen coole Umhängetaschen. Sie haben absolut nichts drauf, fordern aber – weil sie ja so viel studiert (einige sogar im Ausland!) und sogar noch einen Master drangehängt haben – ein eigenes Büro für sich sowie Leute, die sie rumkommandieren können. Wenn du sie um etwas bittest, musst du damit rechnen, dass sie sich weigern mit dem Hinweis, das sei nicht ihre Aufgabe, das stehe so nicht in der *job description,* wie mich eines Tages einer aufklärte. Ich hatte ihn Kaffeeholen geschickt, und er hatte ihn mir zwar gebracht, hintenrum jedoch allen erzählt, was für ein Arschloch ich sei und dass er mir beim nächsten Mal den Kaffee in die Fresse kippen würde.

Ich verstehe das. Es ist was anderes, ob man mit zwanzig anfängt zu arbeiten oder mit dreißig. Ich kenne solche Ängste, und vor allem kann ich nachvollziehen, dass es heute schwieriger ist als damals, als ich anfing. Paul Valéry hat's auf den Punkt gebracht: »Die Zukunft ist auch nicht mehr das, was sie mal war.«

Ich hatte einfach mehr Glück. Ich bin durch ein Hintertürchen in die Werbebranche hineingeschlüpft und musste dazu den Kopf einziehen. Ich bin mit gesenktem Haupt in die Arbeitswelt eingetreten, mir bereitete es keine Probleme, Enrico den Kaffee zu bringen. Dieser Demut verdanke ich im Berufsleben vielleicht am meisten.

Heute fühlen Nicola und ich uns in unserem Job nicht mehr so wohl, er bereitet uns nicht mehr so viel Befriedigung. Heutzutage geben die auftraggebenden Firmen die Regeln vor und töten die Phantasie, ganz nach dem Motto: Ich zahle, also habe ich recht. Dass unsere Arbeit immer mehr verdorben wird, ist das eine. Aber sie macht einem oft auch ein schlechtes Gewissen, wenn einem bewusst wird, dass man sich all die Mühe nur macht, um Schwachsinn in die Köpfe der Menschen zu pumpen, die Leute zu belügen und falsche Bedürfnisse zu wecken.

Ich zum Beispiel habe dazu beigetragen, die Überzeugung zu verbreiten, dass man leichter krank wird und den Tag geschwächt angeht, wenn man morgens keine Buttermilch zu sich nimmt, dass ein Deo intelligent sein kann, dass eine Creme die Alterung aufhält und Falten beseitigt.

Das Thema Schuldgefühle des Werbemachers kam auch bei meiner Freundschaft zu Nicola gleich am Anfang zur Sprache. Es war mit das Erste, worüber wir uns unterhalten haben, und hat uns für immer verbunden. Gleich zu Beginn unserer gemeinsamen Tätigkeit, noch bei Claudio, haben wir im Verlauf eines Arbeitswochenendes einen Vortrag besucht, der uns für unseren Beruf nützlich erschien: »Die Ästhetik verzehrt die Kinder der Zeit und zerstört das einzige Gute, das der Mensch besitzt: die Persönlichkeit«, das wohl irgendein Zitat von Kierkegaard ist.

Der Redner auf dem Podium sprach genau das an, was wir an unserem Beruf so zweifelhaft fanden: »Wir wissen, dass wir aktiver und wichtiger Teil der Auflösung der gesellschaftlichen Werte sind, indem wir nicht nur Produkte verkaufen, sondern einen Lebensstil, der möglichst aufwendig ist und zugleich alle anderen Lebensstile an den Rand drängt. Das Ziel ist nicht die Befriedigung von Bedürfnissen, sondern die Schaffung immer neuer Wünsche. Ist ein Wunsch befriedigt, müssen wir bereits einen neuen erfunden haben, der befriedigt werden muss …«

Ja, wir manipulieren die Leute, wir fordern und bekommen Aufmerksamkeit. Das nährt zwar unser Ego, erzeugt aber zugleich Schuldgefühle. Wir erschaffen ein Nichts, wir schüren Angst, dann füllen wir diese Leere mit dem Produkt, und die Leute sind wieder beruhigt. Wir sind wie die Kirche: Wir beflecken mit der Erbsünde und verkaufen den Fleckenreiniger gleich mit.

Dieser Vorgang muss immer und immer wiederholt werden, denn steter Tropfen höhlt ja bekanntlich den Stein. Tatsächlich ist der Konsument schon derart vereinnahmt, dass er sich inzwischen selbst konditioniert, der Wächter seiner eigenen Gefängniszelle geworden ist.

Die große Errungenschaft der modernen Gesellschaft ist die Vernichtung der Kultur der Sparsamkeit. Ich gebe aus, was ich verdiene, ja ich kann sogar noch mehr ausgeben, kann das Geld ausgeben, das ich in der Zukunft verdienen werde, das ich noch gar nicht besitze, dank all der erleichterten Zahlungsmöglichkeiten: Raten, Leasing, Kreditkarten.

Wir Werbeleute stellen unsere Kreativität in den Dienst des Kampfes gegen den Produktionsrückgang, den Feind Nummer eins, den es zu besiegen gilt. Ständig müssen neue Märkte ins Auge gefasst werden, die es anzugreifen und zu erobern gilt, als wären es Territorien. Es gibt viele Methoden, zum Kauf zu animieren. Sehr effizient ist es zum Beispiel, ein Produkt durch immer neue Versionen zu ersetzen, indem man auch die neueste Version rasch ihres Glanzes beraubt. Wir sind es, die dir sagen, wann ein Gegenstand veraltet ist und wann du eine neue Version brauchst, um noch auf der Höhe der Zeit zu sein. Denn du bist das Produkt, und ein neues Produkt macht dich jünger. Wir haben unersättliche Konsumenten geschaffen.

Selbst die entschlossensten Diktaturen haben es nicht hingekriegt, die Menschen so gleichzuschalten wie die Konsumgesellschaft, obwohl dies gar nicht das erklärte Ziel war. Huxley hatte recht mit der Vorhersage, dass sich bereits in der nächsten oder übernächsten Generation eine Methode durchsetzen werde, welche die Menschen dazu bringe, ihre Knechtschaft zu lieben und Diktaturen ohne Tränen zu erschaffen. Eine Art schmerzfreies Konzentrationslager für ganze Gesellschaften, in welchen die Menschen zwar ihrer Freiheit beraubt, aber ziemlich glücklich seien …

Mit Nicola unterhalte ich mich oft über solche Dinge.

Manchmal überlegen wir uns, alles hinzuschmeißen und irgendwo einen Ferienbauernhof aufzumachen, aber letzten Endes glaube ich, dass wir mit unserer Arbeit doch zufrieden sind. Die Allgegenwart von Fernsehen und Werbung gibt uns das Gefühl, mitbestimmen zu können. Und außerdem arbeiten wir für Marken, die eine internationale Sprache geprägt haben. »Coca-Cola« ist das zweitmeist benutzte Wort der Welt, nach »okay«. Solche Namen kennt man überall auf dem Globus. Sie sind wie Hausgötter, und wir sind die Priester dieser modernen Religion.

Schon am ersten Tag im Büro hat Nicola mir erklärt, dass diese Arbeit für ihn nur dann einen Sinn hat, wenn er sie wie ein Spiel betreibt, dass er kreativ sein muss, um nicht verrückt zu werden.

»Ich habe schon so einen Haufen Probleme, ich will nicht, dass die Arbeit auch noch zum Problem wird.«

»Was hast du schon für Probleme?«

»Dieselben wie du: das Leben. Denk dran, das Leben ist eine tödliche Krankheit, deshalb muss man es genießen. Heute geht's dir gut? Dann nutz es aus!«

Ein anderer Satz von ihm lautete: »Traurigkeit färbt ab.«

Manchmal nervt mich Nicola auch. Neulich hab ich ihn gebeten, ein, zwei Zeilen zu einer Idee zu Papier zu bringen, und als er wiederkam, zeigte er mir das:

____

____

____

»Ich war so inspiriert, dass es gleich drei Zeilen geworden sind.«

Ihm wiederum geht es auf den Wecker, wenn ich sage: »Nein, das stimmt so nicht, lass es mich dir erklären.«

Dann erwidert er: »Alles klar, Wiki.« »Wiki« steht für Wikipedia. So nennt er mich immer, wenn ich mal wieder klugscheiße. Manchmal sagt er auch »Herr Obergenau« zu mir.

Einmal war ich zum Abendessen bei ihm eingeladen (das kommt nicht oft vor, weil er eigentlich nie irgendwas im Haus hat, das man kochen könnte, und auch diesmal gab es nur Pasta mit Parmesan). Als wir nach dem Essen auf dem Sofa saßen und einen Joint rauchten, sagte er: »Du hörst dir jeden Scheiß von anderen an, aber über dich selbst redest du nicht viel. Du gibst kaum was von dir preis. Du traust niemandem.«

»Wie kommst du denn jetzt darauf?«

»Das wollte ich dir schon länger mal sagen. Scheiße, Mann, du traust keinem!«

»Das sagt der Richtige. Wer hat denn den Fünfzig-Euro-Test mit den Putzfrauen gemacht?«

»Na und? Das hab ich nur gemacht, weil ich auf Nummer sicher gehen wollte.«

Das mit dem Test geht so: Man nimmt einen Fünfzig-Euro-Schein, platziert ihn irgendwo in der Wohnung, so dass es aussieht, als wäre er unbemerkt dort hingeraten, zum Beispiel unters Sofa, und dann wartet man ab, ob die Putzfrau ihn auf den Tisch legt oder einsackt und so tut, als wär nichts.

Nicola zog an dem Joint, reichte ihn mir und fuhr fort:

»Weißt du noch das Trau-dich-Spiel, als wir Kinder waren? Sich nach hinten fallen lassen und der andere fängt einen auf? Ich wette, das brächtest du nicht fertig.«

»Irrtum.«

»Ach ja? Dann mach's doch, jetzt gleich.«

»Was? Du kannst mich mal.«

»Nein, nein, jetzt gleich. Komm her«, sagte er und stand auf.

»Bei jedem anderen würde ich das machen, aber bei dir nicht, du lässt mich fallen, ich kenn dich doch. Außerdem könntest du mich in deinem Zustand gar nicht halten.«

»Unsinn, du traust nicht mal deinem eigenen Schatten. Ich versprech dir, ich lass dich nicht fallen … Obwohl, vielleicht doch, kommt drauf an. Trau dich.«

»Nein. Wenn du mich fallen lässt, breche ich mir sämtliche Knochen.«

»Schon, aber ich lass dich nicht fallen. Trau dich.«

»So ein Blödsinn, ehrlich. Schluss jetzt … Lass uns über was anderes reden.«

»Trau dich.«

Ich merkte sofort, dass er es ernst meinte, und stellte mich der Herausforderung. Ich stand auf und sagte: »Meinetwegen.«

Sofort merkte ich, dass Nicola recht hatte. Ich spürte, dass ich mich nicht fallen lassen konnte.

»Na dann … los!«

»Ich möchte ja, aber es geht nicht. Ich bin blockiert. Ich schwöre, ich schaff's nicht. Vielleicht wegen dem Joint oder so.«

»Siehst du, ich hab's ja gewusst. Es ist nicht der Joint, das bist du. Du musst den Leuten vertrauen. Komm schon, ich fang dich auf … vielleicht.«

Ich musste lachen.

»Hör auf zu lachen, schließ die Augen, und wenn du so weit bist, lass los.«

Es dauerte fast eine Minute, aber schließlich ließ ich mich fallen. Er fing mich auf. Es war das erste Mal, dass ich so etwas erlebte.

Sie (die Unersetzliche)

Ich habe immer gedacht, dass sie die Richtige ist, die Endgültige, die, nach der keine andere mehr kommt.

Zum Beispiel rührte mich ihre Art, wütend und gekränkt zu tun. Auch wenn sie eine Schnute zog und nicht mehr mit mir redete, war es nie schlimm, weil es wie bei einem Kind nie lang dauerte.

Sie war einfach anders als alle anderen. Meinetwegen hat sie sogar darauf verzichtet, Lippenpomade zu verwenden. Ich mag nur natürliche Lippen küssen, mit nichts drauf. Ich mag sie, wie sie sind, mich ärgert, wenn sie klebrig sind oder nach irgendwas schmecken, und sei es Fruchtgeschmack. Wer meint, das sei ja nur ein kleines Opfer ihrerseits, der hat noch nie Lippenpomade benutzt. Es ist schwerer, als mit dem Rauchen aufzuhören. Weil man ohne immer das Gefühl hat, die Lippen wären trocken und rauh. Seid ihr noch nie von einer Frau gefragt worden: »Sag mal, hast du vielleicht Lippenpomade dabei?« Komische Frage, würde man denken, denn normalerweise laufen Männer ja nicht mit Lippenpomade durch die Gegend, aber für eine Frau auf Entzug ist sie völlig normal. Einer Frau, die euretwegen auf Lippenpomade verzichtet, der liegt was an euch, aber richtig. Eine wahrhaft große Frau. Und sie war so eine.

Nur dass sie jetzt nicht mehr in dieser Wohnung ist und auch nicht mehr in meinem Leben. Sie hat alles mitgenommen.

Zwei Tage nachdem sie mich verlassen hatte, schickte sie mir eine Mail, sie müsse ihre restlichen Sachen abholen und fände es besser, wenn ich dann nicht in der Wohnung wäre.

Ich fragte Nicola, ob ich das Wochenende bei ihm verbringen dürfe. Er sagte nicht nur ja, was selbstverständlich war, sondern kam tags darauf gleich mit zwei Flugtickets nach Paris ins Büro. Es war nicht das erste Mal, dass er mit Tickets für irgendeine europäische Großstadt auftauchte. Er verbringt Stunden im Internet, und wenn er günstige Angebote findet, schlägt er zu. Wenn wir es uns anders überlegen, ist der Verlust nicht groß, er findet immer Billigflüge.

Ich verbringe die Wochenenden gern mit ihm irgendwo in der Welt. Obwohl ich vor Reisen ja immer ein bisschen aufgeregt bin und mir fast wünsche, dass im entscheidenden Moment irgendwas passiert, das mich am Wegfahren hindert. Ich packe den Koffer, aber am liebsten würde ich auf dem Sofa liegen bleiben.

Bevor ich die Wohnung verlasse, beobachte ich das Licht, das zaghaft unter dem hochgezogenen Rollladen einsickert und sich sanft aufs Sofa oder auf die Wand legt, und denke, dass all das jetzt dableibt und ein Leben lebt, das nicht für mich bestimmt ist. Ich schaue mich um, beobachte die Gegenstände, die Stühle, den Tisch, das Bett, und denke, bei meiner Rückkehr wird alles so sein, wie ich es zurückgelassen habe, ohne Veränderung.

Wenn es in eine Stadt geht, gehe ich als Erstes ins Museum. Als wir das letzte Mal in London waren, bin ich, gleich nachdem ich den Koffer im Hotelzimmer abgestellt hatte, in die Tate Modern gegangen. Ich gehe zwar gern in Ausstellungen – aber wenn ich ganz ehrlich sein soll, bereiten sie mir immer ein wenig Unbehagen und machen mich verlegen. Nach außen wirke ich entspannt, aber in mir drin fühle ich mich unbehaglich. Weil ich nämlich ein echter Kunstfan bin und mich zwar ein wenig auskenne, die Kunst aber nie so richtig bis ins Letzte verstehe. Ausstellungen besuche ich gern allein, ich bleibe gern länger vor den Kunstwerken stehen, lasse mir Zeit und überspringe auch mal welche. Ich mag die intime Beziehung zwischen mir und dem Werk. Und dabei bin ich lieber für mich, folge lieber meinem eigenen Timing.

Ich gehe auch gern in den Museumsshop und kaufe mir immer irgendwas: eine Tasse, einen Kalender, einen Bleistift oder Magnete für den Kühlschrank.

Jenes Wochenende in Paris mit Nicola war nicht leicht für mich. Durch die Straßen einer romantischen Stadt zu laufen und zu wissen, dass sie zur gleichen Zeit zu Hause ihr Zeug zusammenpackte, war niederschmetternd. Ob ich aß, spazieren ging oder in einer Bar saß, ich nahm die Schönheit der Orte gar nicht wahr, meine Gedanken wanderten dauernd zu ihr, ich stellte mir vor, wie sie alles in Kisten packte und wie sie traurig ihren Blick durch die Wohnung schweifen ließ, um zu sehen, ob sie auch nichts vergessen hatte. Ich wäre am liebsten aufgesprungen und zu Fuß nach Hause gelaufen, um sie auf Knien anzuflehen, sie möge bleiben. Doch es war sinnlos, ich konnte von ihr nichts fordern, wenn ich meine Versprechen nicht würde einhalten können. So weit waren wir schon mal gewesen.

Nicola versuchte mich abzulenken, obwohl er natürlich merkte, dass ich mit dem Kopf woanders war, zerstreut, gefangen und weit weg. Und er redete und redete und redete …

»Weißt du eigentlich, woher Croissants ihre Form und ihren Namen haben?«, fragte er, als wir in der Bar am Tisch saßen.

Ich antwortete nicht mal.

»Die Form ist einer Mondsichel nachempfunden, genauer gesagt dem zunehmenden Mond auf der türkischen Flagge. Bei der Belagerung Wiens haben die Türken nämlich versucht, nachts Tunnel zu graben, um die Fundamente der Festungsmauern zu unterminieren und zum Einsturz zu bringen, doch die Bäcker, die schon bei der Arbeit waren, hörten die Geräusche und alarmierten Soldaten, die die Türken vertrieben. Zum Gedenken an diesen Sieg wurden die Bäcker beauftragt, ein Gebäck zu kreieren, und sie erfanden das Croissant, was so viel wie ›zunehmend‹ bedeutet. Wie der Mond auf der türkischen Flagge … Hast du das gewusst? Interessant, was?«

»Nein.«

Als ich Sonntagabend nach Hause kam, verharrte ich ein paar Minuten vor der Wohnungstür, als zögerte ich, in mein neues Leben einzutreten. Ich hoffte, alles wäre noch wie vorher, sie stände am Herd und sagte: »Lass uns ein andermal drüber reden, jetzt setz dich, ich hab uns was zum Abendessen gekocht.«

Doch die Wohnung war leer. Wie meine Zukunft.

Mit offenem Visier

Die Beziehung zu meinem Vater beschränkte sich längst auf wenige Worte, wir vermieden geflissentlich bestimmte Themen. Zuneigung und Einverständnis waren inexistent. Ich lebte schon länger nicht mehr zu Hause – wahrscheinlich hätten wir das Geschehene durchaus hinter uns lassen können, doch inzwischen war uns unser Verhalten fast zur Gewohnheit geworden, auch weil wir dadurch unsere Unsicherheiten gut verbergen konnten.

Ich war von zu Hause fortgegangen, weil ich mir ein Anderswo wünschte, eine andere Möglichkeit. Mein Erfolg hatte mir recht gegeben, und das machte die Dinge kompliziert.

Meine Mutter fragte nach meiner Arbeit, sie wollte Bescheid wissen, war stolz auf mich. Er hingegen sagte nie etwas, und beim kleinsten Anlass begannen wir uns sinnlos zu streiten.

Eines Abends hatte meine Mutter Fleischklößchen gemacht, mein Lieblingsgericht. Bei Tisch sprachen wir über die Untersuchungen, denen mein Vater sich unterziehen musste. Meine Mutter hat keinen Führerschein, deshalb bot ich an, ihn zu fahren. »Wenn du möchtest, bring ich dich hin.«

»Nein, danke. Ich schaff das schon allein, ich bin ja nicht krank.«

»Ich wollte damit nicht behaupten, dass du es nicht schaffst, ich wollte nur sagen, dass ich dich fahren kann, wenn du möchtest.«

»Nicht nötig, aber danke für das Angebot.«

Das war keine Freundlichkeit von seiner Seite oder Furcht, zur Last zu fallen, das waren Türen, die er mir beleidigt vor der Nase zuknallte.

An diesem Abend lief es anders, es wurde mal nicht alles unter dem Mantel des Schweigens versteckt. Die Bombe explodierte. Ob wegen meiner Müdigkeit oder seiner Antwort, weiß ich nicht, jedenfalls verlor ich kurz darauf, als er irgendeinen Kommentar abgab, die Kontrolle und kotzte mich mal so richtig aus. Nicht die Fleischklößchen meiner Mutter natürlich, sondern all die Worte und Gefühle, all den Groll, den ich seit Jahren im Bauch hatte. Aus meinem Mund kamen Worte, die ich nicht bedachte, die einfach so hervorsprudelten.

»Weißt du was, Papa? Mir geht das alles wahnsinnig auf den Sack. Ich halt das nicht mehr aus. Seit Jahren geht das jetzt so, und es steht mir bis hier. Weißt du, warum wir uns streiten? Weil wir uns nichts zu sagen haben. Aus Angst, über anderes sprechen zu müssen und uns Sachen an den Kopf zu werfen, die wir bereuen würden, reden wir über nichts. Warum sagst du mir nicht frei heraus, dass du es scheiße fandest, dass ich der Bar den Rücken gewandt und dich verraten habe? Dass ich dich im Stich gelassen habe, dass ich ein Egoist war … Komm schon, lass alles raus, was in dir drin ist, ein für alle Mal.

Wir haben uns Tage und Wochen nicht gesehen, und jetzt komme ich zum Abendessen her, und du hast nichts Besseres zu tun, als schweigend zu essen und dich danach im Wohnzimmer vor den Fernseher zu hauen. Wer bin ich denn für dich? Störe ich dich, oder was?

Das Einzige, was du sagst, ist, dass du kein Geld von mir willst oder dass du es mir zurückzahlen wirst, sobald du kannst. Das geht mir vielleicht auf die Eier, mit dem Satz kann ich mir den Arsch wischen, das wissen wir doch beide.

Ich ertrag es nicht mehr, wie du über das Leben sprichst, immer hat man entweder Glück oder Pech. Noch heute, nach all den Jahren, behandelst du mich wie einen Fremden, wie einen Verräter. Was muss ich tun, damit du mir verzeihst? Sag's mir!

Als kleiner Junge hab ich immer versucht, keine Probleme zu machen, und als ich in der Bar anfing, hab ich getan, was ich konnte, ich hab gearbeitet und ein bisschen von deinem Scheißleben gekostet.

Ich habe auf alles im Leben verzichtet, vor allem darauf, glücklich zu sein, und mich in die Arbeit gestürzt, um unsere Probleme zu lösen, einen Ausweg zu finden. Ich musste es schaffen, es gab keine Alternative. Und ich hab's geschafft. Aber das Geld ist mir piepegal. Anstatt zu sagen, dass du es mir wiedergibst, frag mich lieber mal, wie's mir geht, frag mich, was du als Vater, nicht als Schuldner, für mich tun kannst.

Ich bin vielen anderen Vätern begegnet, die mich unter ihre Fittiche genommen haben, und ohne sie wäre ich heute nicht da, wo ich bin. Und sie sind immer noch da, würden mir jederzeit helfen und zur Seite stehen. Das sind wichtige Menschen für mich, doch am Ende habe ich mich wieder für dich als meinen Vater entschieden. Dass ich heute noch hier bin, hat damit zu tun, dass du der Vater bist, den ich will.

Was mich interessiert, ist, ob du mich überhaupt als Sohn möchtest. Ich will nicht dein Sohn sein, nur weil du mich gezeugt hast, sondern weil du dich für mich entschieden hast. Entscheide dich für mich, Papa, oder lass mich gehen.«

Bei den letzten Worten hatte ich Tränen in den Augen. Nach einer kurzen Pause fuhr ich fort: »Und wenn ich dich zu den Untersuchungen fahren will, dann sag nicht gleich, dass das nicht nötig ist, sondern versuch verdammt noch mal zu verstehen, dass es vielleicht nötig für mich ist!«

Ich hatte noch nie so direkt mit ihm geredet, von Angesicht zu Angesicht. Meine Mutter saß schweigend mit verschränkten Armen da.

Ich erwartete eine Antwort von meinem Vater. Er aber blieb stumm, stützte dann die Hände auf den Tisch, stand auf und ging wortlos nach nebenan, wo er sich in seinen Sessel setzte und den Fernseher einschaltete.

Dieses Schweigen gehörte zum Schmerzhaftesten, was mir je zugestoßen ist.

Ich stand ebenfalls auf, nahm die Jacke und ging. Die Tür schloss sich mit einem trockenen Knall. Auf der Rückfahrt nach Mailand heulte ich.

An diesem Abend wälzte ich mich noch lang in meinem Bett hin und her, doch irgendwann konnte ich einfach nicht mehr und schlief ein. Am nächsten Morgen überhörte ich den Wecker. Nachmittags rief meine Mutter an und fragte, wie es mir gehe.

»Gut, und entschuldige wegen gestern.«

»Du brauchst dich nicht zu entschuldigen.« Nach einer Pause fügte sie hinzu: »Du weißt ja, wie er ist. Er zeigt es nicht, aber er liebt dich, das musst du mir glauben … Du kannst es nicht wissen, doch wenn du nicht da bist, spricht er immer gut über dich. Wenn jemand nach dir fragt, ist er richtig stolz und lobt dich in den höchsten Tönen, und was für ein Glück wir hätten mit einem Sohn wie dir. Heute beim Mittagessen habe ich mit ihm geredet … Du wirst sehen, mit der Zeit werden sich die Dinge ändern. Hab Geduld, ich weiß, du glaubst mir nicht, aber wart's ab …«

Während sie sprach, flennte ich wie ein kleines Kind, aber ich wollte nicht, dass sie es merkte. Ich bekam gar nichts mehr mit, nur dass sie irgendwann noch mal das Gleiche sagte wie zuvor: »… und was für ein Glück wir hätten mit einem Sohn wie dir.«

»Entschuldige noch mal wegen gestern, Mama, das wollte ich nicht.«

»Aber ich mache dir doch keine Vorwürfe, ich sage dir nur, dass du Geduld haben sollst. Hast du immer gehabt, ich weiß. Sag mir lieber, wann du uns wieder besuchen kommst, dann mache ich dir Wiener Schnitzel, das magst du doch so gern.«

»In Ordnung, ich ruf die Tage an und sag dir Bescheid.«

»Schönen Gruß von Papa.«

Natürlich ließ er mich nicht grüßen, aber ich tat so, als würde ich es glauben.

»Grüß ihn zurück, ja? Ciao.«

Pflanzenpflege

Ein paar Tage nach dem Streit mit meinem Vater bekam ich zum ersten Mal in meinem Leben einen Brief von meiner Mutter. Ein paar Stellen daraus weiß ich immer noch auswendig:

> *Ich frage mich, Lorenzo, ob ich Dir eine so gute Mutter gewesen bin, wie meine Mutter es immer für mich gewesen ist. Ich würde Dich gern unbeschwerter sehen, würde mir wünschen, Du hättest nicht wie dein Vater immer das Gefühl, dass Dir etwas fehlt. Du wirst sehen, nach und nach kommt alles wieder ins Lot, auch mit Deinem Vater. Ich rede oft mit ihm über Dich, und daher weiß ich, wie wichtig Du ihm bist.*
>
> *Ich umarme Dich.*
> *Mama*

Meine Mutter ist eine schmächtige, zarte Person. Aber beklagt hat sie sich nie, auch in den schlimmsten Zeiten nicht. Sie ist nie unhöflich oder patzig oder respektlos. Nie habe ich eine abwertende Bemerkung von ihr gehört, nie ein böses Wort. So unglaubwürdig das klingt.

Manchmal, wenn ich abends allein zu Hause bin, denke ich an sie und daran, was sie alles für mich getan hat, allein durch ihr Beispiel, ihre stille Anwesenheit. Sie war immer da, wenn ich sie brauchte, ohne je aufdringlich zu sein.

Oder ich stelle mir vor, wie es sein wird, wenn meine Eltern nicht mehr da sind, und dann geht es mir mies. Ich sehe meine Mutter vor mir, wie sie mit der Küchenschürze durch die Wohnung geht, die Wäsche aufhängt, faltet und bügelt, Pasta in dem Topf kocht, an dem ein Henkel fehlt, allein in der Küche sitzt und einen Kaffee trinkt. Sie weiß genau, wie viel sie mir beim Essen auf den Teller tun muss. Sie kennt die Maße meines Lebens. Ich denke an ihre Worte, an ihre unendliche, grenzenlose, stille Liebe, gut und wohlriechend wie die rosafarbenen Seifenstücke, die sie noch heute in die Schubladen legt, zwischen Hemden, BHs und Schals. An ihre Handschrift auf den Schachteln im Kleiderschrank: *Sandalen Mama, Winterschuhe Lorenzo, braune Stiefel.*

Ich denke daran, mit wie viel Liebe sie stets versucht hat, alles am Laufen zu halten, zwischen uns zu vermitteln und uns zu verstehen zu geben, dass sie für uns da ist; daran, wie schwer es für sie gewesen sein muss, mit den ewigen Streitereien zwischen mir und meinem Vater zurechtzukommen. An die Engelsgeduld, mit der sie darauf wartete, dass wieder Frieden einkehrte: so als wüsste sie durch das bloße Frau-und-Mutter-Sein, wie die Welt sich dreht.

Ich habe es nie geschafft, ihr einen Brief zu schreiben, auch nicht, als ich ihren bekam. Ein Strudel in meinem Magen verschlingt die Tinte.

Dennoch löste dieser Brief in mir eine Reihe von neuen

Gefühlen gegenüber meinen Eltern aus. Und ein paar Tage später passierte dann etwas ganz Seltsames.

Es war an einem Sonntagmorgen gegen elf. Ich war spät aufgewacht, trank gerade einen Kaffee und sah aus dem Fenster. Ich puste gern in die Tasse und betrachte dabei die Stadt: Ich schenke ihr kleine Dampfwölkchen, während ich versuche, all meine Sinne zu beleben. Sonntagmorgens höre ich fast immer Musik – welche genau, hängt auch vom Wetter und von der Jahreszeit ab: James Taylor, Nick Drake, Cat Stevens, Bob Dylan, Eric Clapton, Carole King, Joni Mitchell, Cat Power, Norah Jones, Cesária Évora, Ibrahim Ferrer, Lucio Battisti.

An diesem Tag hatte ich Lust, einen Apfel zu essen. Ich schäle den Apfel gern an einem Stück, ohne abzusetzen, und konzentriere mich darauf. Während ich den Apfel mit dem Messer umkreiste, klingelte es an der Tür. Ich war fast fertig, beendete die Pusselarbeit in aller Eile und ging erst dann zur Sprechanlage: »Wer ist da?«

»Dein Vater … Ich komme wegen der Pflanzen.«

›Wegen der Pflanzen?‹, dachte ich verblüfft. Komisch … Damit hätte ich nie gerechnet. Er war erst einmal bei mir gewesen, zusammen mit meiner Mutter, direkt nach meinem Einzug.

»Komm rauf. Weißt du noch? Dritter Stock.«

Irgendwann hatte ich mal beim Abendessen bei ihnen erwähnt, dass ich, seit sie weg war, im Haushalt ein paar Sachen nicht auf die Reihe bekam. Zwei Dinge vor allem: Ich hatte keine Ahnung, wie man das Federbett in den Bezug bekommt und wie man die Pflanzen pflegt.

Das erste Problem löste ich, indem ich einfach die Decke nicht bezog, bei den Pflanzen mühte ich mich redlich, aber mit wenig Erfolg.

Auf diesen Besuch war ich nicht vorbereitet gewesen, schon gar nicht an einem Sonntagmorgen, in der stillen Wohnung. Mein Vater hatte seine Gartengeräte dabei, zwei Beutel Erde, einen Sack Kompost und Pflanzendünger.

»Ich hab dir zum Frühstück ein Croissant mitgebracht.«

»Mit dir hätte ich nun wirklich nicht gerechnet.«

»Hat Mama dir nicht Bescheid gesagt?«

»Nein. Möchtest du einen Kaffee?«

»Wenn du sowieso einen für dich machst, gern.«

Er öffnete die Balkontür, ging hinaus und stellte die Sachen ab.

Ich hielt die noch heiße Espressokanne unter kaltes Wasser und setzte neuen Kaffee auf, für ihn.

»Soll ich deinen Kaffee rausbringen, oder kommst du rein?«

»Bring ihn lieber raus, sonst mach ich dir drinnen alles schmutzig.«

Er hatte schon den Pullover ausgezogen – ein Geburtstagsgeschenk von mir, den ich zum ersten Mal an ihm sah. Meine Mutter musste ihn zu mir geschickt haben, um die Pflanzen in Ordnung zu bringen, und bestimmt hatte sie ihm auch diesen Pullover hingelegt. Wahrscheinlich hatte er längst vergessen, dass er ihn von mir bekommen hatte.

Als er fertig war, rief er mich auf den Balkon und erklärte: »Manche Pflanzen kannst du ruhig vernachlässigen, die überleben auch so, hier die Geranien zum Beispiel. Und diese Sukkulenten da sind so genügsam, die brauchen praktisch gar keine Pflege. Aber die hier und die sind empfindlich, um die muss man sich mehr kümmern. Nächstes Mal, wenn du Pflanzen kaufst, solltest du die Sorten danach auswählen, wie viel Zeit du für ihre Pflege erübrigen kannst.«

»Die hab doch nicht ich gekauft, das war ihr Zeitvertreib.«

»Wie auch immer, jetzt gehören sie dir, du musst dich halt ein bisschen um sie kümmern. Die hier sieht ziemlich mitgenommen aus, aber eingegangen ist sie noch nicht: Siehst du die Stelle, wo ich abgeschnitten habe? Sie ist innen noch grün, die kannst du noch retten. Das Efeugitter habe ich auch wieder befestigt. Wo ich schon mal hier bin, hast du vielleicht noch andere Sachen zum Reparieren? Ich habe auch die Bohrmaschine im Werkzeugkasten.«

»Nein, ich glaube nicht.«

»Gut, dann gehe ich jetzt. Ruf an, wenn du was brauchst. Wenn du willst, komm ich ab und zu vorbei, um nach den Pflanzen zu sehen …«

»Ist gut.«

»Ciao.«

»Ciao … und danke!«

»Keine Ursache.«

Ich war verlegen wie ein Junge beim ersten Rendezvous.

Als er weg war, machte ich die Tür zu und sank erschöpft aufs Sofa. Ich war hundemüde. Seine Anwesenheit in meiner Wohnung hatte mich so viel Kraft gekostet, dass ich mich fühlte, als hätte ich einen Umzug hinter mir.

Dann ging ich auf den Balkon und sah mir sein Werk an: die neue, frischgegossene Erde in den Töpfen, die Kletterhilfe für das Efeu, keine trockenen Blätter mehr. Alles picobello – und mir kamen die Tränen.

Sie (das erste Mal)

Bei ihr war von Anfang an alles anders. Wir kannten uns gerade einen Monat, da bat ich sie schon, zu mir zu ziehen. Ich wollte sie nicht Schritt für Schritt kennenlernen, ich wünschte mir, dass wir uns gemeinsam in dieses Abenteuer hineinstürzten und uns im Stürzen näher kennenlernten. Hals über Kopf. Ich wollte eine Vertrautheit herstellen, noch bevor ich alles über sie wusste: eine Intimität, bevor wir uns kannten.

Sie war einverstanden.

Das war keine übereilte Entscheidung, und das war auch nicht der Grund, weshalb wir uns später wieder trennten. Sie klammerte nicht und hat mir stets meine Freiräume gelassen. Nie wäre sie auf die Idee gekommen, sich zwischen mich und meine Arbeit zu stellen oder zwischen mich und meine Freunde. Sie wollte an meiner Seite sein, nicht »sich dazwischendrängeln«.

Als wir uns zum ersten Mal begegneten, saß sie mir bei einem Abendessen gegenüber. Hübsch war sie, das muss ich zugeben, aber eigentlich überhaupt nicht mein Typ, im Gegenteil: blond und mit strahlend blauen Augen. Vielleicht machte sie deshalb zunächst gar keinen Eindruck auf mich. Bei Frauen stehe ich nämlich mehr auf den südländischen Typ, braune Haare, dunkle Augen.

Der einzige Pluspunkt war der Pferdeschwanz: Ich mag Frauen, die ihre Haare zu einem Pferdeschwanz hochbinden. Doch nicht ihr Aussehen war entscheidend, sondern ihr Verhalten. Die Art, wie sie redete, und die Sicherheit, die sie dabei ausstrahlte. Sie provozierte gern, genau wie ich. Ich ging darauf ein, und bald flogen flotte Sprüche und Sticheleien hin und her, und wir amüsierten uns köstlich.

Noch am selben Abend hatten wir Sex.

Ich lud sie zu mir ein. Ich begehrte sie, wie ich es noch nie erlebt hatte.

Zu Hause schloss ich die Tür auf, ohne die Augen von ihr zu lassen, und begann sie küssen, noch bevor ich die Tür mit dem Fuß zuschieben konnte. Es war, als wollte ich sie auffressen, verschlingen, mit Küssen aufessen. Ich löste den Pferdeschwanz und schob die Haare nach hinten, um den ganzen Hals zu küssen und zu beißen. Ich küsste die Schultern, die Lippen, das Gesicht. Es gefiel mir, dieses reine Gesicht ohne Schminke. Ich wollte sie auf der Stelle, im Stehen lieben, meine Lust verdrängte alles andere. Verdrängte die guten Manieren, verdrängte alle Fragen. Ich wollte nicht höflich sein, wohlerzogen, respektvoll. Ich wollte, dass sie sofort das Tier in mir kennenlernte. Und ich wollte ihre andere Seite sehen, die, die sie versteckt, von der sie vielleicht gelernt hat, sie nicht zu zeigen, um sich nicht von dummen, beschränkten Männern vorverurteilen zu lassen. Ich wollte, dass sie nur Frau war, und ich wollte sie sofort. Deshalb warf ich ihr keine bewundernden Blicke zu und sprach auch nicht mit vor Erregung bebender Stimme. Nein.

Nicht mit ihr. An unserem Anfang gab es kein Zaudern, keinen Raum für Unsicherheiten, keine Nettigkeiten. Keine süßen Sätze, keine parfümierten Laken und weichen Betten, sondern kalte Wände und den Krach herunterfallender Dinge und Keuchen und krallende Fingernägel. Und keine Liebkosung. Das hob ich mir für später auf, für danach. Dann würde ich sie mit Hingabe streicheln, das würde der Nachtisch sein. In diesem Moment nur Fleisch und Salz und lodernde Flammen.

Sie stand in der Diele an die Wand gelehnt, rutschte mit dem Rücken nach unten und presste sich an mich. Dann klammerte sie sich an meinen Schultern fest und zog sich wieder nach oben. Ich wiederholte mit den Händen, was meine Worte sagten. Ich berührte sie durch die Kleider hindurch, dann steckte ich eine Hand unter den Rock. Sie war feucht. Ich fuhr mir mit den Fingern über die Lippen, sie schmeckte gut. Ich wollte sie unterwerfen, wollte, dass sie die Kontrolle verliert. Ich flüsterte ihr ins Ohr, dass ich während des ganzen Essens Lust gehabt hätte, sie zu packen und auf dem Tisch zu ficken.

Sie fragte nur: »Und warum hast du es nicht getan?«

Sie wäre mir überallhin gefolgt, das spürte ich sofort. Es gibt Frauen, die bittet man besser um nichts, weil sie sowieso immer ablehnen. Ja sagen sie nur zu dem, der nicht fragt. Ich nahm ihre Hand und drehte sie mit dem Gesicht zur Wand. Dann hob ich den Rock und schob die Unterhose weg.

»Sag, dass du es willst …«

»Ja.«

Beim ersten Mal habe ich sie so genommen. Hinterher sind wir im Bett gelandet und haben uns noch einmal geliebt. Langsam. Ich wollte, dass sie ausflippt. Ich konzentrierte mich völlig auf sie, auf ihre Lust. Später hat sie mir das nicht mehr erlaubt. Wie so viele Frauen mochte sie es nicht, wenn ich mich auf ihren Orgasmus kaprizierte. Deshalb hat sie mir das nur beim ersten Mal erlaubt, danach wollte sie, dass ich mich auch hingab.

Es war vom ersten Augenblick an klar, dass das nicht nur eine Affäre sein würde und Schluss. Sie war meine Frau, ich ihr Mann.

Daran hat sich auch nichts geändert, trotz allem. Ich werde sie mir wiederholen.

Die längste Reise

Zwei Tage nachdem mein Vater bei mir gewesen war, telefonierte ich mit meiner Mutter. »Danke, dass du Papa geschickt hast, um die Pflanzen auf Vordermann zu bringen.«

»Welche Pflanzen?«

»Na, meine Balkonpflanzen, am Sonntag. Das hast du ihm doch aufgetragen, nicht wahr?«

»Aber nein. Ich habe ihm gar nichts aufgetragen. Er wollte zu einem Freund und ich solle mit dem Essen nicht auf ihn warten, hat er gesagt. Ich habe zwar mitbekommen, wie er die Geräte einpackte, aber dass er zu dir fährt, hat er mir nicht gesagt.«

Ich erwiderte nichts.

»Das ist mir einer, dein Vater. Erzählt mir nichts. Habt ihr geredet?«

»Nein, er hat nur den Balkon auf Vordermann gebracht … da sieht's jetzt aus wie im Park von Versailles.«

Ein paar Tage später besuchte ich meine Eltern. Beim Mittagessen erkundigte mein Vater sich nach meiner Arbeit, wollte wissen, was ich da so mache, und nach dem Essen setzte er sich nicht sofort wieder vor den Fernseher. Als ich ihn fragte: »Guckst du nicht mehr fern?«, antwortete er: »Mir steht das bis hier.« Ein Wunder.

Nach dem Essen machte ich einen Rundgang durch die Stadt; seit ich dort nicht mehr wohne, kommt sie mir jedes Mal schöner vor. Das Leben ist ruhiger, alles läuft gemächlicher ab, leiser und irgendwie menschlicher. Wenn man nach dem Weg fragt und wissen will, wie lange man bis dahin braucht, lautet die Antwort immer »fünf Minuten«. Eine Stadt, in der man alles in fünf Minuten erreicht.

Ich traf mich mit ein paar alten Freunden. Das Schöne hier ist, dass ich auch allein ausgehen kann, weil ich immer jemanden treffe, den ich kenne.

Am späten Nachmittag schaute ich noch mal bei meinen Eltern vorbei. Der Zug zurück nach Mailand fuhr um acht. Meine Mutter war in der Küche, mein Vater werkelte wie üblich im Keller. Ich ging hinunter, um mich zu verabschieden.

»Was machst du da?«

»Ach, ich räum nur ein bisschen auf. Ich will den überflüssigen Kram loswerden, der dient doch eh nur als Staubfänger.«

»Was? Du willst tatsächlich etwas wegschmeißen, das ist ja ganz was Neues!«

»Tja, es geschehen noch Zeichen und Wunder«, sagte er ironisch.

Sie, die mich verlassen hat und in anderthalb Monaten heiraten wird, hat sich immer darüber beschwert, dass ich kein Wort mit ihr redete, wenn ich abends von der Arbeit nach Hause kam, und dass man nie etwas unternehmen könne, weil ich ständig arbeiten müsse. Genau das fand ich als Kind bei meinem Vater so unausstehlich.

Je älter ich werde, desto bewusster wird mir, wie sehr ich ihm gleiche. Auf einmal verstehe ich viele seiner Reaktionen und Verhaltensweisen, die ich früher verachtete. Ich werde der Person immer ähnlicher, gegen die ich mein ganzes Leben lang angekämpft habe. Erst jetzt, mit den Augen des Erwachsenen, kann ich meinen Vater sehen, wie er wirklich ist. Jetzt, da ich meinen Frieden mit ihm gemacht habe, erschreckt es mich nicht mehr so, wenn ich an mir ähnliche Züge feststelle. Im Gegenteil, ich fühle mich weniger einsam. Ich bin nachsichtiger mit ihm und versuche es auch mit mir selbst zu sein. Ich rette ihn im Versuch, mich zu retten, und ich vergebe ihm im Versuch, mir selbst zu vergeben.

Jahrelang habe ich darauf gewartet, dass er irgendwann einmal »Ich hab dich lieb« zu mir sagen würde. Doch liebevolle Worte sind seine Sache nicht, er zeigt seine Gefühle durch Handlungen, indem er Dinge umräumt, reinigt, repariert, neu ordnet oder zusammenbaut. Seine Liebe ist praktisch: Er redet nicht, er macht. Er wird niemals sagen können: »Ich hab dich lieb«, er wird immer etwas tun müssen, um dieses Gefühl zum Ausdruck zu bringen.

Und eins habe ich inzwischen, nach all den Jahren, kapiert: Wenn er mich tatsächlich einmal in den Arm nehmen oder sich ein »Ich hab dich lieb« abringen würde, wäre es mir garantiert unangenehm, wenn nicht gar peinlich. So einen Satz aus seinem Mund kann ich mir beim besten Willen nicht vorstellen.

An dem Tag, als er mich besuchte, um die Balkonpflanzen auf Vordermann zu bringen, hat mein Vater die längste Reise seines Lebens unternommen. An dem Tag hat er sich für mich entschieden.

Sie (und die geraubten Küsse)

Eines Abends setzten wir uns ins Auto, um zu einem Restaurant zu fahren. Es war Frühling. Vor einer Bank hielten wir an, sie stieg aus und ging zum Geldautomaten. Sie trug ein dunkelblaues Kleid, das ihre Kurven betonte und einen Teil des Rückens unbedeckt ließ, dazu hohe Schuhe mit roter Sohle. Ich konnte nicht widerstehen: Ich stieg aus und trat hinter sie.

Sie bemerkte es und drehte sich um. »Was machst du da?«

Ich sah sie an und küsste sie wortlos auf den Mund, dann auf den Hals. Danach ging ich wieder zum Auto und betrachtete sie weiter durchs Seitenfenster, während sie das Geld abhob. Sie drehte sich ein paarmal zu mir um. Und lächelte mich an. Sie war glücklich. Ich hatte sie spüren lassen, wie sehr sie mir gefiel, wie verrückt ich nach ihr war.

Ohne etwas zu sagen, stieg sie wieder ins Auto, drehte sich nach hinten, um die Tasche auf den Rücksitz zu legen, und küsste mich.

Bewährtes Gleichgewicht

Nach langen Jahren harter Arbeit und großer Opfer hatten meine Eltern die Bar schließlich verkauft. Das Lokal selbst gehörte ihnen gar nicht, deshalb bekamen sie nur für die Lizenz etwas. Mit diesem Geld und einer kleinen Hilfe meinerseits gelang es ihnen endlich, das Ungeheuer der Schulden zu erlegen. Endlich konnten sie in Rente gehen.

Viele Kunden der Bar waren richtig traurig. Es gab unerwartete Zuneigungsbekundungen, meine Eltern waren ganz gerührt. Vor allem meine Mutter. Ein fast achtzigjähriger Herr, seit je Stammgast in der Bar, schrieb meiner Familie sogar einen Brief:

Ich verspüre das Bedürfnis, Ihnen zu sagen, wie sehr es mich schmerzt, wenn ich die heruntergelassenen Rollgitter der Bar sehe, in der Sie mich so viele Jahre wie ein Familienmitglied empfangen haben. Meine Beine machen nicht mehr so mit und haben mich in letzter Zeit daran gehindert, so oft zu kommen, wie ich gern gewollt hätte, aber das mindert nicht die Zuneigung, mit der ich mich an Sie erinnere. Die Welt wird immer dürrer, deshalb lasse ich hier dem Gefühl Raum. Vielen Dank für alles, ich erlaube mir, Sie zu umarmen.

Inzwischen habe ich einen Kredit aufgenommen und die Wohnung gekauft, in der meine Eltern jetzt wohnen. Anfänglich war mein Vater dagegen. Um ihn zu überzeugen, sagte ich, eine Wohnung in Mailand sei zu teuer, das könne ich mir nicht leisten, aber hier bei ihnen seien die Preise erschwinglicher. Eine reine Geldanlage, erklärte ich, und da ich nicht so bald zurückkäme und die Wohnung auch nicht leer stehen lassen wolle, sei es mir lieber, wenn sie dort einzögen. Da gab er nach.

So führen sie jetzt ein ruhiges Leben in der Provinz. Beide bekommen eine Minirente. Ich unterstütze sie ein bisschen, aber sie versuchen möglichst wenig auszugeben. So sind sie nun mal. Obwohl sie jetzt keine Schulden mehr abbezahlen müssen, haben sie ihre Gewohnheiten nicht geändert. Sie wünschen sich kein anderes Leben. Den Einkauf machen sie beim Discounter, wo zwar alles billig ist, der Käse aber oft wie Plastik, die Mozzarella wie Gummikugeln schmecken und die Schokoriegel mit einer weißen Schicht überzogen sind. Immer wieder habe ich sie davon zu überzeugen versucht, bessere Produkte zu kaufen, aber da beiße ich auf Granit. »Wir sind damit zufrieden, das weißt du doch, und diese Kekse hier sind wirklich lecker...« Um nicht als voreingenommen zu gelten, habe ich sie tatsächlich probiert: die reinsten Sägespäne. Immer nur Billigprodukte. Genau wie damals, als wir die Bar hatten. Für uns selbst kauften wir immer das Billigste, nannten es dann aber so wie die guten Produkte. Schinken sagten wir, obwohl es Formfleisch war, und jede Schokocreme war Nutella, auch wenn sie vollkommen anders schmeckte.

Manchmal bringe ich meinen Eltern etwas Besonderes mit, einen Käse, einen Wein oder einen Honig, doch kaum erkläre ich, was daran speziell ist, sagen sie schon: »Für uns brauchst du das nicht aufzumachen, nimm es ruhig wieder mit, und iss du es. Du weißt doch, davon verstehen wir nichts.« Das stimmt sogar, sie schmecken den Unterschied nicht. Und wenn sie ihn schmecken, mögen sie doch lieber, was sie immer essen. Nicht weil es besser schmeckt, sondern weil sie gern am Gewohnten festhalten. »Ja, schmeckt gut«, sagen sie jeweils, »aber was die Leute daran so toll finden, verstehe ich nicht, wenn man die reden hört, könnte man meinen, das müsse Gott weiß was sein…« Wahrscheinlich sind ihre Geschmacksknospen nach all den Jahren auf ein paar wenige Grundaromen geeicht.

Trotzdem, dass es solche und solche Lebensmittel gibt, wissen sie schon, denn wenn ich komme, wird oft etwas anderes eingekauft. Meine Mutter macht zwei Einkäufe, die guten Sachen kauft sie nur für mich. Parmaschinken zum Beispiel: Wenn sie das Paket mit dem rohen Schinken aufrollt, bekommt sie leuchtende Augen wie der Engel Gabriel bei der Verkündigung. Ganz begeistert sagt sie dann: »Der ist richtig gut, den habe ich extra für dich gekauft.«

Wenn ich meinem Vater eine Scheibe von dem extra für mich gekauften Schinken auf den Teller lege, sagt er erst nein, isst ihn dann aber doch. Er verputzt auch alles, was übrigbleibt. Meine Mutter sagt immer: »Lass liegen, wenn du es nicht mehr schaffst, das isst Papa heute Abend.« Wenn beim Abendessen etwas übrigbleibt, wandert der Teller in den Kühlschrank und steht am nächsten Tag beim Mittagessen vor meinem Vater.

Es fehlt ihnen an nichts, und das ist gut so. Würde ich versuchen, ihre Gewohnheiten zu ändern, würde ich sie dadurch nicht glücklicher machen, im Gegenteil. Man muss die Würde des anderen respektieren und begreifen, dass jeder seine eigenen Maßstäbe hat. Meine Eltern leben seit fast vierzig Jahren zusammen, und sie haben bewährte, aber auch labile Balancen und Mechanismen. Nach all den Jahren hat sich zwischen ihnen eine Beziehungsdynamik entwickelt, an die ich besser nicht rühre.

Zum Essen und zu den Dingen haben sie ein streng funktionales Verhältnis. Essen bedeutet sich ernähren. Auch Gegenstände werden nur nach ihrer Funktionalität gekauft, nicht nach ästhetischem Empfinden. Sie würden nie einen teuren Stift kaufen, und sie haben auch kein Verständnis für Menschen, die das tun. »Hauptsache, er schreibt. Warum soll man dafür Geld ausgeben? Warum soll man ins Kino gehen, wo sie den Film doch in einem Jahr sowieso im Fernsehen zeigen? Was sollen wir mit Bezahlfernsehen? Wir gucken das, was kommt…«

Ihr Leben ist von Gewohnheiten bestimmt, von immer gleichen Tagesabläufen. Auch jetzt, da sie in Rente sind, hat sich daran nur wenig geändert. Wenn meine Mutter zum Beispiel morgens einkaufen geht, legt sie meinem Vater, der dann noch schläft, einen Zettel hin: »Bin einkaufen. Die Zeitung kaufe ich.« Sie füllt die Espressokanne und stellt sie auf den Herd, so dass mein Vater nur das Gas anzünden muss. Das läuft ohne Zettel, weil es schon immer so war. Als sie noch die Bar hatten, präparierte sie die Espressokanne schon am Vorabend. Den ersten Kaffee trank mein Vater nämlich immer gern in der Wohnung, bevor er sich dann in der Bar noch einen machte. Außer der Espressokanne legt sie ihm jetzt auch noch seine Blutdruck- und Diabetespillen hin, auf einer Serviette, als wären es Bonbons vom Nikolaus.

Diese Zettel meiner Mutter finde ich rührend. Kleine Mitteilungen, die die beiden schon ein Leben lang austauschen. Etwas Vergleichbares habe ich bisher noch mit keiner Frau zustande gebracht. Zumindest bis jetzt nicht.

Meine Mutter hat sich kaum verändert, seit sie in Rente ist. Sie führt weiterhin den Haushalt, hat jetzt aber mehr Zeit für Einkäufe und unternimmt lange Spaziergänge in die Innenstadt, doch für sie ist Freizeit tendenziell kein Problem. In der Bar war sie weniger eingespannt, sie war mehr Mutter und Hausfrau, und das ist sie auch weiterhin. Sie ist unbeschwert, vielleicht weil sie nie große Ansprüche ans Leben gestellt hat und deshalb auch weniger enttäuscht wurde.

Mein Vater ist unruhiger, ihn quält das Gefühl, versagt zu haben. Es ist nicht leicht, das eigene Leben plötzlich neu zu organisieren, wenn man zuvor so gehetzt war wie er. Nachdem er Jahr um Jahr immer nur gearbeitet hatte, sah er sich plötzlich mit einer endlosen Freizeit konfrontiert, mit der er nichts anzufangen wusste. In den ersten Wochen und Monaten als Rentner wäre er fast durchgedreht: Alle zwei Tage stellte er die Töpfe auf der Terrasse um, er strich Wände, Geländer, Regale, reparierte das Fahrrad, sägte Holzbretter zu, hämmerte und bohrte. Er jammerte und maulte ununterbrochen. Das weiß ich, weil meine Mutter es mir erzählt hat. Allein die Tatsache, dass sie sich mir anvertraute, sagte mir, dass er wirklich unerträglich war, denn eigentlich war sie in solchen Dingen immer sehr diskret. Gar nichts mehr könne man ihm recht machen: Beim Autofahren hupe er ununterbrochen, weil er der Meinung sei, alle anderen könnten nicht fahren; wenn Handwerker ins Haus kämen, bezeichne er ihre Arbeit als Schlamperei, und ihr, meiner Mutter werfe er vor, sie hätte die und die Hose nicht waschen sollen, weil sie gar nicht schmutzig gewesen sei: »Kein Hemd kann man liegen lassen, schon landet es in der Wäsche...«

Mit der Zeit kriegte er sich wieder ein. Nun ließ er sich vom Fernsehen ruhigstellen. Wie ein kleines Kind, wenn Mama zu tun hat. Wenn ich kam, saß er immer vor dem Fernseher, als würde er nur noch auf den Tod warten, wie einer, der nicht mehr gebraucht wird. Die wenigen Worte, die er sprach, waren voller Müdigkeit und Resignation. Die Gereiztheit hatte sich gelegt, vielleicht durch die Pillen, die er einnahm.

Mehr als am wirklichen Leben nahm er an dem teil, was ihm das Fernsehen vorsetzte. Das Fernsehprogramm bestimmte seinen Tagesablauf. Seine Begeisterung für einen deutschen Kommissar zwang ihn, früher zu essen, da es in der Küche keinen Fernseher gab. So bestimmte der Programmchef des Senders über die Essenszeiten meiner Eltern. Als ich einmal den Vorschlag machte, einen kleinen Fernseher für die Küche anzuschaffen, antwortete er mir: »So tief bin ich auch wieder nicht gesunken.«

Heute führen meine Eltern ein ruhiges, geregeltes Leben. Mal zu verreisen kommt für sie nicht in Frage. Aus finanziellen Gründen könne er nicht wegfahren, sagt mein Vater, aber in Wahrheit geht es gar nicht ums Geld, das ist nur ein Vorwand. Meines Erachtens wollen sie nicht verreisen, weil das für sie unvorstellbar ist, ein Ereignis, das ihre Gewohnheiten durcheinanderbringen würde. Sie haben Angst: Zu Hause zwischen ihren Sachen fühlen sie sich wohl, dort fühlen sie sich sicher.

Wenn sie im Fernsehen Berichte aus den Urlaubsorten sehen, mit überfüllten Stränden und Menschen, die sich fast stapeln, kommentieren sie das immer gleich: »Die müssen doch verrückt sein! Das ist ja anstrengender als zu Hause!« Oder wenn Leute gezeigt werden, die in der Augusthitze der Großstadt Abkühlung suchen und am Brunnen den Kopf unter den Wasserstrahl halten: »Warum bleiben die nicht zu Hause? Die sind doch verrückt!« Das Wort »verrückt« benutzen sie dauernd. Vor allem im Dialekt.

Erstaunlicherweise konnte ich sie letztes Jahr endlich doch dazu überreden, eine Woche ans Meer zu fahren. Ich buchte ein Zimmer in einer kleinen Pension, nicht weil ich sparen wollte, sondern weil ich befürchtete, dass sie sich in einem Luxushotel nicht wohl fühlen würden. In einer Pension hingegen, die einen weiblichen Vornamen hat und wo die Wirtin selbst an der Rezeption steht, würde es ihnen bestimmt gefallen. Sie brauchen einfach den menschlichen Kontakt. Tatsächlich haben sie die meiste Zeit damit verbracht, sich mit der Besitzerin zu unterhalten, fernzusehen und Karten zu spielen. Und bald fing meine Mutter an, ihr in der Küche zu helfen. Sie war es einfach nicht gewohnt, nichts zu tun. Morgens machte sie sogar ihr Bett selbst.

In letzter Zeit hat mein Vater sich erneut verändert. Er ist nicht mehr hyperaktiv, auch nicht mehr wie betäubt, sondern, und das rührt mich, auf einmal hellwach.

Er will zum Beispiel lernen, wie man Handy und Computer benutzt, ja sogar ein bisschen Englisch büffeln. Wie ein Heranwachsender. Er hat Lust, zu lernen und etwas für sich zu tun.

Sie (und Satie)

Es war an einem Sonntag im August. Die Stadt war wie ausgestorben, und am nächsten Tag wollten wir in Urlaub fahren. Um uns vor der Hitze zu schützen, hatten wir den ganzen Tag mit heruntergelassenen Rollläden verbracht. Sie trug einen kurzen Rock und ein Bikini-Oberteil, lief in der Wohnung hin und her, räumte auf und legte die letzten Sachen in den Koffer. Ich, in Boxershorts und mit nacktem Oberkörper, saß am Computer und regelte noch ein paar berufliche Dinge.

Gegen sieben zog sie die Rollläden hoch und öffnete die Fenster. Durch die Terrassentür wehte sofort ein wenig Wind herein. Sie brachte mir ein Glas Zitronentee. Ich griff nach ihrem Handgelenk, zog sie auf meinen Schoß und fuhr ihr mit den Händen durchs Haar. »Ich bin ganz verschwitzt«, sagte sie. Ich küsste sie auf die Lippen, dann auf die Wange, dann auf den Hals. Ich schob das kleine Dreieck des Bikinis zur Seite, meine Hand füllte sich mit ihrer Brust. Wir liebten uns auf dem Stuhl. Als sie kam, spürte ich, wie sich ihre Muskeln verkrampften und dann urplötzlich entspannten, während sie die Arme um mich schlang. Dann blieben wir noch eine Weile so auf dem Stuhl sitzen und ließen uns vom Wind liebkosen.

Aus dem Computer erklang die *Gnossienne No. 1* von Satie. Kurz darauf wehte der Duft von gegrilltem Fleisch durchs Fenster herein, und wir mussten lachen, ich weiß nicht, wieso. Dann duschten wir und machten vor dem Abendessen einen Spaziergang. Hand in Hand, nur ab und zu ein paar Worte wechselnd, lauschten wir den Fernseherstimmen, die aus den wenigen offenen Fenstern schallten. Bevor ich schlafen ging, nahm ich den Tee, den sie mir gebracht und den ich nicht getrunken hatte, goss das Glas aus und wusch es ab.

Ein neues Leben

Ich habe keine Kinder, deshalb weiß ich nicht, was man empfindet, wenn man seinem Sohn oder seiner Tochter etwas beibringt. Dafür weiß ich jetzt, was für ein Gefühl es ist, wenn man seinen Eltern etwas beibringt, auch Kleinigkeiten, wie man ein Sudoku löst oder so. Es ist toll, sich nützlich zu fühlen, zu wissen, dass man etwas zurückgibt.

Als mein Vater fragte, ob ich ihm beim Englischlernen helfen würde, war ich erst mal baff. Doch dann habe ich mich köstlich amüsiert. Meine Mutter hatte er auch zum Mitmachen überredet, aber den beiden zu verklickern, wie die Übungen in dem Lehrbuch funktionierten, das sie sich gekauft hatten, war ein Ding der Unmöglichkeit.

Übung 1. Formuliere die Frage zu den folgenden Antwortsätzen:

Antwort: *Tom lives in London.*
Richtige Frage: *Where does Tom live?*
Frage meiner Eltern: Lebt er gern dort?

Ich versuchte ihnen zu erklären, dass die gesuchte Frage die vor der Antwort war und nicht die danach, aber sie kapierten es nicht.

Antwort: *My name is Mark.*
Richtige Frage: *What's your name?*
Frage meiner Eltern: Und mit Nachnamen?

Entmutigt ging ich zur nächsten Übung über:

Übung 2: Kombiniere die Begriffe in Spalte 1 mit den Tätigkeiten oder Arbeiten in Spalte 2. Beispiel: *Jane is a teacher.*

Die letzte Lösung meiner Eltern lautete: *My dog is a journalist.*

Das Englischlernen hat mein Vater bald aufgegeben, dafür kommt er mit dem Handy gut zurecht. Er hat gelernt, wie man eine SMS verschickt, und damit sogar einen Weg gefunden, mir seine Gefühle mitzuteilen. Es mag absurd erscheinen, aber so ist es: Mein Vater simst. Er könnte nie einen Brief schreiben wie meine Mutter, aber mit Hilfe des Handys hat er ein Mittel gefunden, mit mir zu kommunizieren. Seine erste SMS an mich lautete: *hallo lorenzo wie geht es dir fragezeichen.*

Fragezeichen ausgeschrieben, weil ich vergessen hatte, ihm die Satzzeichen beizubringen.

Die zweite SMS lautete dann schon: *wir würden dich gerne sehen wann kommst du?*

Als diese Nachricht kam, war ich erst mal geplättet und starrte mindestens fünf Minuten reglos aufs Display. »Wir« hat er vermutlich geschrieben, weil »ich« denn doch zu viel für ihn gewesen wäre.

Ich wusste nicht, wie ich antworten sollte. Mindestens

zwanzig Mal versuchte ich eine Nachricht zu formulieren, dann gab ich es auf.

Absurderweise wirken die SMS meines Vaters viel stärker als die geschriebenen Worte aus dem Brief meiner Mutter. Auch physisch ist meine Mutter viel unbefangener: Sie kann mich umarmen. Als sie mir den Brief schrieb, war das eine rührende Geste, aber damit mein Vater diese paar Worte in sein Handy tippen konnte, musste er einen viel weiteren, viel schwierigeren Weg zurücklegen. Um das zu tun, musste er sich selbst einbringen, sich über eine Menge Dinge klarwerden. Mit seiner SMS *hallo lorenzo wie geht es dir fragezeichen* hat er mir, ohne es zu merken, von einem Wunder berichtet.

Aber dem war nicht so

Die letzte Werbekampagne, an der ich mit Nicola gesessen habe, war eine große Sache: Es ging um die Einführung eines neuen Automodells. Der klassische Job, bei dem man Nachtschichten schiebt. Eines Abends machten wir eine Pause und bestellten uns zwei Pizzas, dazu entkorkten wir eine Flasche von dem Wein, den wir eigens für solche Gelegenheiten in der Agentur haben. Es ist schön im Büro, wenn alle weg sind. Dann ist alles ruhig, kein Krach, kein Stress, und selbst eine Pizza Margherita aus dem Karton ist dann was Außergewöhnliches.

Nicola schrieb eine SMS nach der anderen.

»Was tippst du denn da die ganze Zeit?«, fragte ich ihn.

»Ich schreibe an Sara.«

»Das war mir klar. Mit ihr läuft das ja von Anfang an so.«

Früher musste man eine Frau erst lang und breit überreden, damit sie mit einem ausging, dann musste man jede Menge über sich erzählen, stundenlang reden und dabei möglichst dick auftragen. Heute, im Zeitalter der SMS, kannst du sofort eine Beziehung herstellen und ihr eine Vorstellung davon vermitteln, was für ein Typ du bist. Wenn du dann zum ersten Mal mit ihr essen gehst, hast du schon eine Weile mit ihr gesimst und weißt schon mehr oder weniger, mit wem du es zu tun hast. Essengehen ist heutzutage das Finale, kein Qualifikationsspiel mehr.

Allerdings muss man dazu die SMS-Sprache beherrschen, die viel mehr ist als das, was man da eintippt. Wer die Psychologie der Kurzmitteilung nicht kennt, riskiert, dass es erst gar nicht zum Abendessen kommt, weil man schon aussortiert wird, bevor es überhaupt losgeht. Vieles hängt von Nuancen ab. Von der Uhrzeit zum Beispiel. Eine Nachricht mitten in der Nacht oder ganz früh am Morgen gibt Anlass zu einer ganzen Reihe von Spekulationen: »Beim Aufwachen hat er als Erstes an mich gedacht«, oder: »Kurz vorm Einschlafen hat er an mich gedacht.« Auf solche Details achten Frauen besonders. Von entscheidender Bedeutung ist auch die Häufigkeit. Man muss höllisch aufpassen, dass man nicht zu oft oder zu selten schreibt, weil man dann, ehe man sich's versieht, entweder als zu uninteressiert gilt oder aber als nervig, aufdringlich, unsicher. Wichtig ist zudem, wie viel Zeit man sich lässt, bevor man antwortet, und fundamental schließlich ist, inwieweit eine Nachricht Interpretationsspielraum lässt. Da schreibt man womöglich eine SMS, die ironisch gemeint ist, aber der andere versteht sie falsch und schickt eine erboste Antwort.

»Du führst dich auf wie ein Jugendlicher«, sagte ich zu Nicola.

»Das gebe ich gern zu. Ich bin ja schon fast vierzig, und Sara ist erst fünfundzwanzig, aber sie gefällt mir immer besser. Ich amüsiere mich bestens mit ihr, sie ist sympathisch und intelligent. Und außerdem ist sie für ihr Alter ziemlich reif, sie ist keine von denen, die ohne Punkt und Komma reden und einen nicht zu Wort kommen lassen. Deine Freundin Giulia …«

»… die auch deine Freundin ist …«

»Ich weiß, jedenfalls hat Giulia vor ein paar Tagen den Satz abgelassen, den alle Frauen sagen, wenn es um eine Jüngere geht: ›Kannst du mir mal erklären, was du mit deinen vierzig Jahren einer Zwanzigjährigen zu sagen hast?‹«

»Und was hast du ihr geantwortet?«

»Also erstens bin ich sechsunddreißig und keine vierzig, und sie ist nicht zwanzig, sondern fünfundzwanzig. Und zweitens bin ich gern mit ihr zusammen, weil sie noch alle Möglichkeiten hat, das Leben liegt noch vor ihr. Sie hat noch gar keine klare Vorstellung davon, was sie werden will. Ich dagegen bin in einer gefährlichen Phase, ich merke, wie ich langsam so werde wie die Hauptfigur in *Tod in Venedig*: Ich fühle mich zu Schönheit und Jugendlichkeit hingezogen, die bei mir langsam dahinschwinden. Du kannst dir nicht vorstellen, wie viel Freude es mir macht, ihr Bücher oder Filme zu empfehlen, die sie noch nicht kennt und von denen ich weiß, dass sie ihr bestimmt gefallen und sie auf irgendeine Art beeinflussen werden – wie mich in ihrem Alter. Oder wenn ich ihr beim Sex etwas Neues zeige und merke, dass es ihr gefällt und Lust bereitet. Mit jüngeren Frauen ist alles leichter, unbeschwerter. Es gibt eine Menge Dinge, die ich mit ihr unternehmen kann, wir können sogar in billige Restaurants gehen, wo auf der

Speisekarte die Gerichte einzeln abgebildet sind. Außerdem gehört sie zu einer Generation, die weniger Glück gehabt hat als wir und der man in vielen Beziehungen helfen muss: Sie reden schlecht, sie essen schlecht, sie vögeln schlecht, und die Drogen, die sie nehmen, sind auch schlecht. Und unter uns, auch wenn das nichts zur Sache tut, Sara hat keine Impfnarbe auf der Schulter, kannst du dir das vorstellen?«

»Vermutlich hat sie auch keine Ahnung, was ein C64 ist?«

»Nein.«

»Und sie hat auch noch nie so einen phosphoreszierenden Schlüsselanhänger gesehen, in Form einer Telefonschnur?«

»Vermutlich nicht, höchstens, als sie klein war. Zwölf Jahre Altersunterschied, das bedeutet, dass sie geboren wurde, als wir schon in die Mittelstufe gingen. Weißt du noch, wie wir in dem Alter samstagnachmittags in der Stadt immer auf und ab spaziert sind, um Mädchen anzubaggern? Und unsere ersten Liebeleien? Aus heutiger Sicht könnte man meinen, wir wären damals von der Schule nach Hause gegangen und dann, frisch geduscht und gegelt, losgezogen, um in der Geburtsstation eines Krankenhauses Mädchen aufzureißen … Aber ich bin verrückt nach ihr, und sie weiß das. Weißt du, wie oft ich sie in der Nacht vom Schlafen abhalte?«

»Was, du kannst noch die ganze Nacht vögeln? Du Glücklicher.«

»Nein, nicht mit Vögeln … Ich schnarche.«

»Also, du bist vielleicht ein Blödmann …«

»Egal – übrigens, ich muss noch was Wichtiges mit dir besprechen. Das hatte ich schon eine ganze Weile vor.«

»Das ist ja mal ganz was Neues. Muss ich mich auf was gefasst machen? Ich weiß nicht, ob ich noch so eine schlechte Nachricht verkrafte.«

»Ja, vielleicht müssen wir auf was gefasst sein. Alle beide. Ich habe nämlich eine wichtige Entscheidung getroffen.«

»Dass wir endlich kündigen und den Ferienbauernhof aufmachen?«

»Nee, das noch nicht.«

»Dann sag schon.«

»Hast du diese einsamen Männer vor Augen, wie man sie manchmal auf Partys sieht, die deprimiert und betrunken und mit gelockerter Krawatte dasitzen und mit der Zigarette Löcher in Ballons brennen?«

»Ja, hab ich… Aber was willst du mir damit sagen?«

»Neulich kam mir der Gedanke, dass ich auf keinen Fall so enden will wie diese jämmerlichen Gestalten.«

»Das ist doch absurd.«

»Nein, das ist nicht absurd. Ich lebe so, als wäre immer Party, und ich hab Angst, dass die Party eines Tages zu Ende ist und alle liebenswerten, interessanten Menschen schon mit jemand anders fortgegangen sind, während ich allein zurückbleibe und Ballons platzen lasse. Deshalb habe ich beschlossen, mein Leben zu ändern, deshalb habe ich eine wichtige Entscheidung getroffen.«

»Sag mir nicht, dass du nun endlich vernünftig werden willst!«

»Ich habe Sara gefragt, ob sie mit mir zusammenleben will.«

»Wow! Und das ist dir einfach so eingefallen? Bei dem Gedanken daran, wie du einsam und besoffen dasitzt und Ballons platzen lässt?«

»Nein, eigentlich hat sie mich davon überzeugt.«

»War das mit dem Zusammenziehen ihr Vorschlag?«

»Nicht direkt. Was mich überzeugt hat, ist, wie sie mir gegenüber ist, wie sie mit mir spricht, wie ich mich mit ihr fühle. Du weißt ja, dass ich nie Verantwortung für eine andere Person übernehmen wollte. Darin bin ich wie du. Wir verlangen nichts von anderen, damit die anderen nichts von uns verlangen. Eines Abends wollte ich, dass sie sich von mir trennt, mich für immer verlässt. Ich wollte sie loswerden und hab ihr eine SMS geschrieben, sie solle keine Zeit damit verschwenden, sich mit einem wie mir abzugeben.«

»Und was hat sie geantwortet?«

»Sie hat mir eine Nachricht geschickt, die so lang war, dass beim Lesen immer noch mehr nachkam. Da stand so ungefähr: Du musst mich nicht vor dir beschützen. Du denkst, ich wäre noch ein Kind, und vielleicht hast du sogar recht. Du musst aber auch aufpassen, ich könnte dich nämlich genauso enttäuschen wie du mich. Dieses Risiko müssen wir eingehen. Wenn einer von uns beiden nicht mehr will, ist es richtig, dass er geht. Du hast aber nicht alle Schotten dichtgemacht. Jedenfalls erlebe ich dich nicht so. Ich liebe dich. Das ist das Einzige, was ich mit Sicherheit weiß. Das Einzige, was für mich zählt. Falls du mich verlassen willst, weil du meiner überdrüssig bist, dann sag es mir gleich. In diesem Fall wäre es tatsächlich reine Zeitverschwendung, noch länger zusammenzubleiben.«

»Und was hast du ihr darauf geantwortet?«

»Ich hab sie abgeholt, und sie hat bei mir geschlafen. In der Nacht ist mir aufgegangen, dass ich mit ihr zusammenleben will. Dir ging's ja genauso, vor ein paar Jahren.«

»Nimm mich bloß nicht als Vorbild … so, wie es ausgegangen ist!«

»Genau darum mache ich es aber: Wenn sie nicht die Richtige für mich ist, dann merke ich das gleich. Das Zusammenleben beschleunigt die Sache.«

»Also, das klingt ja nicht sehr optimistisch. Man könnte es auch andersrum ausdrücken: Du machst das, weil du ein paar Tage gewonnen hast, falls sie die Richtige ist …«

»Das kannst du drehen, wie du willst …«

»Und wann hast du sie gefragt?«

»Vor ein paar Wochen.«

»Was, und das sagst du mir erst jetzt?«

»Ich wollte erst ihre Antwort abwarten. Hätte sie nein gesagt, hätte ich es dir gar nicht erzählt.«

»Also hat sie ja gesagt.«

»Ja.«

»Mann, was faselst du denn ewig rum über traurige Gestalten auf irgendeiner Party? Warum gibst du nicht einfach zu, dass du dich verliebt hast, dass du sie liebst?«

»Ich weiß nicht, ob ich sie liebe. Wenn ich mit ihr zusammen bin, fühle ich mich wohl, bin ruhig und entspannt, bin ich selbst. Mit ihr ist alles natürlich.«

»Byron hat gesagt: ›Das Glück wurde als Zwilling geboren.‹ Hast du keine Schmetterlinge im Bauch?«

»Nein … in meinem Bauch ist im Moment nur Pizza! Verdammt, die war wie Gummi, als hätte ich ein Schlauchboot verschluckt.«

»Hör doch mal auf mit dem Quatsch, und sag mir lieber, ob du glücklich bist bei der Vorstellung, dass sie bei dir einzieht.«

»Natürlich, obwohl ich auch ein bisschen Schiss habe. Ich weiß noch, was du über das Zusammenleben gesagt hast – dass du mitunter sogar das Klappern des Löffels im Joghurtbecher gehasst hast.«

»Mittlerweile fehlt mir dieses Klappern, als wäre es das Allerschönste von der Welt. Aber ich bin krank. Es gibt auch eine Menge schöner Sachen im Zusammenleben. Brauchst du Hilfe beim Umzug?«

»Nein, danke, sie meint, sie hat nicht viel.«

»Wenn eine Frau das sagt, ist es nicht unbedingt das, was wir darunter verstehen.«

»Deshalb fahr ich morgen früh um acht auch zu Massimo und hole den Transporter, dann reicht eine Fuhre.«

»So früh schon? Dann lass uns versuchen, hier so schnell wie möglich fertig zu werden … Wo waren wir stehengeblieben?«

»Bei ›Gut ist das eine, stark das andere‹.«

»Wie zum Teufel sind wir bloß auf diesen Slogan gekommen?«

»Keine Ahnung, wahrscheinlich hat die Pizza unser Gehirn erschlagen.«

Ich war dann doch erst um vier zu Hause. Im Auto

merkte ich, dass ich mich für Nicola freute, dass er jetzt mit seiner Freundin zusammenzog.

Ich hätte gerne die Tür geöffnet und sie schlafend im Bett vorgefunden. Aber dem war nicht so.

Sie (und unser Geruch)

»Jetzt lass dich doch mal umarmen und sag nicht dauernd so garstige Sache wie dass ich aufdringlich wär«, sagte sie abends im Bett zu mir. Es war dunkel, und ich konnte sie nicht sehen. Ich hörte nur ihre Stimme und spürte die Wärme ihres Körpers.

Das dunkle Zimmer, die weichen Lippen, der Geruch ihrer Haut, der zusammen mit meinem zu einem dritten Geruch wurde – das Ergebnis einer Kombination, die einzigartig auf der Welt war. Wir beide vermischt. Ich und sie.

Wie viel würde ich dafür geben, sie noch einmal zu riechen.

Ohne sie bin ich nur ein halber Geruch.

Was ich nicht bin

Als Nicola mir steckte, dass sie heiraten würde, wusste ich nicht genau, was ich eigentlich empfand.

»Wie, sie heiratet, was soll das heißen, verdammt? Das kann doch nicht sein!«

Die Neuigkeit warf mich aus der Bahn wie ein unerwarteter Todesfall, als hätte man mir mitgeteilt, jemand, der mir nahesteht, sei gestorben.

»Aber entschuldige mal, wie lange ist sie überhaupt mit ihm zusammen? Kaum ein Jahr, soweit ich weiß. Das geht doch nicht, ein Jahr, und schon heiraten, oder?«

»Massimo meint, sie würden gut zusammenpassen und dass der Neue sofort heiraten und Kinder haben will.«

»Ja, ja, verstehe, ich will nichts hören über die zwei … Wie ist er denn?«

Ich wusste, dass Nicola die beiden mal zufällig in einer Bar getroffen hatte, zum Glück war ich nicht dabei.

»Ach, lassen wir das doch. Kann ich irgendwas tun, um dich abzulenken? Soll ich einen Escort-Service anrufen? Wollen wir Bingo spielen gehen?«

Wir blieben dann einfach zu Hause, und ich trank mehr Wein als er. Doch am nächsten Tag im Büro bat ich Nicola, mir bei einer Sache behilflich zu sein, die so doof war, dass ich nie gedacht hätte, so was mal zu machen.

Ich sah ihm in die Augen und sagte: »Ich will wissen, wie er aussieht.«

»Wer?«

»Der Typ, der sie heiraten will.«

»Das ist nicht dein Ernst, oder?«

»Aber sicher doch. Bring mich hin, du weißt doch, wo er arbeitet.«

»Das weißt du doch selbst.«

»Stimmt, aber allein trau ich mich nicht. Bitte, komm mit. Wir könnten jetzt gleich zu seinem Büro gehen und vor dem Haus warten, bis er Mittagspause hat … und hoffen, dass er auswärts isst.«

»Und was hast du davon?«

»Nichts.«

»Das scheint mir ein guter Grund. Gehen wir.«

Kurz nach halb zwölf setzten wir uns gegenüber von seinem Büro auf eine Bank. Ich wusste nur wenig über ihn. Dass er ein Scheißingenieur war. Aber kein schmächtiger Nerd mit Brille, sondern einer von den Sportlichen, Sympathischen, mit Tätowierungen und einer Menge widerlich positiver Eigenschaften.

Als Nicola sie mit ihm in besagter Bar getroffen hatte, bombardierte ich ihn mit Fragen, doch als er von ihm zu erzählen begann, unterbrach ich ihn sofort: »Okay, okay … genug, das reicht jetzt.« Von anderen holte ich weitere Informationen ein, setzte alle Teile zusammen und erschuf in meiner Phantasie ein Ungeheuer, eine Art Frankensteins Monster. Leider hat dieser Scheißingenieur jede Menge tolle Seiten, und deshalb hasse ich ihn noch mehr.

Nicola behielt den Eingang im Auge und gab ab und zu einen Kommentar von sich: »Was wir hier machen, ist was für Frauen und Kranke. Eine Frau bist du nicht, also muss ich dir leider sagen, dass du krank bist. Es fängt ganz harmlos an, anfangs kommt man sich vielleicht ein bisschen komisch vor, aber mit der Zeit findet man es ganz normal, bis man eines Tages auf dieser Bank wohnt und schläft, zugedeckt mit Zeitungen.«

Fast zwei Stunden und eine Menge schwachsinniger Bemerkungen später rief Nicola endlich: »Da ist er!«

Ich sah mir den Scheißingenieur genau an: Das konnte nicht der Mann sein, den sie heiraten wollte. Und doch war er es, er war es wirklich. Er sah vollkommen anders aus, als ich ihn mir vorgestellt hatte, kein bisschen wie einer, der mit ihr zusammen sein konnte. Wieso ausgerechnet er? Als er über den Bürgersteig ging, ließ ich ihn keinen Augenblick aus den Augen, doch schon nach zehn Metern betrat er eine Bar.

Im Lauf der Jahre, in denen wir zusammen waren, erfuhr ich viele kleine Geheimnisse von ihr. Es gab Augenblicke, in denen sie sich mir vollkommen öffnete, in denen Kleinigkeiten bei ihr Erinnerungen an weit zurückliegende Ereignisse auslösten. So enthüllte sie mir Bruchstücke aus ihrer Kindheit und ihrem Leben, fast vergessene Details. Ich erfuhr, dass sie als Kind eine rote Nachttischlampe hatte und eine Aristocats-Deckenlampe in ihrem Zimmer hing. Und dass ihr Fahrrad einen weißen Sattel hatte. Auch dass sie als Kind gern badete, weil sie sich für eine Sirene hielt, und einen gelben Bademantel trug. Dass ihr Bruder sie mal von der Rutsche schubste und sie sich dabei so weh getan hat, dass es genäht werden musste. Wenn sie Zeichentrickfilme anschaute, lag sie kopfüber auf dem Sofa. Ihre erste Menstruation war ein traumatisches Erlebnis: Ihre Mutter hatte ihr nur gesagt, es tue gar nicht weh, man müsse sich nur waschen. Eines Morgens war es so weit, sie wusch sich und ging dann zur Schule. Als sie ein paar Stunden später plötzlich mit blutverschmiertem Rock vor ihren Mitschülern stand, flüchtete sie erschrocken auf die Toilette und kam nicht mehr in die Klasse zurück. Die Lehrerin musste ihr nachgehen, sie beruhigen und ihr alles erklären. Zum ersten Mal in ihrem Leben erfuhr sie weibliche Solidarität. Ich weiß auch, dass Goyas *Die nackte Maja* ihr Lieblingsgemälde ist. Dass Mantegnas *Beweinung Christi* sie jedes Mal zutiefst berührt. Ich weiß, dass sie vor dem Schlafengehen immer einen Kräutertee trinkt, obwohl sie es hasst, dass der Teebeutel oben schwimmt und nicht richtig eintaucht. Ihre Lieblingsfilme haben immer zwei Namen im Titel: *Harold und Maude*, *Minnie und Moskowitz*, *Jules und Jim*. Ich weiß, dass sie Bücher wie *Du hast das Leben noch vor dir* von Romain Gary, *Arme Leute* von Fjodor Dostojewski oder *Zärtlich ist die Nacht* von Francis Scott Fitzgerald alle paar Jahre wiederliest und jedes Mal aufs Neue ergriffen ist.

Ich frage mich, ob er, der Mann, den ich heimlich beobachte, all das weiß. Ob er in die verborgenen Winkel ihres Lebens vorgedrungen ist, und wenn ja, in welche. Ich will den weißen Sattel, die Deckenlampe mit den Aristocats, die rote Nachttischlampe für mich allein. Genauso wie den Morgen in der Schule, als sie ihre Tage bekam, und die Stiche, mit denen sie genäht wurde, als sie von der Rutsche fiel. Ich will diese Dinge mit niemandem teilen. Ich frage mich, was er weiß, was ich nicht weiß, ob sie ihm auch von mir erzählt hat und was. Was weiß er über mich?

Ich spürte die Versuchung, in die Bar zu gehen, mich vorzustellen und ihm Bescheid zu sagen: »Lass uns in Ruhe, Herr Ingenieur. Das geht dich alles nichts an. Hände weg von dem weißen Sattel, von der Lampe mit den Aristocats.«

Stattdessen wandte ich mich wieder Nicola zu und sagte obercool: »Okay, gehen wir.«

Jetzt konnte ich meinen Phantasien endlich ein Gesicht geben.

Ich schaffte es einfach nicht, sie zu vergessen. Dass sie mit einem anderen Mann zusammen war, hatte ich irgendwie noch gerafft, aber gleich heiraten, das konnte ich nicht fassen. Ich hatte geglaubt, dass es für sie keine Rolle spielte, wen sie nach mir kennenlernte, so wie die Frauen, mit denen ich mich traf, für mich eine wie die andere waren. Wir beide waren doch füreinander bestimmt, es war klar, dass sie keinen je wieder so lieben würde, wie sie mich geliebt hatte. Verdammt noch mal, und außerdem heiratet man nicht, wenn man sich kaum ein Jahr kennt! Da wartet man doch erst einmal ab, bis man sich besser kennt, und übereilt nichts, sonst bereut man es noch.

An dem Abend, als Nicola mir von der anstehenden Hochzeit erzählte, tat ich so, als wär nichts, doch sobald er gegangen war, versuchte ich sofort, sie anzurufen. Ich wollte ihr sagen, dass ich es ernst meine, dass sie auf gar keinen Fall einen anderen heiraten dürfe, dass ich bereit sei, mit ihr zusammenzuleben und ein Kind zu haben. Aber sie ging nicht ran. Das Telefon klingelte ins Leere. Bestimmt ging sie nicht ran, weil er da war, bestimmt lagen sie engumschlungen im Bett, nach dem Sex, und malten sich ihre gemeinsame Zukunft aus. Meine blühende Phantasie hat mir im Leben schon oft geholfen, aber unter bestimmten Umständen ist sie einfach niederschmetternd.

Die ganze Nacht brachte ich damit zu, nackt durch die Wohnung zu tigern. Ab und zu blieb ich stehen, um aus dem Fenster zu schauen, aber ich nahm nichts wahr. Am darauffolgenden Morgen, bevor ich Nicola bat, mich zu begleiten, um mir das Gesicht von diesem Scheißingenieur anzusehen, erhielt ich eine SMS von meinem Vater, die alle meine Erwartungen übertraf: *danke für alles was du für mich getan hast ciao.*

Eigentlich hätte diese Nachricht mich glücklich machen müssen, aber sie stürzte mich nur in noch größere Verwirrung. Ich weiß nicht, was in meinem Kopf falsch läuft.

Endlich war mein Vater da. Die Dinge konnten sich also entwickeln, ja sogar verändern. Nun hätte ich mir einen Ruck geben, mich bedanken und ihm zu verstehen geben müssen, dass mir klargeworden war, was er alles für mich getan hatte, aber ich schaffte es nicht. Es war noch nicht der richtige Augenblick, mir fehlten die richtigen Worte und der Mut dafür. Es ging mir schlecht, weil sie heiratete, und ich fand nicht die richtigen Worte für meinen Vater.

Ausgerechnet in diesen Tagen erfuhr ich, dass er uns womöglich für immer verlassen würde. Ich war im Begriff, die Menschen zu verlieren, die ich am meisten liebte. Meinen Vater und sie.

Sie (die schönste Frau der Welt)

An einem Samstagnachmittag im Winter gingen wir nach dem Mittagessen ins Bett. Ich erinnere mich an die braunen Laken und die eingeschalteten Nachttischlämpchen. Es herrschte Stille. Draußen goss es. Man hörte nur das Geräusch des Regens, der gegen die heruntergelassenen Rollläden trommelte. Wir liebten uns und schliefen dann ein.

Als ich aufwachte, machte ich Kaffee und brachte ihn ihr ans Bett. Bevor ich sie weckte, sah ich ihr eine Weile beim Schlafen zu: wie sie atmete, wie sie die Hände unter dem Kopfkissen vergraben hatte. Wie war das möglich, dass sie ganz allein für mich da war? Ich setzte mich auf die Bettkante und strich ihr die Haare aus dem Gesicht. Sie schlug die Augen auf, und ich küsste sie auf die Stirn.

Sie setzte sich auf, ihr Gesicht war ganz zerknittert, wie sie es gar nicht mag. Darin sind wir uns nicht einig, für mich ist dieses Gesicht nämlich das allerschönste. Es rührt mich, ich weiß gar nicht, ob ich sie ohne dieses Aufwachgesicht überhaupt lieben könnte.

Ich schlüpfte zurück ins Bett. Als sie den Kaffee ausgetrunken hatte, kuschelte sie sich wieder an mich, und wir lagen eine Weile Arm in Arm, während sie mir den Kopf streichelte.

Es sind diese kleinen wunderschönen Erinnerungen, die mich weiterhin an sie binden. Sie halten mich gefangen.

Das Licht des Morgens

Es gibt Augenblicke, da bin ich plötzlich wie losgelöst, in einer Art abstraktem Schwebezustand, als wäre ich aus der Zeit gefallen. In solchen Momenten spüre ich, wie mich etwas Unsichtbares streift, wie ein Flügelschlagen oder ein vorbeifliegender Engel. Ein Augenblick, der rasch vergeht, aber kurz Wirklichkeit ist. Als wenn alles um mich herum plötzlich stillstände.

Diese Empfindung kann ich nicht steuern, sie überkommt mich einfach. Meist frühmorgens oder bei Sonnenuntergang. Es sind die Augenblicke, in denen ich am empfindlichsten bin, in denen mir auch Kleinigkeiten auffallen und sich Gehör verschaffen. Im Sommer, wenn das Blau des Himmels langsam ins Indigo übergeht und die ersten weißen oder gelben Sterne aufblitzen. Im Winter, wenn in den Häusern die ersten Lichter angehen, die Straßenlaternen und die Scheinwerfer der Autos. Wo ich mich gerade befinde, spielt keine Rolle: Es kann sogar auf der Autobahn geschehen. Dann kann selbst ein Wassertropfen, der über die Windschutzscheibe rinnt, mich ergreifen, als liefe er über meine Seele.

Es dauert eine Weile, bis ich nach einem solchen ätherischen Schwebezustand wieder zu mir komme. Langsam wird die Haut wieder Grenze, Trennung, Spaltung.

Und ich werde wieder ich selbst, kehre zu meinem Namen, meinem Alter zurück. Ich beginne, über mich und mein Leben nachzudenken. Über meine Zeit, über den Mann, der aus dem Kind geworden ist, das ich früher mal war. Wie jeder andere bin ich die Summe einer unendlichen Zahl von Personen, die ich im Lauf meines Lebens gewesen bin. In dem Zustand fühle ich mich wie der Mann auf Nicolas Lieblingsbild *Wanderer über dem Nebelmeer* von Caspar David Friedrich.

Genauso verloren fühlte ich mich an dem Tag, als ich bei Giulia auf dem Sofa saß, nachdem meine Mutter mich über den Gesundheitszustand meines Vaters aufgeklärt hatte.

Möglicherweise musste mein Vater bald sterben. Der Wein, den ich trank, schmeckte nach nichts.

»Mein Vater hat heute beim Mittagessen zu meiner Mutter gesagt, er würde sich freuen, wenn ich ihn morgen begleite, um die Untersuchungsergebnisse abzuholen.«

»Und, gehst du mit?«

»Natürlich. Offenbar wünscht er sich, dass ich mitgehe… Ich kann's kaum glauben.«

»Dein Vater ist immer für eine Überraschung gut.«

»Hoffentlich ist es nicht so ernst, wie es sich anhört. Ich will ihn nicht verlieren. Ich bin noch nicht bereit. Das werde ich nie sein, ich weiß, aber er darf mir das nicht antun, nicht ausgerechnet jetzt, wo wir im Begriff sind, uns näherzukommen, wo wir langsam einen Weg finden, uns zu verständigen, wo wir dabei sind, uns näher kennenzulernen…«

»Ich sage jetzt nicht, mach dir keine Sorgen oder denk

einfach nicht dran, solche Sprüche machen einen erst recht nervös und unruhig. Aber ich könnte versuchen, dich abzulenken.«

»Leg doch einen Striptease hin.«

»Wenn's dir dadurch bessergeht …«

»Ich ruf jetzt erst mal Nicola an und sag ihm, dass ich morgen nicht zur Arbeit komme.«

Eine halbe Stunde später klingelte es an der Tür: Es war Nicola. Zusammen mit Giulia leistete er mir den ganzen Abend über Gesellschaft.

Giulia hatte eigentlich eine Verabredung mit einem Mann, doch sie sagte ihm ab. Es sei ihr etwas dazwischengekommen.

»Bist du verrückt? Du musst doch nicht extra wegen mir hierbleiben. Nicola und ich können zu mir rübergehen.«

»Ach, das ist kein großer Verzicht. Ich probier's halt immer wieder, aber eigentlich weiß ich schon jetzt, dass der es auch nicht ist. Obwohl ich mir eigentlich keine Illusionen mehr mache, hoffe ich immer wieder, positiv überrascht zu werden. Aber es läuft doch immer gleich, und je mehr einer redet, desto eher durchschaue ich ihn. Bei bestimmten Männern weiß ich oft schon, was sie als Nächstes sagen werden, wie sie argumentieren und sich verhalten werden. Manche tarnen sich besser, die können einen am Anfang besser täuschen, doch nach und nach kommt ihre wahre Natur zum Vorschein. Der Letzte, mit dem ich ausgegangen bin, hat nach ein paar Wochen zu mir gesagt: ›Ich kann nicht mit einer Frau zusammen sein, die mehr weiß als ich. Du bist einfach zu intelligent für mich. Da fühle ich mich als Mann in Frage gestellt.‹ Mit anderen Worten, ich müsste dümmer sein.«

Giulia ist wie ich, sie findet keinen, der ihr wirklich gefällt. Der Unterschied ist, dass sie es weiter versucht und nicht aufgibt.

»Und der Typ von heute Abend, ist das ein Neuzugang oder war er schuld am letzten *walk of shame*?«

Den *walk of shame* oder Weg der Schande geht, wer mit seinem Date schläft, in der fremden Wohnung übernachtet und am nächsten Morgen vor der Arbeit schnell noch nach Hause muss, um sich umzuziehen. Frauen sieht man das sofort an, wenn sie morgens im Partykleidchen durch die Menschenmenge der Berufstätigen stöckeln. *Walk of shame* nennen das die Amerikaner, denn in der Situation hat man das Gefühl, dass alle einen anstarren, als wollten sie sagen: ›Aha, ist wohl ganz schön spät geworden, letzte Nacht.‹

»Nein, ein Neuer. Wir haben bisher erst einen Kaffee zusammen getrunken, aber ich glaube, das reicht schon, um ihn auszusortieren.«

»Hast du eigentlich immer eine Zahnbürste in der Handtasche, nur für den Fall?«, erkundigte sich Nicola.

»Das hängt davon ab, mit wem ich ausgehe.«

»Die Zahnbürste ist für die Frauen das Gleiche wie für die Männer das Kondom. Männer stecken vorsorglich Kondome ein für den Fall, dass sie vielleicht Sex haben, Frauen nehmen vorsorglich eine Zahnbürste mit für den Fall, dass sie eventuell außer Haus übernachten.«

Es war rührend, wie die beiden mich abzulenken versuchten. Gegen zwei Uhr morgens gingen wir alle nach Hause, außer Giulia, die ja schon zu Hause war.

Ich tat die ganze Nacht kein Auge zu. Es war eine dieser Nächte, in denen man jemanden anrufen möchte, aber alle schlafen. Eine dieser Nächte, in denen man denkt: ›Verdammt, warum hab ich bloß keinen Freund in Japan?‹

Noch etwas anderes ließ mir in dieser Nacht keine Ruhe: Es schien mir, dass die Nachricht von ihrer bevorstehenden Hochzeit mich stärker erschütterte als die von der Krankheit meines Vaters. Und dafür schämte ich mich.

Ich wollte sie anrufen, weil ich dachte, nachdem ich das von meinem Vater erfahren hatte, würde sie mich nicht einfach abwimmeln können. Ja, das habe ich gedacht. Ich bin wirklich erbärmlich.

Als ich sie tatsächlich anrief, war ihr Handy abgeschaltet.

Es ging mir nicht gut, es gelang mir nicht, mich zu beruhigen. Ich stellte mir vor, mein Vater liege ebenso wach wie ich. Auch ihn hätte ich gern angerufen. Ungeduldig wartete ich darauf, dass es endlich Morgen wurde. Ich spürte die ganze Last des Lebens, fühlte mich einsam.

Noch bevor es hell wurde, duschte ich, zog mich an und holte den Wagen. Ich fuhr einmal quer durch Mailand und dann auf die Autobahn. Um halb sechs kurvte ich im Auto um das Haus meiner Eltern herum, parkte in der Innenstadt und machte einen Spaziergang.

Ich fand eine Bar, die schon geöffnet hatte, und ging hinein. Bei dem verschlafenen Mann am Tresen bestellte ich einen Cappuccino, ein Croissant und einen Pfirsichsaft. Außerdem kaufte ich noch ein Päckchen Zigaretten, obwohl ich schon fast zehn Jahre nicht mehr rauchte. Ich frühstückte am Tresen, dann setzte ich mich zum Rauchen vor die Bar. Ich weiß nicht, warum, aber ich klammerte mich an dieser Zigarette fest. Mein Vater, früher Raucher, hatte etwas an der Lunge, und ich, voller Sorge um ihn, rauchte jetzt eine Zigarette … Nach dem dritten Zug kam ich mir blöd vor und warf sie weg. Ich ging wieder in die Bar und bestellte noch einen Espresso, um den Tabakgeschmack zu vertreiben. Dann stieg ich wieder ins Auto und fuhr zum Haus meiner Eltern.

Allmählich wurde es hell. Die Schatten der Straßenlaternen verblassten langsam und machten Platz für Dinge, Formen, klare Umrisse. Ein paar Minuten war der Himmel auf der einen Seite noch dunkel, und man sah die Sterne, während auf der anderen Seite bereits das helle Blau erwachte. Ich war ergriffen vom Gähnen dieses Morgens.

Früh aufstehen ist mir immer schwergefallen, aber wenn ich es schaffe, dann bin ich von Licht, Stille und Luft wie verzaubert. Es herrscht ein Friede, der überwältigend ist. Die Sonne aufgehen zu sehen ergreift mich jedes Mal. Wobei ich das in den seltensten Fällen deshalb erlebe, weil ich früh aufstehe. Meist bedeutet die Morgendämmerung für mich das Ende einer durchgemachten Nacht. Dann frühstücke ich vielleicht noch mit Freunden und gehe mit dem Geschmack von Cappuccino und Croissant im Mund ins Bett.

An diesem Morgen fand ich ein anderes Licht ergreifend: das Licht in der Küche meiner Eltern. Dieses Licht in der Stille wärmte mir das Herz. Ich stellte mir vor, wie meine Mutter im Morgenmantel den Espresso für meinen Vater aufsetzte, während er sich im Bad rasierte.

In der Wohnung duftete es tatsächlich nach Kaffee. Und tatsächlich war meine Mutter in der Küche, und mein Vater machte sich im Bad fertig.

»Möchtest du diesen Kaffee? Dein Vater kommt heute gar nicht mehr aus dem Bad raus …«

»Ja, bitte.«

»Willst du auch etwas essen?«

»Nein, ich hab schon ein Croissant gehabt.«

»Hier der Kaffee … Wann bist du aufgestanden?«

»Ich habe gar nicht geschlafen.«

Sie füllte die Espressokanne erneut, stellte sie auf den Herd und bat mich, darauf zu achten, während sie die Kleidung für meinen Vater zurechtlegte.

Ich setzte mich. Am Kopfende, auf einer Serviette, hatte meine Mutter ihm Tabletten bereitgelegt. Ich saß schon ein paar Minuten so da und nippte an meinem Kaffee, als mein Vater in Unterwäsche in die Küche kam. Gewaschen, rasiert und gekämmt.

»Was machst du denn so früh hier?«

»Du hast noch Rasierschaum am Ohr …«

Er versuchte ihn mit der Hand abzuwischen.

»Nein, nicht da, am anderen Ohr.«

»Wann bist du aufgestanden?«

»Um fünf oder so«, log ich.

»Und da bist du schon hier? Wenn du in eine Radarfalle gerätst, brummen sie dir ordentlich Punkte auf …«

»Ich hab deinen Kaffee getrunken, aber der neue steht schon auf dem Herd.«

»Sehr gut. Ich geh mich anziehen.«

Als meine Mutter wieder in die Küche kam, reichte sie mir einen Stapel Papiere für den Arzt. »Ich weiß nicht, ob er die alle braucht, aber ich gebe sie dir vorsichtshalber mal mit, man weiß ja nie.«

Sie gab alles mir, weil mein Vater in solchen Dingen nicht sonderlich praktisch veranlagt ist. Sie ist da selbständiger, bei ihr hätte ich nicht mitzugehen brauchen. Wenn sie zu Untersuchungen oder zum Arzt muss, geht sie allein; höchstens wenn es regnet, lässt sie sich von meinem Vater fahren, der dann aber im Auto wartet. In die Sprechstunde geht er nie mit.

Von Krankenhäusern und Arztpraxen hält sich mein Vater fern; ihn zu einem Arztbesuch oder einer Routineuntersuchung zu bewegen kostet immer ziemliche Mühe. Er sagt, er wisse selbst am besten, wie es ihm gehe, wenn man zu sehr auf die Ärzte höre, werde man wirklich krank.

Ich nahm die Papiere an mich und wartete auf meinen Vater. Wir hatten noch viel Zeit. Ich setzte mich aufs Sofa, und er ging noch kurz in den Keller. »Was macht er bloß immer da unten?«, fragte ich meine Mutter.

»Da unten hat er all seine Sachen … Die räumt er hin und her, repariert sie, nimmt sie auseinander und setzt sie wieder zusammen. Du weißt doch, wie er ist, er mag seinen Krimskrams.«

Beinah wäre ich auf dem Sofa eingeschlafen. Eine SMS von Giulia ließ mich aus dem Halbschlaf aufschrecken: *Viel Glück!*, stand da.

Meine Mutter setzte sich neben mich. Ich sah sie an und fragte: »Hast du Angst?«

»Ja, ein bisschen schon, aber ich versuche, nicht daran zu denken, bevor wir nicht das Ergebnis haben.«

Gegen acht fuhren wir los. Ich redete nicht viel. Die beiden hatten zu Hause noch ganz entspannt gewirkt. Meine Mutter hatte uns sogar noch gefragt, was wir zu Mittag essen wollten.

Im Auto machte mein Vater ironische Bemerkungen: »Ich hab's ja immer gesagt: Man soll sich bloß nicht untersuchen lassen. Siehst du, dass ich recht hatte? Seit sie mir gesagt haben, dass da was nicht stimmt, habe ich selbst das Gefühl, dass es mir nicht gutgeht. Die machen dich kirre … Sag ich doch, von den Ärzten muss man sich fernhalten.«

Ich hätte gern gelacht, aber es gelang mir nicht. Ich schnaubte durch die Nase und lächelte angestrengt.

Auf Zehenspitzen sitzen

Das Wartezimmer im Krankenhaus war eigentlich ein Flur, auf dem schon viele Leute warteten. Wir setzten uns möglichst weit weg von allen anderen. Ohne ein Wort darüber zu verlieren. Darin sind wir uns gleich. Wir wollten unsere Ruhe, wollten uns abgrenzen von dieser Gruppe, in die es uns unversehens verschlagen hatte. Alles war weiß, selbst die Stühle. An der Wand hingen Fotos von italienischen Städten: der schiefe Turm von Pisa, Gondeln, das Kolosseum.

Irgendwann ging eine Tür auf, eine Krankenschwester kam heraus und las laut die Namen der Anwesenden vor, wie bei einem Appell. Sie hob kein einziges Mal den Blick von dem Blatt, sah niemanden an, ohne dabei unhöflich zu wirken; sie machte nur den Eindruck, dass sie sehr viel zu tun hatte.

Als sie weg war, fingen alle wieder an zu reden. Manche waren wie ich mit einem Elternteil da, andere mit der Ehefrau oder dem Ehemann. Oft zeigt sich in solchen Situationen erst der wahre Wert der Familie.

Ein Mann in weißem Kittel kam über den Flur. Mein Vater deutete auf ihn und sagte: »Das ist der Arzt, auf den wir warten.«

Ich stand auf, ging zu ihm und stellte mich vor.

»Aha, Sie sind also das Werbegenie, Kompliment.«

»Woher wissen Sie, was ich beruflich mache?«

»Von Ihrem Vater. Bei der Untersuchung hat er mir erzählt, er habe einen Sohn ungefähr in meinem Alter, der sei in der Werbung und äußerst erfolgreich... Sie können sich glücklich schätzen, einen Vater zu haben, der so stolz auf Sie ist, meiner hält mich für einen Taugenichts.«

»Ich habe erst gestern von dieser Sache erfahren, meine Eltern wollten nicht, dass ich mir Sorgen mache. Worauf müssen wir uns denn einstellen?«

»Ich will ganz offen sein«, erwiderte er und wiederholte in etwa das, was ich schon von Giulia wusste. Es gab zwei Möglichkeiten: Entweder es reichte ein kleiner Eingriff, oder es musste eine Chemo her, aber dann war nichts mehr zu machen, dann blieben ihm nur noch wenige Monate.

»Sobald ich die Ergebnisse habe, rufe ich Sie rein«, sagte der Arzt und eilte davon. Bei jedem Schritt flatterte sein Kittel wie der Umhang eines Superhelden.

Ich ging zurück zu meinem Vater und setzte mich zu seiner Linken. Gegenüber war ein sehr großes, offenes Fenster. Draußen sah man einen Baumwipfel, der sich im Wind wiegte. Ich lehnte den Kopf an die Wand, schaute nach oben und wünschte sehnlichst, ein Stück blauen Himmel zu sehen, in das ich eintauchen und verschwinden könnte. Doch die Zimmerdecke war wie ein großes weißes Blatt, das mir den Weg versperrte. Mein Vater saß kerzengrade da und sah schweigend aus dem Fenster.

Er trug eine perfekt gebügelte Hose, ein sauberes Poloshirt und eine beigefarbene Jacke, die er selten anzog. Die Kleidungsstücke hatte meine Mutter am Morgen zurechtgelegt, wie jeden Tag. Seine braunen Schuhe waren neu, sie hatte sie vor ein paar Tagen auf dem Markt gekauft. Die Sonntagskleider, wie es früher hieß. Wenn meine Eltern zum Arzt oder zum Anwalt gehen oder einen Besuch machen, ziehen sie ihre besten Sachen an. Das gehört sich so.

Ich schloss die Augen und lauschte auf die typischen Krankenhausgeräusche: das gedämpfte Reden der Patienten, das Lachen der Krankenschwestern, Schritte, Bahren, Türen, die geschlossen wurden. Ich öffnete die Augen wieder, löste den Kopf von der Wand, beugte mich vor und zog eine Tüte Bonbons aus der Tasche. Ich hielt sie meinem Vater hin, und er nahm sich eins. Ich steckte die Tüte wieder ein und streckte ihm die offene Hand entgegen, er knüllte das Bonbonpapier zusammen und legte es mir hinein. Dann sah er mich an und sagte: »Danke.«

All diese Gesten vollzogen wir mit einer Bewusstheit, als wären es die letzten. Während in meinem Kopf noch das »Danke« meines Vaters nachhallte, stand ich auf, um die Bonbonpapiere wegzuwerfen, merkte aber sofort, dass es mir schwerfiel, seins wegzuwerfen. Reglos stand ich vor dem Abfallkorb und nestelte unschlüssig an dem Papier herum. Versuchte, Zeit zu gewinnen. Schließlich warf ich es doch weg und setzte mich wieder.

Ich hörte das Geräusch seiner Zähne, als er das Bonbon kaute. Ich lehnte den Kopf nicht mehr an die Wand, blieb gerade sitzen wie er und sah aus dem Fenster. Mein

Vater brach das Schweigen: Es ziehe sich zu, meinte er. »Dann regnet es bestimmt bald«, antwortete ich lakonisch.

Dann wieder Schweigen. Ein langes Schweigen, wie auf Zehenspitzen, das mein Vater erneut brach: »Weißt du, als dein Großvater starb, saß ich an seinem Bett.«

Ich wandte mich ihm zu. Das war es also, woran er in dieser Stille dachte.

»Er ist um die Mittagszeit gestorben, und ich war zufällig allein im Zimmer, weil deine Oma mit der Tante und zwei Besuchern hinuntergegangen war, um etwas zu essen. Seit einem Monat war es mit ihm immer mehr bergab gegangen. Ich habe mit angesehen, wie er den letzten Atemzug tat. Plötzlich atmete er irgendwie komisch, dann holte er noch mal tief und geräuschvoll Luft und war tot.«

»Hattest du Angst?«

»Nein, Angst nicht. Erst war ich geschockt.« Er verstummte einen Augenblick lang, als spulten vor seinem geistigen Auge noch einmal die Bilder dieser Erinnerung ab, dann fügte er hinzu: »Und dann habe ich etwas Seltsames getan. Das weiß aber keiner, du bist der Erste, dem ich das erzähle.«

»Was denn?«

»Ich bin aufgestanden, und anstatt den anderen gleich Bescheid zu sagen, habe ich die Tür zugemacht und abgeschlossen. Ich habe mich mit ihm eingeschlossen, habe mich wieder neben ihn gesetzt und ihn angestarrt. Eine halbe Ewigkeit, glaube ich, habe ich so dagesessen und ihn angestarrt. Irgendwann bin ich aufgestanden, habe die Tür wieder aufgeschlossen und bin nach unten gegangen, um den anderen zu sagen, dass er tot war. Keine Ahnung, warum ich mich mit ihm eingeschlossen habe.«

»Vielleicht weil du ihn nie zu fassen bekommen hast und in dem Moment endlich mal mit deinem Vater allein sein konntest. Hast du geweint?«

»Nein, ich kann nicht weinen. Ich habe praktisch nie geweint, auch als Kind nicht.«

»Was? Du hast als Kind nie geweint?«

»Bis ich fünf oder sechs war schon, danach nicht mehr. Selbst dann nicht, wenn deine Oma mich verprügelte. Das brachte sie dann derart aus der Fassung, dass sie immer weiter auf mich eindrosch. Einmal, weiß ich noch, hat sie das so entnervt, dass ich mich auf den Bauch legen musste, und sie ist mir mit dem Fuß auf den Rücken gestiegen und hat dabei von mir verlangt, endlich zu weinen.«

»Meine Oma?!«

»Ja. Wenn sie mich nicht zum Weinen bringen konnte, verlor sie die Beherrschung. Eins der letzten Male, dass ich als Kind geweint habe, hat mein Vater mich hochgenommen, über den Herd gehalten und gedroht, mich fallen zu lassen, wenn ich nicht sofort aufhörte. Ich erinnere mich noch an die glühenden Ofenringe. Vor lauter Panik habe ich nur noch mehr geweint. Danach habe ich fast ein Jahr lang gestottert. Um sprechen zu können, musste ich mit der Faust auf den Tisch hauen oder irgendwas kaputtmachen.«

»Das muss ja ein schwerer Schock gewesen sein. Ich hätte nie gedacht, dass Oma dich geschlagen hat.«

»Beide, Oma und Opa. Wenn meine Mutter mich versohlte, sagte sie immer, ihre Schläge täten ja nicht weh. Tatsächlich wurde es erst richtig schlimm, wenn mein Vater loslegte. Manchmal griff er sogar zum Gürtel, und nachdem er mich windelweich geprügelt hatte, sagte er: ›Und jetzt ab in dein Zimmer, lass dich bloß nicht mehr blicken, bevor ich es dir erlaube.‹ Dann vergaß er mich aber und ließ mich den ganzen Tag dort schmoren.«

»Ich wusste gar nicht, dass Opa so gemein war.«

»Er war nicht gemein. Damals machte man das so.«

»Wie meinst du das?«

»Es war normal, alle machten das so. Sie trichterten einem die Sachen mit Hilfe von Schlägen ein, große Alternativen kannte man nicht, da wurde nicht lange gefackelt. Haustiere oder Kinder, da machten sie keinen Unterschied. Wenn du Glück hattest, setzte es nur ein paar Ohrfeigen, sonst zogen sie den Gürtel aus der Hose und jagten dich um den Tisch herum. Mein Vater verprügelte mich, weil er von seinem Vater verprügelt worden war, und der von seinem.«

»Aber du hast mich nie verprügelt.«

»Ich brachte es einfach nicht fertig, ich war immer schon anders als dein Großvater. Nicht so stark.«

»Glaubst du wirklich, das ist eine Frage der Stärke? Vielleicht wolltest du einfach nicht so sein wie er.«

»Hm, ich weiß nicht. Jedenfalls habe ich es nie über mich gebracht. Ein paar Klapse auf den Hosenboden habe ich dir manchmal schon verabreicht, aber das hat mir selbst mehr weh getan als dir.«

»Daran kann ich mich gar nicht erinnern. Was hatte ich denn angestellt?«

»Du hast deiner Mutter widersprochen… wenn ich mich recht erinnere.«

»Abgesehen von den Prügeln, welche Erinnerungen hast du noch an Opa?«

»Dass er stark war, immer arbeitete und nicht viel Zeit für mich hatte. Dafür hat er mal einen Minilieferwagen für mich gebaut, mit Fenstern aus echtem Glas und batteriebetriebenen Rücklichtern, die richtig aufleuchteten. Aber mit uns geredet hat er kaum.«

»Wie meinst du das?«

»Auf der Straße redete er immer mit jedem, er war brillant, konnte richtig aufdrehen, aber zu Hause war er immer einsilbig. Mit mir sprach er praktisch überhaupt nicht. Wenn ich mit ihm allein war, konnte es passieren, dass er stundenlang kein Wort sagte, als wäre ich gar nicht da. Er sprach nur mit mir, wenn er wütend auf mich war oder um mir eine Strafpredigt zu halten.«

»Und was sagte er dann?«

»Das Übliche, ich solle froh sein, dass ich nicht so ein Leben führen müsse wie er, der schon als Kind arbeiten gehen musste, ich hätte doch immer alles bekommen und könne ein schönes Leben führen, dank seiner Opfer. Damals, als er angefangen habe zu arbeiten, habe er einen Liter Milch als Tageslohn bekommen. Ich solle endlich aufwachen und lernen, wie die Dinge laufen, sonst würde nie was aus mir werden. Immer sagte er, ich sei bei allem zu langsam und würde es nie zu etwas bringen. Und er hat recht behalten, mein Leben ist wirklich genau so verlaufen, wie er es immer vorhergesagt hat.«

»Kommt auf den Standpunkt an. Vielleicht hättest du einfach ein bisschen mehr Ermunterung gebraucht.«

»Ja vielleicht, aber am Ende ist es genau so gekommen, er hatte recht. Ich habe in allem versagt, und wenn du mir nicht mit Geld ausgeholfen hättest, weiß ich nicht, wie wir durchgekommen wären.«

»Aber Papa, für mich ist es das schönste Geschenk, wenn ich dir einen Gefallen tun kann … egal was, selbst so eine Kleinigkeit, wie dich heute hierherzubegleiten.«

»Na, dann habe ich dir ja schon viel geschenkt, wo du uns doch schon ewig hilfst.«

Wir mussten grinsen.

»Deine Mutter ist der einzige Traum in meinem Leben, der auch in Erfüllung gegangen ist. Deine Mutter und du. Aber du nur durch sie. Deine Mutter ist eine wunderbare Frau. Mit ihr habe ich wirklich Glück gehabt. Weißt du, bei dem Leben, das ich ihr geboten habe, hätte sie mich doch leicht verlassen und weggehen können, doch sie hat mir stets zur Seite gestanden. Als wir heirateten, ging es bei der Arbeit schon bergab. In der schlimmsten Zeit haben wir geheiratet, und dann wurde sie auch noch schwanger. Ich machte mir große Sorgen, dass ich für euch beide nicht würde sorgen können. Aber statt sich aufzuregen, hat deine Mutter mir immer gut zugeredet und gesagt, es würde schon werden. Nie hat sie sich beschwert. Auch ihre Eltern, also deine Großeltern mütterlicherseits, hätten Grund gehabt, mir Vorwürfe zu machen. Aber sie hielten sich zurück und hatten Verständnis für meine Lage. Sie haben uns auch oft geholfen.

Wenn du in Ferien bei ihnen warst und deine Mutter dich sonntags besuchen kam, habe ich immer behauptet, ich müsse arbeiten. Aber das stimmte nur zum Teil, der eigentliche Grund war, dass ich mich vor ihnen schämte. Obwohl sie mir nie etwas vorgeworfen haben. Anständige Leute waren das.

Mein Vater hatte mir zu Anfang Geld geliehen, und wenn er sich erkundigte, wie die Dinge standen, log ich ihn regelmäßig an. Alles bestens, sagte ich, dabei hätte ich ihn sofort um Hilfe bitten sollen, bevor es zu spät war, aber das habe ich mich nicht getraut. Um mir selbst nicht eingestehen zu müssen, dass ich gescheitert war, tat ich, als ob nichts wäre, und alles wurde nur noch schlimmer. Du kannst dir nicht vorstellen, wie schrecklich es für mich war, als ich ihm schließlich reinen Wein einschenken musste. Er brüllte, ich hätte sein Geld verschleudert, unfähig sei ich und solle mir gefälligst eine feste Stelle suchen: ›Ich hab dir ja gleich gesagt, das ist rausgeschmissenes Geld!‹ – Ach, ruf doch mal deine Mutter an und sag ihr, dass wir noch warten müssen.«

»Mach ich.«

Mitten im Gespräch streckte er die Hand nach dem Handy aus.

»Warte, Papa will mit dir reden.«

»Hallo … Nein, wir wissen noch nichts, wir waren noch gar nicht dran. Sobald wir fertig sind, rufen wir dich an … Ciao.«

Im Grunde wiederholte er nur meine Worte und fügte nichts weiter hinzu, er wollte einfach nicht, dass meine Mutter sich Sorgen machte. Nachdem er mir das Handy zurückgegeben hatte, verstummte er. Die Minuten zogen sich endlos hin. Ich dachte über meinen Vater nach: dass er vielleicht sterben würde, versuchte mir vorzustellen, wie er auf dem Boden lag und Oma ihm einen Fuß auf den Rücken setzte oder wie er verstummte, wenn er mit meinem Großvater zusammen war.

Dann wanderten meine Gedanken wieder zu ihr, der Frau, die mich verlassen hat und bald einen anderen heiratet. Selbst angesichts der schweren Krankheit meines Vaters ging sie mir einfach nicht aus dem Kopf und beherrschte meine Gedanken. Wie schön wäre es gewesen, wenn sie nach einem solchen Tag zu Hause auf mich gewartet hätte.

Ich ging wieder dazu über, meinen Blick über den Flur schweifen zu lassen. Plötzlich wurde mir klar, dass unser Schweigen nichts anderes war als der unausgesprochene Wunsch zusammenzugehören. In diesem Moment legte mein Vater seine Hand auf meine Schulter, als wollte er sich abstützen, um aufzustehen. Aber er stand nicht auf. Er ließ die Hand dort liegen, ohne etwas zu sagen. Ich spürte seine Körperwärme. Hätte ich mich ihm zugewandt, wäre ich in Tränen ausgebrochen. Aber das durfte nicht passieren, nicht in diesem Augenblick. Ich musste stark sein, ich war doch hier, um ihm beizustehen, ihn zu unterstützen, ich musste mich der Situation gewachsen zeigen. Meine Augen fühlten sich an wie ein Staudamm, der ein Meer aus Tränen zurückhält. Und der Staudamm bröckelte, bekam langsam kleine Risse. Reglos saß ich da und konzentrierte mich darauf, den drohenden Gefühlsausbruch zurückzuhalten.

Ich wollte mich umdrehen und ihn ansehen. Gern hätte ich ihn auch umarmt, aber es ging nicht, ich konnte es nicht. Noch nie habe ich das gekonnt. Aber irgendwann, ich weiß nicht, woher ich die Kraft nahm, brachte ich plötzlich doch etwas zustande: Ich legte die rechte Hand auf sein Bein. So saßen wir da, ohne uns anzusehen oder etwas zu sagen. Ich spürte, dass ich kurz davor war, die Beherrschung zu verlieren, dass es gleich aus mir herausbrechen würde, ein heftiger befreiender Weinkrampf. Trotz meiner Gegenwehr.

Mein Vater nahm die Hand von der Schulter und ergriff meine Hand. Seit meiner Kindheit hatte ich seine Hände nicht mehr berührt.

Ich wollte gerade den Widerstand aufgeben und mich gehenlassen, da überkam mich unerwartet ein seltsames Gefühl. Als würde meine Schwäche einer neuen Stärke weichen. Ich musste nicht mehr weinen. Bis zu diesem Augenblick hatte ich mich gefühlt wie ein Vater, der seinen Sohn begleitet. Seit er meine Hand genommen hatte, fühlte ich mich plötzlich als Sohn. Ich hatte meinen Vater gebraucht, und er war gekommen. Schweigend, meine Hand in der seinen, saß ich da und fühlte mich wohl. Noch nie war ich ihm so nahegekommen. Es war noch gar nicht lange her, da wäre mir eine solche Geste peinlich gewesen. Aber in diesem Moment überhaupt nicht.

Ab und zu fuhr er mit dem Daumen über meinen Handrücken, als wollte er an seine Anwesenheit erinnern und die Geste bekräftigen.

Als er seine Hand wegnahm, hatte ich das Bedürfnis, für einen Augenblick allein zu sein.

»Ich muss mal auf die Toilette und kurz telefonieren. Sag Bescheid, wenn der Doktor kommt. Oder möchtest du lieber alleine gehen? Dann warte ich hier, wenn ich dich nicht mehr antreffe.«

»Nein, ich werde dich rufen: Ich möchte, dass du mitkommst.«

Ich ging zur Toilette und sah in den Spiegel. Ich wusch mir das Gesicht und ging wieder hinaus auf den Flur. Von weitem sah ich meinen Vater dort sitzen. Die Füße unter dem Stuhl, nur die Zehenspitzen berührten den Boden. Die verschränkten Hände hatte er zwischen die Knie gesteckt. Als ich diesen Mann so gebeugt dasitzen sah, im Angesicht seines Lebens, im Angesicht dieses Tages, der nicht vergehen wollte, schossen mir die Tränen in die Augen. Wie zuvor übermannte es mich einfach. Ich trat ans Fenster und wischte mir rasch die Tränen ab.

Eine Weile blieb ich dort stehen und versuchte an etwas anderes zu denken. Ich musste warten, bis man meinen Augen nichts mehr ansah. In diesem Augenblick beschloss ich, bei ihr anzurufen. Bei der Frau, die ich liebe. Ich stellte die Funktion »Rufnummer unterdrücken« ein und wählte die Nummer. Ich richtete den Blick auf meinen Vater, dann auf die Nummer im Display, dann wieder auf meinen Vater. Schließlich drückte ich die Ruftaste.

Nach zweimaligem Klingeln hörte ich nicht mehr nur mein pochendes Herz, plötzlich war da auch ihre Stimme: »Hallo?«

In diesem Augenblick höchster Erregung stand mein

Vater auf und winkte mich zu sich, weil wir an der Reihe waren.

»Wer ist da?«

Ohne etwas zu sagen, legte ich auf.

Sie (am Keksregal)

Nachdem ich alles über die Krankheit meines Vaters erfahren und das Krankenhaus verlassen hatte, fuhr ich noch am selben Abend zu ihr. Ich musste sie einfach sehen, mit ihr reden, sie davon abbringen, diesen Scheißingenieur zu heiraten, und sie überzeugen, zu mir zurückzukommen. Seit dem Anruf am Morgen hatte ich vergeblich versucht, sie zu erreichen, aber sie hatte ihr Handy abgeschaltet. Bis drei Uhr nachts hielt ich vor ihrem Haus Wache. Die folgenden drei Abende auch. Sie hatte kürzlich die Stelle gewechselt, und ich wusste nicht, wo sie jetzt arbeitete. Jedenfalls kam sie nicht nach Hause. Vermutlich übernachtete sie bei ihm. Zusätzlich ging ich über eine Woche lang sowohl morgens auf dem Weg ins Büro als auch abends auf dem Heimweg bei ihr vorbei. Immer wenn ich irgendwohin musste, ging ich bei ihr vorbei, auch wenn es nicht auf dem Weg lag. Jedes Mal klingelte ich, aber nie machte sie auf.

Um die Traurigkeit zu bekämpfen, die mich in diesen Tagen ergriffen hatte, ging ich eines Nachmittags in eine Eisdiele, wo es die beste Crema der Welt gibt. Ich nahm einen Becher mit Crema, Stracciatella und Haselnuss. Als ich mich dem Ausgang zuwandte, entdeckte ich auf der anderen Straßenseite einen Supermarkt.

»Könnt ihr mir das Eis aufheben? Ich geh nur schnell einkaufen. In zehn Minuten bin ich wieder da…«

»Kein Problem.«

»Danke.«

Ich brauchte nicht viel. Einkaufskorb, Nummer an der Wursttheke ziehen: die 33.

»Nummer achtundzwanzig, bitte.«

Gut.

Ich machte meinen üblichen Rundgang. Plötzlich blieb mir das Herz stehen: Zwischen meinen Lieblingskeksen und dem Zwieback stand eine Frau mit Pferdeschwanz in einem blauen Kleid, mit hochhackigen Sandalen und Perlenkette – sie war hinreißend. Ich erstarrte, nie wäre ich auf die Idee gekommen, sie ausgerechnet hier zu treffen. Sie, die Frau, die mich verlassen hat und bald einen anderen heiratet. Die Frau, die ich liebe.

Sie ging vor mir her und bog links ab. Schnell machte ich kehrt, wechselte den Gang und ging ihr entgegen, während ich so tat, als hätte ich sie nicht bemerkt. Auf der Hälfte des Ganges entdeckte sie mich.

»Lorenzo«, sagte sie erstaunt.

»Oh, ciao«, erwiderte ich und gab mir Mühe, ebenso überrascht zu klingen. »Was machst du denn hier?«

Keine besonders intelligente Frage, in einem Supermarkt, mit einem Einkaufskorb in der Hand.

»Einkaufen.«

»Ich auch.«

»Das dachte ich mir fast… Wie geht's?«

»Na ja… gut… und dir?«

»Auch gut, danke.«

»Unglaublich, es ist das erste Mal, dass ich hier einkaufe. Ich war gerade in unserer Eisdiele.« Das Wort »unsere« klang befremdlich und verwandt zugleich. »Ich hab neulich versucht, dich anzurufen.«

»Ich weiß … Ich habe dir doch schon vor einiger Zeit gesagt, du sollst mich nicht mehr anrufen.«

»Warum bist du nur so sauer auf mich?«

»Ich bin nicht sauer.«

»Und warum weichst du mir dann aus?«

»Nicht, weil ich sauer bin, ich will einfach nicht mehr. Ich gehe nicht davon aus, dass du einfach nur wissen willst, wie es mir geht.«

»Doch, schon … Aber vor allem rufe ich an, weil ich gewisse Dinge mit dir besprechen möchte.«

»Genau das ist der Grund, weshalb ich nicht abnehme.«

»Das verstehe ich nicht. Ich bin immer noch ich, warum behandelst du mich so? Ich bin doch kein Fremder.«

»Das ist es ja gerade.«

»Ich möchte nur eine Sekunde mit dir reden.«

»Alles, was ich dir zu sagen habe, habe ich dir schon vor zwei Jahren gesagt. Ich bin nicht sauer auf dich, und ich will weder knallhart erscheinen, noch will ich mich rächen. Mit Rache hat das nichts zu tun, es ist nur einfach so, dass mich das, was du mir sagen willst, nicht mehr interessiert. Schnee von gestern.«

»Aber es ist wichtig, das musst du mir glauben … Es geht um uns.«

»Für dich ist das wichtig, Lorenzo … Außerdem existiert dieses ›wir‹ nicht mehr.«

»Aber hör mich doch wenigstens einmal an.«

»Wirklich, glaub mir … Ich will nicht, dass du denkst, ich wäre sauer oder sonst was, für mich ist es nur einfach so, dass die Geschichte abgeschlossen ist. Wenn du damit nicht zurechtkommst, tut es mir sehr leid. Ich möchte nicht, dass es dir schlechtgeht. Das ist übrigens einer der Gründe, warum ich nicht rangehe, wenn du anrufst: weil es mir, obwohl inzwischen viel Zeit vergangen ist und zwischen uns nichts mehr läuft, immer noch leidtut, wenn ich höre, wie es um dich steht.«

»Du fehlst mir … Ich möchte, dass du zu mir zurückkommst. Wirklich.«

Sie sah mich etwas länger an als bisher. Ihre Lippen verzogen sich zu einer Grimasse, vielleicht hatte sie ein Lächeln andeuten wollen.

»Wie geht's deinen Eltern?«

»Lenk nicht ab.«

Sie schwieg ein paar Sekunden, sah mich aber immer noch an. »Du bist einfach unglaublich.«

»Was?«

»So machst du das immer. Da versuche ich mühsam, mir ein neues Leben aufzubauen, und dann kommst du und machst alles zunichte. Das war doch schon mal so – und jetzt kommst du schon wieder daher.«

»Aber diesmal ist es anders.«

Sie sah mich an und sagte nichts. Ich wusste, was sie dachte. Ich dachte es auch. Ich hatte das schon zu oft gesagt. Sie lächelte zärtlich. Sie war nicht verärgert oder gekränkt. Sie war gelassen. Und in diesem Augenblick hatte ich zum ersten Mal das Gefühl, sie endgültig verloren zu haben. All meine Beteuerungen, die ich noch hätte vorbringen wollen, blieben mir im Hals stecken.

Offenbar stand mir die Traurigkeit ins Gesicht geschrieben, denn sie sah mich mitleidig an und sagte: »Wenn du willst, können wir nach dem Einkaufen einen Kaffee zusammen trinken.«

Ich nickte, und wir verließen den Supermarkt. Ich brachte kein Wort mehr heraus. Ihre Gelassenheit verwirrte mich. Nach der anfänglichen Überraschung schien sie die Ruhe selbst zu sein. Sie hatte kein falsches Wort gesagt, ihre Stimme hatte nicht gezittert. Als beträfe sie das Ganze nicht. Jedenfalls nicht besonders. Sie schien unsere Geschichte hinter sich gelassen und endgültig abgehakt zu haben.

Die Überzeugung, dass sie zu mir und ich zu ihr gehörte, existierte offenbar nur in meinem eigenen Kopf, das wurde mir in diesem Augenblick klar. Alles war klar.

»Ich muss das Eis noch abholen ... Erinnerst du dich noch an die Crema hier?«

»Ja, ich komme oft hierher. Ich wohne jetzt in dieser Gegend.«

»Wohnst du nicht mehr in deiner alten Wohnung?«

»Es ist immer noch meine Wohnung, aber seit kurzem wohne ich hier. Du weißt doch sicher, dass ich bald heiraten werde.«

»Ja, das weiß ich.«

»Wir wohnen hier, in der Wohnung von Fabrizio, meine werde ich aufgeben.«

Diesen Namen zu hören versetzte mir einen Stich. Sie hatte nicht einfach nur *er* gesagt. Warum nahm sie ihn so wichtig? Ich erzählte ihr nicht, dass ich sogar zu seinem Büro gefahren war, um zu sehen, wie er aussah … und dass ich vor ihrer Wohnung vergeblich auf sie gewartet hatte.

Ich war fix und fertig. Ich mimte eine Gelassenheit, die ich nicht empfand, es ging mir miserabel. Das Reden fiel mir schwer. Ich weiß nicht, wie es dazu kam, aber plötzlich schlug ich vor: »Statt einen Kaffee zu trinken, könnten wir doch das Eis bei mir zu Hause essen, was meinst du?«

Sie sagte nicht sofort nein. Sie zögerte ein paar Sekunden. »Lieber nicht. Ich muss nach Hause.«

»Was hast du denn vor?«

»Nichts Besonderes.«

»Dann komm doch mit, dann siehst du auch die Wohnung mal wieder. Ich habe viel verändert. Wir essen das Eis, ich mache dir einen Kaffee, dann gehst du … und ich verspreche dir, dass ich auch nicht mehr anrufe und dich in Ruhe lasse.«

Sie sah mich an. »Das musst du mir auf jeden Fall versprechen, auch wenn ich nicht mitkomme. Wenn du mich wirklich gernhast, musst du mich in Ruhe lassen.«

Darauf sagte ich nichts. Ich wartete auf ihre Antwort. Ich war überzeugt, sie würde die Einladung ablehnen, aber inzwischen war sie so weit weg, dass ich nichts mehr zu verlieren hatte.

»Na gut … Ich komme mit.«

Eine Sekunde später lagen unsere Einkaufstüten einträchtig nebeneinander auf der Rückbank im Auto, obwohl für verschiedene Wohnungen bestimmt. Am liebsten wäre ich mit ihr bis ans Ende der Welt gefahren. Aus dem Augenwinkel schielte ich auf ihre Beine und Füße. Das Eispaket hielt sie in der Hand. Ich hatte Angst, sie würde jeden Augenblick sagen, ich solle anhalten, sie habe es sich anders überlegt. Aber sie tat es nicht, sie war ganz gelassen.

»Wie geht's Nicola?«

»Gut, er lebt jetzt mit einer Frau zusammen.«

»Nicola wohnt mit einer Frau zusammen?!«

»Ja, stell dir vor …«

Mit ihr die Treppe hochzusteigen war wie eine Reise in die Vergangenheit. Ich musste daran denken, wie wir zum ersten Mal zu meiner Wohnung hinaufgegangen waren, nach besagtem Abendessen. Wie wir damals übereinander hergefallen waren.

Doch nun war alles anders. Für mich nicht, aber für sie. Für mich hatte sich nichts geändert. Ich begehrte sie auch jetzt noch, ich hätte es gern genauso gemacht wie beim ersten Mal: Hätte sie einfach überrumpelt, sie geküsst und an die Wand gedrängt.

Aber mittlerweile stand die Wand zwischen uns.

Schweigen mit Pausen

Mein Vater und ich saßen dem Arzt gegenüber.

»Schön, dass Sie auch da sind«, sagte er und fügte dann jovial hinzu: »Falls Sie in einem Werbespot zufällig eine Minirolle zu vergeben haben, ich bin dabei … Ich würde auch nicht viel verlangen.«

»Hängt davon ab, welche Nachrichten Sie für uns haben«, flachste ich zurück.

Er nahm die Akte in die Hand und begann zu lesen. »Dann wollen wir mal schauen …«

Wir schwiegen. Alle, auch der Arzt. Ich betrachtete seine Hände, die das Blatt hielten. Sie waren sonnengebräunt, und im Kontrast zu dem weißen Kittel kam das noch mehr zur Geltung. In Anbetracht der Nachricht, auf die wir warteten, und dessen, was wir durchmachten, hatte seine Sonnenbräune etwas Taktloses an sich. Ich versuchte jede kleine Bewegung in seinem Gesicht zu interpretieren. Ich starrte ihn an, vermochte aber nicht zu sagen, ob seine Miene nun ein Lächeln oder einen Ausdruck des Bedauerns darstellte.

Plötzlich brach mein Vater das Schweigen. »Herr Doktor, ich möchte, dass Sie ganz offen sind, ich will, dass Sie mir die Wahrheit sagen, ohne Umschweife.«

»Keine Angst, ich sage Ihnen alles klar und direkt.«

»Danke.«

Nach weiteren Sekunden des Schweigens, die uns wie eine Ewigkeit vorkamen, räusperte er sich und sagte: »Was wir gefunden haben, ist bösartig.«

Die Welt schien stehenzubleiben. Ich konnte nur eins denken, nämlich dass mein Vater bald sterben würde. Und damit ein bisschen auch ich.

Der Arzt wirkte nicht bekümmert. Seine Worte drückten keine Teilnahme aus.

Instinktiv legte ich noch einmal die Hand auf das Bein meines Vaters, doch wieder fehlte mir der Mut, mich ihm zuzuwenden und ihm ins Gesicht zu sehen.

Ich würde ihn verlieren. Endgültig diesmal.

Kurz vorm Sterben ziehe das ganze Leben an einem vorbei, heißt es. In diesem Fall zogen an meinem geistigen Auge eine Reihe von Bildern vorbei, obwohl er es doch war, der sterben würde: ich als Kind mit ihm, ich als Erwachsener mit ihm, meine Mutter …

»Aber zum Glück«, fuhr der Arzt fort, »haben sich keine Metastasen gebildet.«

»Was bedeutet das?«

»Dass Sie Glück haben. Zufällig sind Sie rechtzeitig zur Kontrolluntersuchung gekommen und können es mit der Krankheit aufnehmen. Ein paar Monate später nur hätte die Sache vermutlich schon ganz anders ausgesehen, womöglich wäre es dann schon aussichtslos gewesen. Bei der Biopsie hat sich herausgestellt, dass es sich, wie ich Ihnen bereits erläutert habe, um ein Adenokarzinom handelt, das aber noch keine Metastasen gebildet hat.«

»Und was folgt daraus?«, fragte ich. Ich wollte klare, eindeutige Antworten.

»Er muss operiert werden. Ich gebe Ihnen den Befund nicht zu lesen, wegen der Terminologie würden Sie vermutlich ohnehin nicht viel verstehen. Ich sage Ihnen nur, dass er operiert werden muss.«

»Aber Lebensgefahr besteht nicht, oder?«, fragte ich, erpicht auf eine explizite Entwarnung, ohne Fachbegriffe.

»Nein, es besteht keine Lebensgefahr.«

Ich sah meinen Vater an und klopfte ihm wie einem alten Freund auf die Schulter. Ich war überglücklich. Von einer Sekunde auf die andere sah alles wieder rosig aus.

»Danke, Herr Doktor.« Als wäre es sein Verdienst, als wäre er dafür verantwortlich, als wäre er Gott.

Dann stellte mein Vater eine Reihe von Fragen: »Wann muss ich operiert werden? Nehmen Sie mir die Lunge raus? Ist die Operation gefährlich? Brauche ich eine Chemotherapie oder Bestrahlungen? Werde ich an eine Sauerstoffflasche angeschlossen, und muss ich die dann ein Leben lang mit mir rumtragen?«

Der Arzt unterbrach ihn. »Lassen Sie mich Ihre Fragen einzeln beantworten. Noch einmal, es handelt sich um ein Adenokarzinom ohne Metastasen. Sie müssen zwar operiert werden, aber wir müssen nicht die ganze Lunge entfernen, sondern nur ein kleines Stück; die Operation ist nicht gefährlich. Sie brauchen weder Chemotherapie noch Bestrahlungen und Sauerstoff auch nicht. Nur ein bisschen Ruhe, danach kommt alles wieder in Ordnung.«

Möglichst unauffällig lehnte ich mich zurück und seufzte erleichtert auf. Bevor wir gingen, schüttelten wir dem Arzt die Hand. Mit der Sprechstundenhilfe vereinbarte ich die nächsten Termine. Beim Rausgehen sah ich mir die wartenden Menschen auf dem Flur an und wünschte diesen Unbekannten, dass sie auch so eine gute Nachricht bekämen wie wir.

Wir gingen in die Cafeteria, um einen Kaffee zu trinken. Mein Vater nahm auch ein Croissant, und während er hineinbiss, sagte er zu mir: »Ruf deine Mutter an.«

Ich rief sie an und sagte ihr, dass Papa außer Gefahr sei, zwar müsse er operiert werden, aber die Operation sei nicht kompliziert.

»Willst du selbst mit ihr sprechen?«, fragte ich meinen Vater. Aber der kämpfte gerade mit der tropfenden Marmeladenfüllung und schüttelte nur den Kopf.

Wir blieben eine Weile sitzen, als müssten wir uns von einer großen Anstrengung erholen. Ich sah meinen Vater an und stellte fest, dass er nicht mehr derselbe war. Ich hatte einen neuen Vater geschenkt bekommen. Gerade als ich hatte befürchten müssen, ihn zu verlieren, hatte ich ihn wiedergefunden – da war er. Und mit ihm die wiedergewonnene Zeit. Zeit, die ich zum ersten Mal bewusst wahrnahm und die mir plötzlich in all ihrer Kostbarkeit vor Augen stand. Die plötzlich doppelt zählte, weil ich geglaubt hatte, sie nicht mehr zu haben, weil sie endgültig verloren schien. Von der ich geglaubt hatte, sie sei kurz und unermesslich zugleich. In diesem Augenblick hatte ich den Wunsch, mich nicht länger durchs Leben treiben zu lassen, und ich begriff, dass ich auch mit *ihr* keine Zeit mehr verschwenden durfte. Zwei Jahre hatte ich ungenutzt verstreichen lassen: eine Ewigkeit. Zwei Jahre lang hatte ich unzählige Empfindungen verpasst, die ich nie wieder nachholen konnte. Zahllose Gelegenheiten, mit meinem Vater und mit ihr, die ich leichtfertig ausgeschlagen hatte. Diese Zeit hätte ich gern zurückgehabt.

»Ist dir bewusst, wie sehr es auf den richtigen Zeitpunkt ankam, Papa? Und du hast dich immer geweigert, zur Untersuchung zu gehen …«

»Du hast recht.«

Wir fuhren nach Hause. Meine Mutter war überglücklich und umarmte mich sofort überschwenglich.

»Ihn solltest du umarmen.«

»Ja, ja, ich weiß, aber du musst dich auch umarmen lassen.«

Ich aß mit ihnen zu Mittag. Es war das köstlichste Mittagessen meines Lebens. Ich erklärte meiner Mutter, was zu tun war, die Termine und alles andere: »Aber wenn die Operation ansteht, komme ich natürlich her.«

Mittlerweile wollte ich möglichst oft in Vaters Nähe sein. Trotzdem hatte ich nach dem Essen das Bedürfnis zu gehen. Ich musste allein sein und verabschiedete mich. Meine Mutter machte sich an den Abwasch, und mein Vater und ich verließen gemeinsam die Wohnung: Er ging in den Keller, ich stieg ins Auto.

Nicola und Giulia hatte ich schon angerufen, um ihnen die frohe Botschaft mitzuteilen. Ich fuhr schweigend, mit offenem Fenster. Ich wollte den Himmel sehen, den ich zuvor nicht gesehen hatte, und ein bisschen frische Luft atmen.

Wir

Sie, die Frau, die mich verlassen hat und bald einen anderen heiraten wird, schaut sich in meiner Wohnung um, und ich sehe ihr dabei zu, beobachte ihren Gang, der mir so vertraut ist, beobachte ihre Hände, die kurz den Türrahmen berühren, bevor sie ein Zimmer betritt.

»Möchtest du ein Glas Wasser?«

»Ja, bitte.«

Ich gehe in die Küche und merke, wie aufgeregt ich bin. Als ich das Wasser eingieße, klingelt ihr Handy. Mich überfällt die Angst, dass unser Augenblick zerstört werden könnte. Sie schaut auf das Handy, geht aber nicht ran, sondern stellt den Ton ab: Das Handy klingelt weiter, doch man hört es nicht mehr. Es blinkt, das ist alles.

Mir entschlüpft ein: »Ist er das?«

»Ja.«

»Willst du nicht antworten? Ich kann nach drüben gehen, wenn du dich gestört fühlst.«

»Ich rufe ihn später zurück.«

Wie mich das ärgert, dass dieser Scheißingenieur sie anruft. Wie mich das wütend macht, dass er jetzt ihr Mann ist. Ich weiß nicht, ob er in diesem Augenblick genervt ist, weil sie nicht rangegangen ist. Mich jedenfalls hat sein Anruf schwer aus der Fassung gebracht.

»Ist er eifersüchtig?«

Sie gibt keine Antwort und wechselt das Thema. Das mit den Pflanzen hätte ich ja ganz gut drauf jetzt.

»Mein Vater hilft mir.«

»Dein Vater?«

»Ja, er ist extra vorbeigekommen, um sie wieder aufzupäppeln. Auch jetzt kommt er ab und zu vorbei, um nach ihnen zu sehen.«

Ich schaue ihr beim Trinken zu und kann mich gar nicht sattsehen. »Du siehst gut aus, wirklich toll … wie immer.«

Sie setzt sich aufs Sofa. Ohne etwas zu sagen.

»Hast du gar keinen Fernseher mehr?«

»Ich hab jetzt einen Beamer. Die Wand ist sozusagen mein Fernseher.«

»Aha … also ganz schön groß?«

»Mehr oder weniger so groß wie die Wand.«

Ich lasse den Rollladen herunter.

»Was machst du denn da?«

»Wenn es hell ist, sieht man nicht gut.«

»Nicht doch, das macht doch nichts.«

»Ich wollte es dir nur zeigen.«

»Lass gut sein, ich hab schon kapiert …«

Stille breitet sich zwischen uns aus, eine Stille, die uns trennt.

»Ich habe noch Sachen von dir, die du vergessen hast.«

»Was denn?«

»Ein Buch, ein paar Unterhosen …«

»Du kannst alles behalten.«

Ich mache ihr einen Eisbecher zurecht. »Hier, das ist

deiner. Crema und Stracciatella, deine Lieblingssorten.« Ich setze mich neben sie aufs Sofa.

Nach einer Weile steht sie auf und geht ans Bücherregal. »Es kommt mir vor, als hätten die Bücher sich verdoppelt.«

»Verdoppelt nicht, aber es sind schon etliche dazugekommen. Ich muss bald ein neues Regalbrett kaufen, ich lege die Bücher nicht gern oben auf die anderen.«

Ich gehe hinüber, stelle mich hinter sie. So nah, dass ich ihr Parfüm rieche. Ich strecke den Arm aus, um ein Buch herauszunehmen, und rücke ihr dabei so dicht auf die Pelle, dass sie zur Seite tritt. Ich bewege mich auf schwankendem Boden. Ich habe Angst, etwas falsch zu machen, ein Wort, einen Schritt, eine Geste. Ich fürchte, dass mein Gesicht mich verrät, mich und meine Angst, mein Begehren. Ich beschließe, Musik aufzulegen, oder lieber doch nicht, nein, besser nicht: Sie könnte denken, ich wolle nur eine gewisse Stimmung erzeugen. Ich weiß nicht, ob sie wirklich so cool ist oder ob sie nur so tut. Falls sie nur so tut, ist sie wirklich fabelhaft, sie gibt sich keine Blöße. Sie scheint sich richtig wohl in ihrer Haut zu fühlen.

»Ich mag die neuen Möbel, die du angeschafft hast, das sieht gut aus. Diese Wohnung habe ich immer gemocht.«

»Warum kommst du dann nicht zurück? Du bist noch überall gegenwärtig, in der Wohnung, in meinem Leben, in mir. Sieh dich doch mal um: Du bist hier, zwischen diesen Möbeln, diesen Tellern, diesen Laken. Die meisten Sachen hast du gekauft. Komm zurück … Du bist doch schon da, du bist immer da gewesen, es fehlt nur dein Ja, um alles wieder zusammenzufügen.«

Sie lächelt, isst einen Löffel Eis und antwortet nicht. Ich gehe in die Küche, um einen Teller zu holen.

»Siehst du? Den benutze ich jedes Mal, wenn ich esse. So weit ist es mit mir gekommen, ich benutze einen angeschlagenen Teller, bloß weil du ihn kaputtgemacht hast. Erinnerst du dich?«

»Ja, ich erinnere mich.«

»Beim Spülen reibe ich immer mit dem Finger über die rauhe Stelle, als wäre ich Aladin und der Teller die Wunderlampe: Ich gebe mich dem Wunschtraum hin, du würdest zurückkommen, wenn ich nur fest genug reibe. Für nichts in der Welt würde ich diesen Teller hergeben. Komm zurück, und bewahre mich vor diesen rührseligen Ritualen, mit denen ich versuche, dir nah zu sein! Ich tue mir selbst leid. Hilf mir, befreie mich aus diesem bemitleidenswerten Zustand«, sage ich und lächle sie an. Sie lacht. Wir lachen zusammen. Immer wenn sie lacht, bleibt die Welt stehen. Das ist noch immer so.

»Wenn das so ist, muss ich wohl wirklich etwas tun, um dich zu retten …«

Wir blödeln noch ein bisschen, reden von all den Dingen, die sie regelmäßig fallen oder irgendwo in der Wohnung liegen ließ.

Plötzlich fragt sie: »Kann ich mal ins Bad?«

»Das brauchst du nicht zu fragen, du weißt ja, wo es ist.«

Während sie im Bad ist, überlege ich fieberhaft, was ich tun soll, was ich am besten sage, wie ich mich verhalten soll. Ich mache die Balkontür auf und gehe hinaus, um frische Luft zu schnappen. Jetzt ist der richtige Moment, um sie davon zu überzeugen, zu mir zurückzukommen, denke ich, obwohl ich das Gefühl habe, dass sie weit weg ist. Beim Blödeln fand ich, dass es besser lief. Ich muss sie noch mehr zum Lachen bringen, lustig sein, amüsant, unbeschwert.

Während ich noch darüber nachdenke, was ich sagen soll, tritt sie aus der Badezimmertür und kommt mir zuvor: »Jetzt muss ich aber gehen.«

Zum Glück hatte ich gedacht, dass es gut lief.

»Nein, bitte nicht.«

»Doch, es ist besser so.«

»Noch fünf Minuten.«

»Also wirklich, sei doch nicht so sentimental. Ich muss jetzt wirklich los. Es war schön, noch einmal herzukommen, die Wohnung zu sehen. Und dich zu treffen.«

»Ich fahr dich mit dem Auto.«

»Nein, danke.«

»Aber die Einkaufstüten …«

»Nicht nötig, die sind nicht schwer.«

Sie zieht die Jacke an, nimmt ihre Sachen und geht zur Tür. Fast sterbe ich. Da steht sie, wie damals, als sie mich verlassen hat und ich kein Wort herausbrachte. Damals, als ich sie verloren habe. Wir sehen uns an, sie umarmt mich und gibt mir zwei Höflichkeitsküsschen auf die Wangen.

»Ciao, Lorenzo.«

Ich schaffe es nicht, mich zu verabschieden, nicht einmal ein einfaches Ciao bringe ich heraus. Aber dann sage ich doch: »Letztes Mal, als du von hier fortgegangen bist, hast du mich angefleht, irgendwas zu sagen … Weißt du noch? Genau da, wo du jetzt stehst, hast du gestanden und gesagt, ich solle nicht einfach stumm dastehen. Erinnerst du dich?«

»Ja, ich erinnere mich.«

»Diesmal bitte ich dich zu bleiben … Bitte bleib. Komm zu mir zurück und bleib für immer.«

»Das geht nicht mehr. Es ist zu spät, Lorenzo.«

»Es ist nicht zu spät. Hör zu, ich weiß, dass du damals auf vieles verzichten musstest, um mit mir zusammen zu sein, aber ich habe mich geändert.«

»Es ist zu spät, Lorenzo, ich gehe jetzt. Lass mich bitte gehen.«

»Du musst hierbleiben und wieder bei uns einziehen. Ich will dich lieben, ich will, dass du dich neben mich setzt, ich will wissen, dass du da bist, auch wenn ich dich grad nicht sehe. Ich will meine Hand auf dein Bein legen können, wenn wir mit anderen beim Essen sind. Ich will mit dir im Auto nach Hause fahren; alles mit dir kommentieren, alles analysieren. Ich will mit dir einschlafen, aufwachen, essen, reden. Ich bitte dich. Ich will mit dir reden, dir dabei in die Augen sehen oder aus einem anderen Zimmer hinüberrufen. Ich will dich jeden Tag sehen, will sehen, wie du gehst, wie du den Kühlschrank aufmachst. Ich will das Geräusch des Föns aus dem Badezimmer hören. Ich will dir jeden Tag sagen können, wie viel du mir bedeutest. Ich will mit dir streiten können. Ich will dein Lächeln sehen, will deine Tränen trocknen. Ich will, dass du mir im Restaurant sagst, dass du müde bist und nach Hause willst. Ich will der sein, der dir beim Zumachen deines Kleids behilflich ist. Ich will dir beim Frühstück am Meer gegenübersitzen, wenn du deine Sonnenbrille trägst, und dir das schönste Stück Obst reichen. Ich will im Geschäft Ohrringe für dich aussuchen, ich will dir sagen, dass der neue Haarschnitt dir gut steht, ich will, dass du dich an mir festhältst, wenn du stolperst. Ich will dabei sein, wenn du neue Schuhe kaufst. Und ich will die zwei Jahre ohne dich vergessen, weil sie sinnlos waren.

Lass uns noch einmal von vorn anfangen. Wir können so tun, als wäre es gestern gewesen: Du wolltest mich verlassen, und ich habe dich aufgehalten. Wir können so tun, als hätte ich das, was ich heute gesagt habe, schon vor zwei Jahren gesagt. Als wären die zwei Jahre zwei Minuten. Das können wir. Wir können alles. Wir können dahin zurück, wo wir schon waren, und viele neue Dinge entdecken. Und es wird noch schöner.

Vor allem will ich ein Kind von dir. Ich will ein Kind, das dir ähnlich sieht, deine Augen hat. Ich will, dass es sonntagmorgens zu uns ins Bett kriecht und wir es gemeinsam durchkitzeln.

Da bist du, da bin ich, wir gehören doch zusammen, wir sind ein Wir. Das ist die Neuigkeit. Ich bitte dich, bleib.«

»Es ist zu spät, Lorenzo … einfach zu spät.«

»Nein, es ist nicht zu spät, ich flehe dich an, komm zu mir zurück, komm zurück, komm zurück …«

Sie legt mir nur den Finger auf die Lippen und macht schschschschschsch. »Schluss jetzt, Lorenzo.«

Ich sage nichts mehr. Ich sehe ihr in die Augen, nehme den Finger und küsse ihn. Ich rechne damit, dass sie ihn sofort zurückzieht. Aber nein, sie lässt es zu, dass ich ihre Hand nehme und sie mit kleinen hastigen Küssen bedecke. Dann küsse ich das Handgelenk und den Arm. Sie sagt nichts. Vielleicht sollte ich aufhören, aber ich kann nicht, und schon bin ich beim Ellbogen, dann an der Schulter, und von der Schulter gelange ich zum Träger des Kleids, der mich wie eine Brücke zum Hals führt. Ich rieche den Geruch ihrer Haut. Ich küsse weiter, und je mehr ich küsse, desto klarer wird mir, dass ich mich dem Ende nähere. Ich weiß, es ist das letzte Mal, dass ich sie küsse. Nur noch ein paar Sekunden, so lange, wie sie mich lässt.

Ich habe keine Angst, etwas falsch zu machen. Und ich küsse sie. Ich küsse sie auf den Mund. Als meine Lippen ihre berühren, zerspringt mein Herz schier vor Freude. Am liebsten würde ich nie mehr aufhören. Sie öffnet den Mund. Ich spüre ihre weiche Zunge auf meiner. So lustvoll war es nicht mal beim ersten Mal. Dieses berauschende Gefühl hatte ich nicht mal beim ersten Mal. Ich kann es nicht glauben, das kann doch nicht sein. Ich werde verrückt vor Liebe. Das Herz schlägt mir bis zum Hals. Ich verstehe gar nichts mehr.

Ich halte ihr Gesicht in den Händen und küsse sie immer weiter. Sie lässt die Jacke fallen, die sie schon in der Hand hatte. Ich drücke sie an die Wand. Dieselbe Wand, an der wir uns das erste Mal geliebt haben. Ich lasse meine Hand auf ihren Rücken gleiten, ertaste den Reißverschluss, ziehe ihn auf, das Kleid fällt zu Boden.

Ich hake den Büstenhalter auf. Sofort erkenne ich die Form ihrer Brüste wieder, ihre Brustwarzen, den Leberfleck in der Mitte. Mit der Hand ergreife ich eine Brust, fange an, sie zu küssen und zu drücken. Ich packe die Haare im Nacken, direkt über dem Hals, und ziehe heftig daran. Ihr Gesicht zeigt nach oben, und der Hals liegt da zum Hineinbeißen. Sie knöpft mein Hemd auf, während meine Hände schon auf ihren Schenkeln sind.

Jeder Zweifel, jedes Zögern, jede Unsicherheit sind verflogen. Wir lassen uns auf den Boden gleiten. Mein Mund bahnt sich den Weg zwischen ihre Beine. Ihre Hände sind an meinem Kopf. Ich küsse sie, während sie mich fest packt. Das hat sie immer so gemacht, auch diese Bewegung erkenne ich wieder. Ich erkenne alles wieder, es haut mich um. Alles ist noch viel überwältigender als beim ersten Mal. Jedes Keuchen, jeder Atemzug, jede Berührung, jeder Kuss hat etwas Vertrautes und zugleich Neues. Sie presst meinen Kopf an ihren Körper, sie ist angespannt, sie stöhnt und beginnt zu beben. Wenn das kommt, weiß ich, dass ich sie in wenigen Sekunden noch intensiver schmecken werde. Ich kenne sie auswendig. Kurz darauf kommt sie. Auf meinen Lippen, in meinen Mund. Sie. Meine Frau.

Ich weiß, dass sie mich jetzt am liebsten wegstoßen würde, und ich leiste wie immer Widerstand. Wie immer will ich sie weiter küssen. Während sie versucht, sich zu erholen, streife ich die Hose ab und schiebe ihren Slip beiseite.

Alles vollzieht sich rasend schnell, intensiv, unter lautem Stöhnen. Sobald ich in sie eindringe, ist es, als würden wir plötzlich ganz ruhig, als wären wir irgendwo angekommen. Bei uns. Wir sehen uns in die Augen, als hätte es die beiden Jahre nicht gegeben, als wäre das alles nicht passiert. Ich spüre ihre heiße Haut, die von meinem Gewicht platt gedrückten Brüste, die Beine, die mich umschließen.

»Ich hasse dich«, sagt sie unvermittelt.

»Du hasst mich nicht, du liebst mich.«

»Nein, ich liebe dich nicht. Ich hasse dich.«

»Du liebst mich. Sag, dass du mich liebst.«

Ich spüre, wie sich ihre Fingernägel in meinen Rücken krallen.

»Sag mir, dass du mich liebst. Ich weiß, dass du mich noch liebst … Sag es mir.«

Die Fingernägel schneiden mir tief ins Fleisch.

»Du tust mir weh.«

»Ich weiß.«

»Sag, dass du mich liebst.«

»Ich hasse dich, ich hasse dich, ich hasse dich.«

Sie versucht mich wegzustoßen, sich von mir loszumachen.

»Schluss jetzt, lass mich, geh weg von mir … Lass mich los, geh weg von mir … Hau ab!«

»Hör auf!«

»Nein, hör du auf. Lass mich gehen … Lass mich in Ruhe, habe ich gesagt.«

Sie stößt mich mit Gewalt weg. Ich packe sie an den Haaren und ziehe.

»Du tust mir weh.«

»Ich weiß.«

»Lass mich.«

»Sag, dass du mich liebst.«

»Hör auf, lass mich los! Ich hasse dich, ich hab dir gesagt, dass ich dich hasse.«

Ich gebe ihr eine Ohrfeige. »Sag, dass du mich liebst.«

»Hör auf! Ich liebe dich nicht, ich hasse dich.«

Ich gebe ihr noch eine Ohrfeige.

»Lass mich in Ruhe.«

Noch eine Ohrfeige, dann noch eine … Sie leistet keinen Widerstand mehr. Ich nehme ihr Gesicht in die Hände und sehe ihr in die Augen. Meine Daumen graben sich in ihre Wangen. Sie wirft den Kopf hin und her und versucht, sich loszumachen. Ich halte sie fest und zwinge sie, mich anzusehen. Sie versucht, mich zu beißen.

»Hör sofort auf, mich zu beißen! Sag, dass du mich liebst.«

Sie schaut mir in die Augen, in diesem Blick sehe ich sie. In diesem Blick sehe ich die Frau, die ich liebe.

»Sag, dass du mich liebst.«

Ihre Augen füllen sich mit Tränen: »Ich liebe dich … ich liebe dich … ich liebe dich … ich liebe dich …«

Sie umarmt mich.

»Ich liebe dich auch, mehr als je zuvor.«

Sie umklammert mich so fest, dass ich kaum Luft bekomme. In dieser Umarmung verharren wir eine Ewigkeit. Dann lieben wir uns. Wir sehen uns an, ich schiebe ihre Haare zur Seite, streichle ihre Brust; sie fährt mir mit den Fingern durchs Haar, küsst mich überall: auf Mund, Wangen, Stirn, Hals. Die Wut ist weg.

Wir sprechen kein Wort, aber wenn sich unsere Blicke

treffen, ist es wie eine einzige Liebeserklärung. Ich bewege mich fast unmerklich in ihr, dann mit langen, langsamen Bewegungen. Ihr Rücken wird steif, die Muskeln spannen sich. Ich spüre, dass sie gleich kommen wird. Ich ergreife ihre Hand, unsere Finger verschränken sich. Handfläche an Handfläche, fest gedrückt.

Ich flüstere ihr zu: »Noch nicht, Liebes … Warte noch einen Moment. Komm mit mir zusammen.«

Ich will, dass es so lange wie möglich andauert. Ich halte einen Moment inne, verharre reglos in ihr. Dann bewege ich mich noch langsamer, rein und raus.

»Warte auf mich, noch einen Augenblick«, sage ich. »Nur ein ganz kleines bisschen … nur noch ganz kurz …«

Sie sieht mich an und nickt, ohne Worte. Stößt nur kleine erstickte Laute aus.

Ich fühle mich mächtig. Endlich gehört sie wieder mir, nachdem ich sie eine Ewigkeit lang begehrt habe. Ich sehe zu, wie sie kurz vor dem Explodieren ist. Das Gesicht ist gerötet, und an der leicht verschwitzten Stirn treten die kleinen Adern hervor, die ich so gut kenne. Ich beuge mich über sie und flüstere: »Ich liebe dich, mein Schatz, weißt du, dass ich dich liebe? Ich will jetzt ein Kind von dir. Sag mir, dass du es auch willst. Ich bin bereit.«

Sie schließt kurz die Lider, kneift sie fest zusammen, dann schlägt sie sie wieder auf und sieht mir in die Augen.

»Sag mir, dass du es auch willst«, wiederhole ich.

Sie starrt mich immer noch an. Mit zusammengekniffenen Lippen wie bei einem starken Schmerz. Dann beginnt sie langsam zu nicken. Die Augen glänzen noch immer.

Ich bin so glücklich wie noch nie. Jede Zelle in meinem Körper strotzt vor Kraft. Ich spüre einen mächtigen Orgasmus heranrollen. »Ich liebe dich … nicht weggucken, sieh mir in die Augen, sieh mich an, jetzt … ja jetzt, lass dich gehen, jetzt, jetzt kannst du kommen … zusammen mit mir … jetzt!«

Ich spüre, wie ihre Lust aus großer Ferne heranrollt, den Höhepunkt erreicht und gleichzeitig mit meiner explodiert. Wir schreien und klammern uns aneinander, den ganzen Körper angespannt in einem langen, endlosen Orgasmus.

Ich finde mich in einem Schwebezustand wieder, im Nichts. Ich brauche ein paar Minuten, um wieder zu mir zu kommen und zu begreifen, wo ich bin und was passiert ist. Ich liege nackt auf dem Boden. Neben mir die Frau meines Lebens. Sie, die gerade zugegeben hat, dass sie mich noch liebt.

Ich starre schweigend an die Decke, dann wende ich mich ihr zu. Sie sieht mich an. Sie lächelt und streichelt mich. Ihre Augen sind rot, noch voller Tränen. Langsam nähert sie sich und gibt mir einen Kuss auf die Nasenspitze, dann auf den Mund. Sie streichelt mich. Auch ich beginne sie zu streicheln, alles schweigend. Dann sage ich: »Geh nie mehr fort von hier.«

»In den vergangenen beiden Jahren habe ich oft gedacht, dass das, was ich mir immer unter Liebe vorgestellt habe, in Wirklichkeit gar nicht existiert. Aber du hast mir heute gezeigt, dass es diese Liebe wirklich gibt. Jetzt bist du diese Liebe.«

»Und deshalb musst du zu mir zurückkommen. Wir

gehören zusammen. Wenn du mich heute immer noch mit diesen Augen ansiehst, heißt das, dass auch ich dir etwas bedeute. Ich bin für dich da, ich bin für uns da. Du weißt, was ich meine. Ich muss dich nicht überreden. Ich weiß, dass du das auch so empfindest.«

»Natürlich tue ich das, aber wir können nicht mehr zurück. Es ist zu spät.«

»Es ist nicht zu spät, es ist nie zu spät. Was hindert dich denn daran, zu mir zurückzukommen: das Aufgebot etwa und das schon bestellte Festessen im Restaurant? Die Bonbonnieren für die Hochzeitsgäste?«

Schweigen … Dann beginnt sie, mir das Gesicht abzuküssen: Nase, Lider, Brauen, Wangen, Kinn. Ich schließe die Augen.

»Und was, wenn ich dir sagen würde, dass ich schwanger bin?«

»Wie, schwanger?«, sage ich und reiße die Augen auf.

»Ja, wenn ich dir sagen würde, dass ich schwanger bin? Deshalb ist es zu spät, nicht wegen des Restaurants, des Aufgebots oder was auch immer …«

Ich stütze mich auf den Ellbogen, um ihr ins Gesicht zu sehen, um zu kapieren, ob sie das wirklich ernst meint.

»Sieh mich an, bist du wirklich schwanger, oder sagst du das nur, damit ich dich in Ruhe lasse?«

»Was glaubst du?«

»Du bist nicht schwanger. Du willst mich nur loswerden. Aber das wird dir nicht gelingen. Nicht mal, wenn du wirklich schwanger wärst, was du aber nicht bist. Sonst hättest du nicht mit mir geschlafen.«

»Vielleicht kennst du mich ja doch nicht so gut.«

»Ich glaube dir nicht, aber selbst wenn, ich nehme dich auch mit Kind. Wenn zwei Menschen sich lieben, müssen sie zusammenleben.«

»Schön, ja, aber manchmal kommt die Liebe zum falschen Zeitpunkt. Bei uns war es der falsche Zeitpunkt.«

»Nein, du irrst dich. Es ist noch nicht zu spät. Immerhin haben wir wieder zueinandergefunden, bevor du einen anderen geheiratet hast. Gerade noch rechtzeitig. Und außerdem hast du mir eben, als wir miteinander geschlafen haben, noch gesagt, dass du ein Kind von mir willst. Vielleicht haben wir gerade eins gezeugt.«

»Ich hab dich immer geliebt, Lorenzo. Und ich liebe dich jetzt genauso wie beim ersten Mal. Ich liebe dich, wie ich dich immer geliebt habe – damals, als ich dich verlassen habe, genauso wie jetzt, wo ich zurückgekommen bin. Ich liebe dich, wie ich dich auch in den letzten beiden Jahren geliebt habe. Ich werde nie einen anderen so lieben, wie ich dich liebe. Ich hab's versucht, aber es hat nicht geklappt. Ich bin gern mit dir zusammen, weil ich es mag, wie du mich ansiehst, wie du mich verwöhnst, wie du mit mir redest, wie du mich anfasst, wie wir miteinander schlafen. Ich mag deine empfindsamen Seiten, die du so hartnäckig zu verbergen suchst. Es macht mir Spaß, sie aufzuspüren. Sie zu erkennen. Sie zu verstehen. Ich mag dich, auch wenn der Preis dafür immer hoch war. Du hast gewonnen. Und jedes Mal, wenn ich mir ein Kind wünschte, dachte ich, es müsse von dir sein. Nur mit dir wollte ich ein Kind, weil ich wusste, du würdest ein guter Vater sein, und weil ich nie einen anderen so geliebt habe wie dich. Du bist mir nahe, sogar wenn du nicht da bist. Das ist mir bei keinem anderen Mann passiert. Für keinen anderen empfinde ich, was ich für dich empfinde. Auch nicht für den Mann, den ich jetzt heiraten werde. Ich werde dich immer lieben.«

»Ich liebe dich auch. Nur du kannst die Mutter meines Kindes sein. Keine andere. Einen Moment lang habe ich schon befürchtet, ich hätte dich verloren, aber jetzt, wo du hier bist, spüre ich, dass wir uns nie mehr trennen werden. Dich wiederzuhaben ist das Schönste, was mir je passiert ist. Ich liebe dich und werde dich immer lieben.«

»Immer? Meinst du das ernst?«

»Noch nie im Leben war ich mir meiner Sache so sicher.«

Wir fallen uns in die Arme und verharren so eine Weile. Schöner als die Ewigkeit sind die Augenblicke, die ewig währen. Wie dieser. Dann stehe ich auf und gehe ins Bad. Vorher frage ich sie noch, ob sie glücklich ist. Ihre Augen glänzen, und eine Träne läuft ihr über die Wange; sie schlägt die Augen nieder und sagt: »Ja, ich bin glücklich. Wenn du fertig bist, kann ich dann duschen?«

»Komische Frage, du weißt doch, dass du hier zu Hause bist.«

»Ja, ich weiß. Auch deshalb bin ich jetzt glücklich.«

Im Bad sehe ich in den Spiegel. Meine Augen sind voller Licht. Ich wasche mir das Gesicht und trockne es ab. Bevor ich das Bad verlasse, stelle ich für sie die Dusche an und hole ein sauberes Handtuch aus dem Schrank. Es war das erste Mal, dass ich beim Orgasmus den Wunsch hatte, ein Kind zu zeugen. Und falls es nicht eingeschlagen hat, werde ich es weiter versuchen, so lange, bis es klappt.

Ich mache die Badezimmertür auf und frage: »Was meinst du, wollen wir heute Abend vielleicht in unser Restaurant gehen, um zu feiern?« Fast platze ich vor Glück darüber, dass sie wieder da ist, dass sie gesagt hat, dass sie keinen so geliebt hat, liebt und jemals lieben wird wie mich, dass sie ein Kind von mir will – sie, die zu mir gehört wie ich zu ihr. Für immer.

Als ich in den Flur komme, steht die Tür offen.

Federica ist nicht mehr da.

Fabio Volo im Diogenes Verlag

Einfach losfahren

Roman. Aus dem Italienischen von Peter Klöss

Micheles Leben ist perfekt: Job, Freunde, Frauen – alles bestens. Bis sein engster Freund Federico aus heiterem Himmel beschließt, den Alltag hinter sich zu lassen und einfach loszufahren. Allein zurückgeblieben, stürzt er sich in die Eroberung von Francesca und hat Erfolg: Michele und Francesca sind für ein paar Monate im siebten Himmel. Doch bald lassen ihn Alltag und Routine zweifeln. Eine Nachricht von Federico rüttelt ihn wach, und nun beschließt auch er, einfach loszufahren.

»Ein frisch-frecher Roman über eine Männerfreundschaft und den mutigen Aufbruch in ein Leben abseits vorgegebener Wege.«
Frankfurter Allgemeine Zeitung

»Fabio Volo formuliert, wie es ihm sein Name, der im Deutschen ›Flug‹ bedeutet, vorschreibt: federleicht, traumwandlerisch sicher, schwebend schön.«
Hendrik Werner / Die Welt, Berlin

Auch als Diogenes Hörbuch erschienen, gelesen von Heikko Deutschmann

Noch ein Tag und eine Nacht

Roman. Deutsch von Peter Klöss

Eines Morgens fällt Giacomo in der Straßenbahn eine junge Frau auf. Am nächsten Tag sitzt sie wieder da. Über Monate beobachtet Giacomo sie, ohne sie anzusprechen – das morgendliche Treffen wird für ihn zum geheimen Rendezvous. Als schließlich sie ihn an-

spricht, ist er für ein paar Sekunden auf Wolke sieben. Gleich darauf schlägt er aber hart auf dem Boden auf: Denn Michela geht fort. Für immer. Nach New York. Giacomo versucht, Michela zu vergessen, sich für andere Frauen zu interessieren. Doch schließlich packt er seinen Rucksack und reist ihr hinterher.
Verspielt, berührend, sexy – die Liebesgeschichte von Michela und Giacomo vor der traumhaften Kulisse Manhattans hat in Italien schon über eine Million Leser begeistert.

»Fabio Volo beschreibt eine dritte Form von Liebe: keine simple Bettgeschichte, keine Für-immer-und-ewig-Geschichte, sondern eine Lovestory nach dem Motto: ›Sehen wir mal, ob wir fähig sind, uns wenigstens für eine bestimmte Zeit aufrichtig zu lieben.‹«
La Repubblica, Rom

Zeit für mich und Zeit für dich

Roman. Deutsch von Peter Klöss

Lorenzo wurde im Leben wenig geschenkt: Er ist in einfachen Verhältnissen aufgewachsen und musste all seine Kraft darauf verwenden, sich durchzuboxen. Beruflich hat ihm das zu einer Traumkarriere in der Werbung verholfen, seine Familie und seine Freundin kamen jedoch zu kurz. Nun hat ihn Federica verlassen – und sein Vater sich enttäuscht von ihm abgewendet. Lorenzo setzt alles daran, die beiden geliebten Menschen zurückzugewinnen – doch womöglich ist es schon zu spät.
Zeit für mich und Zeit für dich ist die Geschichte eines jungen Mannes, der auf der Suche nach der verlorenen Liebe zu mehr Echtheit und zu sich selbst findet.

»Fabio Volo hat erneut ein fesselndes Buch über die süßen und bitteren Seiten des Lebens geschrieben.«
Alexandra Kraus / Kölner Stadt-Anzeiger

Lust auf dich

Roman. Deutsch von Peter Klöss

Elena ist eine junge Frau, die sich in ihrer Ehe gefangen fühlt. Nachdem sie sich mit Uni-Abschluss und früher Heirat ein vordergründig perfektes Leben aufgebaut hat, merkt sie, dass bei ihrer Traumkarriere Leidenschaft und Lust auf der Strecke geblieben sind. Als schließlich ein Fremder erscheint, der Neugier und Phantasie in ihr wieder zum Leben erweckt, wagt sie den Sprung – hinein in ein lustvolleres Leben: *Beim Sex erkenne ich mich nicht wieder. Ich bin eine andere Frau, und diese Frau gefällt mir.*

Die Geschichte einer jungen Frau, die die Lust am Leben und an der Liebe zurückgewinnt.

»Eine unmittelbare, direkte Art von Literatur. Millionen von Lesern lieben es, mit Fabio Volos Figuren mitzufühlen.« *Giordano Tedoldi / Libero, Mailand*

Philippe Djian im Diogenes Verlag

»Keiner macht ihm diesen Ton nach, voller Humor, Selbstironie und Kraft.« *Frédéric Beigbeder*

»Vertrauen Sie dem Handwerk von Philippe Djian – Langeweile ausgeschlossen.« *Paris Match*

Betty Blue
37,2° am Morgen. Roman. Aus dem Französischen von Michael Mosblech
Auch als Diogenes Hörbuch erschienen, gelesen von Ben Becker

Erogene Zone
Roman. Deutsch von Michael Mosblech

Verraten und verkauft
Roman. Deutsch von Michael Mosblech

Rückgrat
Roman. Deutsch von Michael Mosblech

Krokodile
Sechs Geschichten. Deutsch von Michael Mosblech

Kriminelle
Roman. Deutsch von Ulrich Hartmann

Sirenen
Roman. Deutsch von Uli Wittmann

In der Kreide
Die Bücher meines Lebens. Über Salinger, Céline, Cendrars, Kerouac, Melville, Henry Miller, Faulkner, Hemingway, Brautigan, Carver. Deutsch von Uli Wittmann

Die Frühreifen
Roman. Deutsch von Uli Wittmann

100 zu 1
Frühe Stories. Deutsch von Michael Mosblech

Die Leichtfertigen
Roman. Deutsch von Uli Wittmann

Die Rastlosen
Roman. Deutsch von Oliver Ilan Schulz

Wie die wilden Tiere
Roman. Deutsch von Oliver Ilan Schulz

Andrea De Carlo im Diogenes Verlag

»Jugend ist vieles, auch eine besondere Schärfe des Blicks, die eine nahezu unendliche Anzahl von Nuancen wahrnimmt, ist eine Unersättlichkeit der Augen, die das Schauspiel der farbigen Welt – wie durch ein Teleobjektiv vergrößert – aufnehmen und in winzigen Fotogrammen im Gedächtnis speichern. Wenn Andrea De Carlo schreibt, scheint er die Kamera durch die Feder ersetzen zu wollen, und sein Stil, weit entfernt von jedem literarischen Vorbild, erinnert an die Bilder der Maler des amerikanischen ›Fotorealismus‹.«
Italo Calvino

»Andrea De Carlo hat sich mit Geschichten über Hoffnungen seiner Generation, die Folgen der rasanten Industrialisierung und die Schattenseiten des haltlosen Hedonismus ein großes Publikum erschrieben.«
Maike Albath / Neue Zürcher Zeitung

Vögel in Käfigen und Volieren
Roman. Aus dem Italienischen von Burkhart Kroeber

Creamtrain
Roman. Deutsch von Burkhart Kroeber

Macno
Roman. Deutsch von Renate Heimbucher

Yucatan
Roman. Deutsch von Jürgen Bauer

Techniken der Verführung
Roman. Deutsch von Renate Heimbucher

Zwei von zwei
Roman. Deutsch von Renate Heimbucher

Wir drei
Roman. Deutsch von Renate Heimbucher

Wenn der Wind dreht
Roman. Deutsch von Monika Lustig

Das Meer der Wahrheit
Roman. Deutsch von Maja Pflug

Als Durante kam
Roman. Deutsch von Maja Pflug

Sie und er
Roman. Deutsch von Maja Pflug

Viktorija Tokarjewa im Diogenes Verlag

Viktorija Tokarjewa, geboren 1937 in Leningrad, studierte nach kurzer Zeit als Musikpädagogin an der Moskauer Filmhochschule das Drehbuchfach. 15 Filme sind nach ihren Drehbüchern entstanden. 1964 veröffentlichte sie ihre erste Erzählung und widmete sich ab da ganz der Literatur. Sie lebt heute in Moskau.

»Viktorija Tokarjewas Erzählungen sind durchdrungen von trockenem Witz und warmem Humor, distanziert und engagiert zugleich.«
Wolfgang Koydl / Süddeutsche Zeitung, München

»Die Tokarjewa kennt das Leben. Und sie schreibt darüber. Unausweichlich. Mit Kraft, Genauigkeit, Schmerz und Witz.« *Emma, Köln*

»Viktorija Tokarjewa schreibt wie die Transsibirische Eisenbahn auf Ecstasy – mit Volldampf in die herrliche Katastrophe.« *Doris Dörrie*

Mara
Erzählung. Aus dem Russischen von Angelika Schneider

Happy-End
Erzählung. Deutsch von Angelika Schneider

Lebenskünstler
und andere Erzählungen. Deutsch von Ingrid Gloede

Der Pianist
Erzählungen. Deutsch von Angelika Schneider

Glücksvogel
Roman. Deutsch von Angelika Schneider

Liebesterror
und andere Erzählungen. Deutsch von Angelika Schneider

Der Baum auf dem Dach
Roman. Deutsch von Angelika Schneider

Alle meine Feinde
und andere Erzählungen. Deutsch von Angelika Schneider

Leise Musik hinter der Wand
Roman. Deutsch von Angelika Schneider

Anthony McCarten im Diogenes Verlag

»Anthony McCarten hat die unglaubliche Gabe, Geschichten so aufzuschreiben, dass es einem das Herz zerreißt, während man über seine Einfälle, Sprüche und seinen unbesiegbaren Humor lacht.«
Hamburger Abendblatt

»McCarten pflegt den satirischen Ton, ohne waschechte Satiren zu schreiben. Er ist, wie man so sagt, ein geborener Erzähler.« *Die Welt, Berlin*

»Anthony McCarten ist unter den literarischen Exporten aus Neuseeland einer der aufregendsten.«
International Herald Tribune, London

Superhero
Roman. Aus dem Englischen von Manfred Allié und Gabriele Kempf-Allié

Englischer Harem
Roman. Deutsch von Manfred Allié und Gabriele Kempf-Allié

Hand aufs Herz
Roman. Deutsch von Manfred Allié
Auch als Diogenes Hörbuch erschienen, gelesen von Rufus Beck

Liebe am Ende der Welt
Roman. Deutsch von Manfred Allié

Ganz normale Helden
Roman. Deutsch von Manfred Allié und Gabriele Kempf-Allié
Auch als Diogenes Hörbuch erschienen, gelesen von Rufus Beck und Jo Kern

funny girl
Roman. Deutsch von Manfred Allié und Gabriele Kempf-Allié
Auch als Diogenes Hörbuch erschienen, gelesen von Rufus Beck

Christian Schünemann im Diogenes Verlag

Christian Schünemann, geboren 1968 in Bremen, studierte Slawistik in Berlin und Sankt Petersburg, arbeitete in Moskau und Bosnien-Herzegowina und absolvierte die Evangelische Journalistenschule in Berlin. Eine Reportage in der *Süddeutschen Zeitung* wurde 2001 mit dem Helmut-Stegmann-Preis ausgezeichnet. Beim Internationalen Wettbewerb junger Autoren, dem Open Mike 2002, wurde ein Auszug aus dem Roman *Der Frisör* preisgekrönt. Christian Schünemann lebt in Berlin.

»Schünemann verwendet auf die sardonische Schilderung einschlägiger Milieus mindestens ebenso viel Liebe und Sorgfalt wie auf den jeweils aktuellen Casus.« *Hendrik Werner / Die Welt, Berlin*

Der Frisör
Roman

Der Bruder
Ein Fall für den Frisör
Roman

Die Studentin
Ein Fall für den Frisör
Roman

Daily Soap
Ein Fall für den Frisör
Roman

Außerdem erschienen:

Christian Schünemann & Jelena Volić
Kornblumenblau
Ein Fall für Milena Lukin
Roman

Joey Goebel im Diogenes Verlag

Joey Goebel ist 1980 in Henderson, Kentucky, geboren, wo er auch heute lebt und Schreiben lehrt. Als Leadsänger tourte er mit seiner Punkrockband ›The Mullets‹ durch den Mittleren Westen.

»Joey Goebel wird als literarische Entdeckung vom Schlag eines John Irving oder T.C. Boyle gehandelt.«
Stefan Maelck / NDR, *Hamburg*

»Solange sich junge Erzähler finden wie Joey Goebel, ist uns um die Zukunft nicht bange.«
Elmar Krekeler / Die Welt, Berlin

Vincent
Roman
Aus dem Amerikanischen von
Hans M. Herzog und Matthias Jendis

Freaks
Roman
Deutsch von Hans M. Herzog
Auch als Diogenes Hörbuch erschienen,
gelesen von Cosma Shiva Hagen, Jan Josef Liefers,
Charlotte Roche, Cordula Trantow
und Feridun Zaimoglu

Heartland
Roman
Deutsch von Hans M. Herzog

Ich gegen Osborne
Roman
Deutsch von Hans M. Herzog

Benedict Wells im Diogenes Verlag

Benedict Wells wurde 1984 in München geboren. Nach dem Abitur 2003 zog er nach Berlin. Dort entschied er sich gegen ein Studium und widmete sich dem Schreiben. Seinen Lebensunterhalt bestritt er mit diversen Nebenjobs. Sein vielbeachtetes Debüt *Becks letzter Sommer* erschien 2008 und wurde mit dem Bayerischen Kunstförderpreis ausgezeichnet. Sein dritter Roman *Fast genial* stand monatelang auf den Bestsellerlisten.

»Sein größtes Meisterstück ist seine unprätentiöse, scheinbar mühelos überraschende Sprache.«
Stuttgarter Nachrichten

»Benedict Wells – ein Ausnahmetalent in der jungen deutschen Literatur!«
*Claudio Armbruster/*ZDF *heute journal, Mainz*

Becks letzter Sommer
Roman

Spinner
Roman

Fast genial
Roman